ちくま文庫

明治国家のこと

幕末・明治論コレクション

司馬遼太郎
関川夏央 編

筑摩書房

目次

第一部

第二部

第三部

明治国家のこと

第一部

『坂の上の雲』を書き終えて

書きはじめて、四年あまりという長い時間がすぎて、ようやく完結することができた。私はあまり自分自身について無用の感慨をもたないようつねづね言いきかせているつもりだが、それでも最後のくだりを書いて筆を擱《お》いたとき、ちょうど河をくだって破れ舟がようやく海に出たような、艫《とも》をふりかえれば過ぎてきた水が茫々《ぼうぼう》として天辺にかすんでいるような——そういう思いが多少したようで変に面映《おもは》ゆくもある。

書き終えてあらためておもうことは、明治末年から大正初年までに刊行されたあのぼう大な『日露戦史』（参謀本部編纂《へんさん》）のばかばかしさである。歴史というものは時間関係と位置関係でできあがっているという立場で書かれたもので、事実は羅列されていても一行の真実も書かれておらず、また一つ一つの軍隊運動についての価値観も抜きで、まして戦術上の批判も書かれていない。ただ戦況ごとの地図が五百枚ほどもあって、この地図をたよりにあらためて価値をきめてゆかねばならなかった。

「日本陸軍の神秘的大勝」

という神話が成立したのは、日露戦争のあとである。満州における陸軍の戦いは負けてはいないが、決して勝ってはいなかった。戦いにおける勝利の定義はむずかしく、何をもって勝ちとするかはいまだに決まっていないが、もし角力《すもう》のように敵を土俵の外に押し出す——つまり敵の陣地を奪った——ということが勝ちの定義とするならば日本軍はたしかに勝った。しかし戦場には土俵がなく、とくにロシア軍の伝統的戦術思想として土俵がない。ロシアはナポレオンと戦うにあたってどんどん退却した。ナポレオンは追撃に次ぐ追撃という一見連戦連勝のかたちをとりつつ、補給線がのびきってついにモスクワで自滅的な大敗北を喫し、軍隊そのものが蒸発したような情況になり、ナポレオンは身ひとつでのがれざるをえなかった。ロシアはその国家的経験をもっているだけに、満州における基本的戦略はそれであった。

ただナポレオン戦争の場合は世界の世論がロシアに同情的であり、ロシア軍の退却に対して酷薄ではなかった。世論は追撃するナポレオン軍の衰弱してゆくのを根気よく待った。

しかし日露戦争の場合は、国際世論はロシアに対して冷たかった。ロシアの強盗じみた極東侵略はとくに英国の利益に反し、その英国が世界の情報の主導力をもっていたし、さらにはどの国もロシアが極東を併呑《へいどん》してかつてのモンゴル帝国のような世界帝国になることを好まなかったために、満州においてロシア軍がどんどん土俵をすてて北方へ退却するのをいちいち「ロシア軍の大敗北」というかたちで報道し、喧伝《けんでん》した。国際世論が一戦局ごとに勝敗の行司役になり、つねに日本軍に軍配をあげた。国際世論が勝敗の基準をつくった。

実際の真相は、児玉《こだま》源太郎が開戦の前に、

「観測としてはうまく行って五分五分である。そこをなんとか戦術に苦心をして六分四分にもってゆきたい」

といったとおり、結果としてもそうであった。その満州における凄惨《せいさん》な陸戦を、戦争という大きな場において一挙に勝利へ締めくくってしまったのは、黄海と日本海におけるロシア艦隊の全滅にある。まったく全滅した。日本艦隊は戦艦、巡洋艦、駆逐艦の一隻《せき》も敵の砲弾に沈められることなく無傷であった。戦争はすでに世界史にとって古典的現象になってしまったが、侵入軍がまったく全滅したという歴史は人類はこの例以外にもったことがない。

しかし戦争は勝利国においてむしろ悲惨である面が多い。日本人が世界史上もっとも滑稽《こっけい》な夜郎自大《やろうじだい》の民族になるのは、この戦争の勝利によるものであり、さらに具体的にいえば右の参謀本部編纂の『日露戦史』で見られるようにこの戦争の科学的な解剖を怠り、むしろ隠蔽《いんぺい》し、戦えば勝つという軍隊神話をつくりあげ、大正期や昭和期の専門の軍人でさえそれを信じ、以下は考えられぬようなことだが、陸軍大学校でさえこの現実を科学的態度で分析したり教えたりしたことがなかったということである。日本についての迷妄というものは、日露戦争までの日本の指導層にはなかった。なかったからこそ、自分の弱さを冷静に見つめ、それを補強するための戦略や外交政略を冷静に樹立することができた。もし日露戦争がおわったあと、それを冷静に分析する国民的気分が存在していたならばその後の日本の歴史は変っていたかもしれない。

日露戦争はロシアの側では弁解の余地もない侵略戦争であったが、日本の開戦前後の国民感情からすれば濃厚にあきらかに祖国防衛戦争であった。が、戦勝後、日本は当時の世界史的常態ともいうべき帝国主義の仲間に入り、日本はアジアの近隣の国々にとっておそるべき暴力装置になった。

このため日露戦争の社会科学的評価はなおむずかしく、さらにひるがえっていえば歴史の価値論というのは一面むなしくもある。ただひとついえることは、もし日本が負けていれば、その後の歴史は単純な発展を遂げたかもしれないということである。クロパトキン将軍の著である『満蒙《まんもう》処分論』でもわかるとおり、満州と朝鮮はロシアの直轄《ちょっかつ》領になり、釜山《プサン》は軍港になり、対馬《つしま》は要塞化《ようさいか》され、日本本土はその属邦になって、こんにちの体制でいえばたとえばポーランドやモンゴル共和国のような形態になっていたろうということは容易に推量できる。そのほうがよかったという考え方もあるであろう。しかしそれはさておき、すくなくともそうなるまいとしてこの矮小《わいしょう》な国が可憐《かれん》なほどに緊張した時代が存在したことを、とくにその気分のなかに生きたひとびとを中心に書いてみた。この種の可憐さを近代史のなかで体験した民族はほとんど稀《まれ》だったといえるのではなかろうか。ところがいま後世という特権をもってこの時代をふりかえってみればそれがいかにも儚《はかな》く、またあわれでもあり、さらにいま書き終えてみればあわれさがこの小説とも何とも、作者自身分類のしようのない書きものの主題であったかもしれないとも思えるのである。

『坂の上の雲』という作品が、小説でも史伝でもなく、単なる書きものであると私がしばしば、それもくどいほど断ってきたのは、自分自身が小説という概念から解放されたいためであった。

主人公の人生が日露戦争にかかわってはじめて意味をもつというところから日露戦争そのものを書かざるをえなかった。このため十年ばかり前からできるかぎりの資料をあつめたが、そのぼう大さにあやうく自信をうしないかけたこともあった。しかし読んでゆくと公刊のものも私刊のものも、時間的あるいは空間的な事実関係が正確であっても、真実や真相が、意識的あるいは無意識的にはずされていることに気づいて、私のような怠け者がかつて感じたことのない戦闘心の湧《わ》くのをおぼえた。自分自身が日露戦争そのものをあらためてやってみるという作業であった。

かといって私は自分のドグマを書いたつもりはない。もともと私は他人のドグマを信じたり、自分のドグマに陶酔したりすることのできない一種の不幸な性格をもっているとおもっているから、一つ場面について残っている事実群をできるだけ多くあつめ、それらを透過してこれが真相だろうと私が思い、かつ大多数の良識の承認を得られるであろうということを積みあげてみたのである。そういう作業ははじめは苦しかったが、仕事のなかばをすぎるにつれて峠を越して坂をくだりはじめたように楽になった。その作業があやうく楽しくなりかけることがあって、そういう自分にエンジン・ブレーキをかけてゆくことのほうが大切になった。楽しくてついに淫《いん》してしまったりすれば思考がうわすべりするとおもったのである。

「戦勝国の戦史はあてにならない。戦敗国の戦史こそより多く戦争の真相を教える」

ということばがある。

戦敗国のロシア側の資料はじつに役に立った。たとえばステッセルやロジェストウエンスキー、それにネボガトフなどは戦後、裁判にかけられ、かれらが最善をつくしたかどうかについて軍事的な討論がたたかわされているだけに、戦勝国の場合よりも局面局面の事態や両軍がとった処置についての価値観がよりくっきりしている。ロシア側の従軍者たちの手記はじつに客観的態度に富んだすばらしいものがいくつかあって、それらを読んでいるうちに当時のロシア人の民度についてわれわれの既成概念を是正しなければならないと幾度おもったかわからない。

当時のロシアの状態というのは、たとえば日本の文学青年にとって永遠の存在であるかもしれないドストエフスキーでさえ、ロシアのアジア侵略の支持者で、ただしその理由はすこし風変りであった。

「ロシアはヨーロッパ圏においてはばかにされる。しかしアジアへゆけばりっぱにヨーロッパ人で通る」

という意味のことをどこかに書いていた記憶があるが、このことばの中にかれのロシアの民度に対する絶望感がうかがえるような気がする。しかしこの戦役に参加して記録を残した士官たちとなるとべつで、かれらは自分たちの国や自分たちの軍隊に対して、すくなくとも昭和期になって国家感覚がペリー来航当時に逆行してしまった日本の陸軍軍人たちよりは客観的であり、国家という存在に対して昭和期の軍人よりも知的なとらえ方をしていた。

だからロシアは敗けたのだということは通らない。当時のロシアはあらゆる国家機構が老朽しきっていた段階で、日本はこれとは逆にこの戦役より三十数年前に革命をおこして「国民」が成立し、すべてが新品の国家だったわけであり、自然ひとびとは国家に対してロマンの最高の源泉をもとめていたし、国家機構も機能的に作動していた時期であった。勝敗の原因をもっとも大ざっぱにいえといわれればそう答えるしかない。日本人がとくにすぐれていたわけでもなく、ロシア人がとくに愚鈍であったわけでもないのである。ただロシア国家は老朽化しているために愚鈍であった。信じられないことだが、ロシア帝国は相手の日本帝国に対して無知であった。日本の内閣の質の良否や司令官たちの個々の能力、国民の意識や社会制度、あるいは陸海軍の練度や戦術上の得手、不得手もしくは慣用癖などをほとんど調査していない。「信じられないことだが」と書いたが、世界史のなかですくなくとももう一例、帝政末期のロシアとそっくりの愚鈍さを示した国家がある。太平洋戦争をやった日本である。右のようなことを昭和期の日本は敵国であるアメリカについてほとんど調査することなく対米宣戦を布告した。そして負けた。日露戦争前あるいは戦中においてあれほど慎重きわまりない手配りをやったおなじ日本とはとても思えないほどのことだが、国家機構というのは三十数年であれほど老朽化するものだろうか。老朽化した国家機構というのは、みなそのように愚にかえってしまう運命をもつのかもしれない。

レーニンは日露戦争についての世界史的評価を最初にやった人であった。

ところが、レーニンを革命の父とするその後のソ連にあっては、おそらくスターリンがそれをやったのだろうが、日露戦争をロシアの歴史からほとんど抹殺した。教科書でも数行書かれているだけだということであり、国立海軍博物館でも、ロシア国家が経験した海軍の歴史を図式化したり、物品を展示したりしているが、世界の海軍史上最大の海戦である日本海海戦というのは消されてしまっている。年代表においても展示物においても日本海海戦がまったくないそうである。

私はこの作品を書いているときにソ連に取材しにゆこうとおもいつつ果たせなかった。他の取材手段によって海軍博物館や教科書の現状を知ったのだが、要するにソ連のすくなくとも海軍博物館においては、昭和前期の日本にノモンハンの敗北が〝存在しなかった〟ように日本海海戦が存在せず、いまも存在していないのである。

国家というのはまことに奇妙なものである。それが社会主義国であろうがなかろうが、体制に変りなく奇妙なものであるらしい。私はこの作品を書くにあたって日露いずれもえこひいきせず、人類がもった一時期の一局面という立場で公平に見ようとしたつもりである。戦前ならこのように書くことは困難であり、いまソ連で書かれることも困難であろう。私も日本の現実に多くの不満をもっているひとりだが、その意味での現状には満足している。

『坂の上の雲』の最後の回を書きおえたときに、蒸気機関車が、それも多数の貨物を連結した真黒な機関車が轟音《ごうおん》をたてて体の中をゆきすぎて行ってしまったような、自分ひとりがとりのこされてしまったような実感をもった。連載を書きおえてこのような実感をおぼえたのは、以前に『竜馬がゆく』を書き終えたとき以外にない。

気はずかしさを押して私事をいえば、私は他の長編の場合はただ一人の人間を追うことで終始しているつもりだが、右の二つの作品だけは多数の人間とつきあわざるをえなかった。『坂の上の雲』にいたっては三人の主人公らしき存在以外に数万人以上とつきあった感じで、その意味では作者は寒村の駅長にすぎず、つぎつぎに通りすぎてゆく列車たちに信号を送ったり、車掌から物をうけとったり、列車の番号と通過時間を書類に書きこんだりする役目にすぎなかった。

通過する列車については、可能なかぎり綿密にしらべたつもりであった。私は他に娯楽がないために物事を調べるというぐらいが娯楽であり、それをあとで書かねばならないことがむしろ苦痛なくらいである。

原則として、私は権威者に物をきいたり、あるいは助手をつかって資料をしらべてもらったりすることはいっさいしない。権威者にきくということはたとえばマンジュウを作って食うことをせずに売っているマンジュウを買うようなものであり、調べをひとにたのむということはマンジュウのアンコをひとに食べられてしまうようなもので、物事に近づくということはよく行って近似値にまでしか近づけないにせよ、近づく作業を自分でやることによって、その作業の過程においてその物の本質がわかる（あるいはわかるような）感じがしてゆくものなのである。

私における小説の概念は単純で、人間と人生における私なりに感じた課題を書くだけのことだが、この小説では人間と人生の一表現として戦争が出てくる。その戦争も、この小説の主題上、戦術的規模よりも戦略的規模の場で見てゆくようにしたのだが、その作業では陸軍のほうがやさしかった。陸軍は私自身がその世界にわずかながら居たことがあり、ごく初等の戦術も戦術用語も知っていたから、戦争の推移を地図で追いかさねてゆくだけで、総司令部レベルや軍司令部レベルでの失敗や成功の価値判断ができるような気がした。児玉源太郎や乃木希典《のぎまれすけ》の指導の価値論についてはたとえかれらが私の机の前に迫ってきても議論ができるような自信が、変なことだが、この作品の半ばぐらいで身につくようになった。小説以外の奇妙な責任感のようなものがこの作品における書き手の中にあって、彼我《ひが》の戦略や戦術の価値論でもし間違うようなことがあっては、この戦争がすでに日本とロシアの共有の歴史になっているだけに、書き手だけの自儘《じまま》がゆるされない感じがしたのである。

ただ海軍のほうは自信がなく、まずネービィの気分を知るために、海軍と名のつく書物や、海軍軍人の伝記はほとんど読んだ。

「気分がおわかり頂けるかもしれません」

という御好意でもって、正木生虎《いくとら》氏（元海軍大佐）から、通計して本にまとめれば三冊以上になるかもしれないほどの量のお手紙を頂戴《ちょうだい》した。正木氏の厳父は海軍中将正木義太翁《よしもとおう》で、正木義太という名前を旅順閉塞《へいそく》作戦のくだりで書いたことからの御縁で、その後私にとって終生感じつづけねばならない恩恵をうけつづけた。海軍の家系であられるために、義太提督の家庭における感じ、執務感覚などについて、まだ少年だった生虎氏の目や肌をとおしての印象を書き送っていただいた。これでもって海軍の普遍的な本質を得よ、という感じのお手紙で、しまいには手紙というみじかいものでなく、硬い表紙のついたぼう大な原稿のかたちで、小包でもって送っていただいたことが二度あった。兵学校に入られた前後のことなども綿密に書かれていた。

軍艦のことについては、元技術少佐の福井静夫氏から何度もくわしいお手紙を頂戴した。福井氏は世界の海軍というひろい場で比較史学ともいうべきものをご自身で確立された海軍史家で、いま世界中で福井氏ほどの権威は英国にも米国にも居そうにない。そういう人が機械としての軍艦を私に教えてくださった。

海軍の砲術のことについては正木氏より一期か二期上の黛治夫《まゆずみはるお》氏にうかがった。黛氏は砲術史の権威で、この人の場合もこの分野では世界中でまれな存在なのである。他にもほとんど数えきれないほどのひとびとから、お手紙をいただいたり、お電話をいただいたりして、ご教示をうけた。それらの手紙はいま整理しているが、その量の多さにぼう然とするほどであり、しかも資料価値の高いものが多く、私個人が私蔵するにしのびないので、いつか機会をみてしかるべき施設に寄託したいとおもっている。

日本は維新後、西洋が四百年かかった経験をわずか半世紀で濃縮してやってしまった。日露戦争の勝利が、日本をして遅まきの帝国主義という重病患者にさせた。泥くさい軍国主義も体験した。それらの体験と失敗のあげくに太平洋戦争という、巨視的にいえば日露戦争の勝利の勘定書というべきものがやってきた。

日本人が幕末から維新という、はじめて国際環境に参加したときの反応は、社会全体が一個の精神病にかかったような状態だった。攘夷《じょうい》論的ヒステリーも開国論的臆《おく》病《びょう》意識も、夜郎自大的な徳川社会人が、にわかに国際環境を知ることによって日本の意外な脾弱《ひじゃく》さを知らされたための病的現象であったとみたほうがいいかもしれない。その脾弱感という国家をあげての病的意識からのがれるための唯一《ゆいいつ》の道が「富国強兵」というものだった。国是というよりも多分に国家をあげての信仰というべきものだった。

その信仰が、維新後三十余年で、当時世界最大の軍事国家のひとつであるロシアと戦い、勝ち、勝つことによって信仰のあかしを得た。帝政ロシアの極東侵略に対し日本がそれを戦争のかたちではねかえすことができた最大の理由をあげよというならば、日本政府も国民も、幕末以来つづいてきた日本の脾弱感をもっていたがためであり、このため弱者の外交という、外交としてはもっとも知恵ぶかいものをやり、他の列強の同情を得べく奔走し、同情と援助を得ることに成功した。要するに脾弱感が勝利の最大の原因であった。

ただし、勝ったあと日本がいかにばかばかしい自国観をもつようになったかは、すでに知られているところである。脾弱感の裏返しは、現実的事実認識をともなわない強国意識であった。やはり国家的な病気がつづいていた。日本はたとえば帝国主義という、西洋が数世紀かかってやったものを、その終末期においてわずか半世紀でばたばたとやってそのあげくが太平洋戦争であった。われわれはヒトラーやムッソリーニを欧米人なみにののしっているが、そのヒトラーやムッソリーニすら持たずにおなじことをやった昭和前期の日本というもののおろかしさを考えたことがあるだろうか。政治家も高級軍人もマスコミも国民も、神話化された日露戦争の神話性を信じきっていたし、自国や国際環境についての現実認識をうしなっていた。日露戦争の勝利はある意味では日本人を子供にもどした。その勝利の勘定書が太平洋戦争の大敗北としてまわってきたのは、歴史のもつきわめて単純な意味での因果律といっていい。

日本人は、事実を事実として残すという冷厳な感覚に欠けているのだろうか。時世《ときよ》時節《じせつ》の価値観が事実に対する万能の判定者になり、都合のわるい事実を消す。日露戦争後の陸軍戦史もそうであった。太平洋戦争後も逆ながらおなじことがおこなわれ、いまもおこなわれている。事実は、文献の面でも、物の面でも、すべて存在したというものは残すべきである。いやな事実も、それが事実であるがために残しておくというヨーロッパの国々でみられる習慣に対しわれわれは多少の敬意をはらってもよさそうに思える。

ともあれ、機関車は長い貨物の列を引きずって通りすぎてしまった。感傷だとはうけとられたくないが、私は遠ざかってゆく最後尾車の赤いランプを見つめている小さな駅の駅長さんのような気持でいる。

（「サンケイ新聞」大阪版、一九七二年八月八、十四、二十二日夕刊）

江戸日本の無形遺産〝多様性〟

薩摩藩、このことについてのべます。その版図はいまの鹿児島県と宮崎県の一部です。七十七万石。大きいですね。いまでは日本の西南隅の一県にすぎませんが、江戸時代では二百七十藩のなかでもっとも雄大豪華というか、大藩であるとともに雄藩といった印象をうける藩でした。雄藩というのは英雄的な気概をもつ藩という意味でしょう。加賀百万石は大藩であっても雄藩とはいいがたいようです。

雄藩とは、まずその自負心のつよさからくる印象だったと思います。藩主以下一卒にいたるまで薩人といえばみずから恃《たの》むところ大きく、他藩に対していささかの卑下心ももちませんでした。そのことは、戦国末期から江戸期いっぱいつづいた藩士教育によるもので、人種論的なものではありません。つまり藩文化によるものといえるでしょう。たとえば薩摩は独特の方言をもち、藩士の青少年のことを「兵児《へこ》」といいました。兵児教育は兵児だけの結社をつくっての相互教育でしたが、じつに徹底したもので、〝敵を見て死をおそれるな〟〝弱者《よわもの》いじめをするな〟といったたぐいの教えは骨髄にしみこむほどのものでした。いわゆる薩摩隼人とよばれるいかにも武士らしいこの藩の風は、自然に存したものではなく、くりかえしますが、三百年間の教育によるものでした。

徳川家の紋章はご存じの葵の紋で、薩摩島津家の紋は、丸に十ノ字です。この二つに、いかにもデラックスな印象をうけるのは、江戸時代からそのようでした。いまでもその印象はつづいているのではありますまいか。

このように薩摩のことをいうと、沖縄県のひとびとは決していい気がしません。この藩は、江戸初期から幕府のゆるしをえて、琉球を属邦化していたからです。そのことはこの藩の経済力を大きくしていました。この藩は、幕府にかくれて琉球経由の対中国貿易をやっていたのです。さらには、西南諸島の人達も、薩摩藩という過去の存在にいい感じをもっていません。薩摩藩はこの島々に砂糖キビをうえさせ、ひどい搾取をしていたからです。雄藩であるために他をひどい目にあわせていたということは見のがせません。それらは、この藩の経済力をおおきくし〝雄大豪華〟という印象の一要素をなしていました。

あるいは、島津家が十二世紀にさかのぼりうる名家であるということも、豪華であるということの要素の一つだったでしょう。将軍である徳川家より歴史がふるく、はるかに筋のいい家でした。

明治維新は、この藩と長州藩が主動力になり、他の諸藩をまきこみ、幕府を倒すことによって成立したのです。同時にこの二つの藩が主動しただけでなく、みずから藩であることを否定し、さらには自分たち士族の特権を停止し、国民という一階級の社会を創出し、あわせて中央集権を成立させることによってできあがったものです。薩長のはたした役割は過少に見ることはできません。

長州藩は、ずいぶん気質がちがいます。日本人を分類するという場合、「長州人タイプ」

という言い方があります。頭がよく、分析能力をもっている。また行政能力にすぐれ、しばしば政略的《ポリティカル》でもある。権力の操作が上手で、とくに人事の能力に長けている、といったふうな感じなのです。明治後の人物でいえば、伊藤博文、これは代表的でしょう。また山県有朋においてその典型を見るといったふうな感じとり方もあります。山県は、明治二十年ぐらいから明治末年まで官界と陸軍官僚の上に法王のように君臨していました。いかにも組織の魔術師的な組織者といったふうでありました。

——長州人は、どうもちがう。

という言い方が、いまもあります。賞讃と憎しみをこめていいます。話がわきみちにそれますが、第二次大戦後の日本の政界においても、岸信介、佐藤栄作という二人の首相に、なにごとかの共通性を見出そうという作業は、たとえ非学問的であっても、茶のみばなしとしておもしろいものです。茶のみばなしをもっと面白くすれば、第二次大戦後の反体制的な政治家——つまり日本共産党の大きな存在——野坂参三、志賀義雄、宮本顕治といった三人が、長州人であるということを考えるのも、一つの座興でありましょう。いまでいえば山口県という、さほどに重要な力をもっているとは思えない県から、このように、政治力をもったひとびとがつぎつぎにでてきた——半ば過去形でありますが——のは、なにかその地に遺伝子とか特別なウイルスのようなものがあるのではないかと考えたくなります。

私は、べつに、それをここで考えようとするのではありません。

ただ、こういうことが考えられないでしょうか。

長州藩毛利家は、十六世紀、日本で戦国時代といわれている時期に、一大膨張を遂げ、中国地方（山口県、広島県、岡山県、鳥取県、島根県の五県。旧分国では十カ国）を版図にしていました。それが、豊臣政権に参加し、やがて豊臣政権が衰弱して徳川政権に移行するとき、有名な関ヶ原の戦い（一六〇〇）がおこりました。そのとき、毛利家は負けた側に加担したのです。勝った側の徳川幕府という新政権は、できれば毛利家をつぶしたかったでしょう。しかし潰すには、軍事力によって粉微塵にする必要があります。それをやったのでは、政権樹立早々でもあり、政情は当然不安定で、戦い数年のあいだになにがとびだしてくるかわからず、そのことをおそれて、戦後処理として、毛利家の版図を三分ノ一に減らしただけでとどめました。

つまり山口県一つ（旧分国でいえば長門と周防の二国）にとじこめたのです。わずか三十六万九千石。人員でいえば、かって百何万石という大規模の人数が、三分ノ一の土地に押しこめられました。

パイが三分ノ一になって、それだけの人数の武士を養えるものではありません。毛利家はそれまで広島を根拠地にしていましたが、いまの山口県――長州といいましょう――にゆくにあたって、どうか自由に離れていってもらいたい、と家臣にその旨のことを頼みましたが、離れる人はすくなかったようです。このため、それぞれの石高や扶持も三分ノ一以下になり、薄い石高・扶持の者は食べてゆけないほどになりました。このことが、徳川氏へのうらみを伏流水のように長州藩の底に流れさせたといえます。二百数十年も流れつづけたのです。むろんうわべは、徳川家に対して恭倹《きようけん》そのものでしたが。

さらにこの一大減封《げんぽう》のとき、山口県へ移る人員に加えてもらえなかった人もおおぜいいましたが、そういうひとびとの多くが、農民身分になってついてきたのです。かれらは、山野を開拓して自活しました。

長州藩では、他藩にない、微妙な意識があります。士農工商をふくめて、長州藩は一つだという一藩平等——平等といってはいいすぎながら——そうとしか言いようのない意識があったのです。それは、右の事情に淵源《えんげん》するものです。〝自分はいまは百姓ながら三百年前は毛利家のしかるべき武士だった〟という意識。士分階級のほうも、百姓に対し、どこか他藩にない遠慮と親しみをもっていました。それが、幕末、この藩が幕府の第二次長州征伐の前後、幕藩体制下における奇蹟の無階級軍隊をつくるという結果になりました。

ともかく、長州藩は、百数十万石という多量のミルクを三分ノ一の量に濃縮ミルクにしたような藩でした。戦国時代の武士というものはほとんどが遠くは農民の出ですが、要するに何らかの気概のあった者が武士になったのでしょう。それらを江戸期の長州藩は、一つの罐の中でコンデンス・ミルクにしたようなぐあいでした。城下だけでなく、山や野にも、他藩とはちがう何かがあったはずです。

それに、さきにふれたように、第二次長州征伐前は、藩の防衛のために、階級を問わぬ志願制の軍隊をつくりました。足軽や農民・商人・職人といったあがりの者が、藩の肝煎で〝諸隊〟とよばれる隊をつくったのです。奇兵隊がもっとも有名です。〝奇〟とは正統ならざるものをいいます。これに対し正統は、むろん残してあります。藩の武士組織です。

長州藩は、幕府の第一次長州征伐のとき、恭順を示すために過激派を追い、佐幕傾向の保守派――当時、正義派と自称していた過激な倒幕派から因循《いんじゅん》派とよばれていました――の内閣をつくっていました。この保守派は、城下の萩の中以上の階級の藩士層ほとんどを支持基盤としていました。つまり長州藩には、急進派と保守派の二大政党があって、その上に藩主がすわっていました。藩主は伝統として「君臨スレドモ統治セズ」つまり明治憲法下の天皇、もしくは英国憲法における国王のようでした。その下に二大政党がある。なにか、小さな近代国家を彷彿《ほうふつ》させます。その上、産業立国主義でした。江戸体制は、古来の水田の上に、あぐらをかいています。長州藩は、なにしろ十七世紀初頭に三分ノ一になったものですから、財政をよくするために積極的に産業に心がけ、たとえば、富農や富商に請負わせて瀬戸内海岸の干拓をして水田面積を拡大したり、また他の物産の生産にも力を入れつづけていました。幕末において長州藩は、表高《おもてだか》は三十六万九千石ながら、実収入は百万石以上あるといわれるようになったのです。またこの藩は、自領の下関を商品投機の基地として、九州の物価と上方《かみがた》の物価の差に目をつけ、とくに綿や綿布の投機で儲けたりしていました。それで儲けて大商人になった代表的なブルジョワジーが、たとえば白石正一郎というすぐれた人物でした。かれは藩の倒幕過激の徒、つまり正義党のスポンサーでもありました。

そういうわけで、幕末、どの藩も財政が疲弊しきっていた時代に、長州藩と、前にのべた薩摩藩ばかりは元気でした。

そこで、奇兵隊など、諸隊のことです。結局としてこの庶民軍は、藩の費用でまかなわれつつも、正義党の軍になり、幹部も兵士もみな正義党でした。

幕府による第二次長州征伐の前夜、長州に政変がおこりました。幕府派（つまり佐幕の、いわゆる因循グループ）が藩の藩士組織を動員して藩首都の萩をかためているところへ、野党正義派グループの首領高杉晋作が奇兵隊など庶民軍をひきいて、絵堂というところで藩の正規武士団を破り、萩城下に入って、新内閣をつくるのです。新内閣の旗じるしは倒幕でありました。そのまま山陰路を進み、石見の浜田城を落城させ、その後、曲折をへて薩摩と手をにぎり、倒幕軍となって東へすすむことになります。

このように、倒幕をめぐって言いますと、薩摩藩は、政略的であったのに対し、長州藩は藩内において庶民軍が勝ち、いわば革命政権ができていました。

庶民軍という存在をキーにしていいますと、そこに〝国民〟という一階級意識のめばえが、藩規模でできていたといえます。

べつの見方でいえば、——長州藩は、書生たちが藩を牛耳って、やることなすことがめちゃくちゃだった。四カ国艦隊を相手に一藩だけで戦争をしたり、幕府に両度にわたって攻められたり、あのままでゆけばつぶれていたろう。

ということがいえます。たしかに長州藩はつぶれていたでしょう。

薩摩藩が、政略として長州藩に手をさしのべたから、長州は明治維新までこぎつけることができたといえます。

手をさしのべたのは、長州藩は右のように藩内革命をやったものの、幕府は第二次征長令を大名三十一藩に対して命令して（慶応元年十一月）長州は穴をふさがれたネズミのように窮しきっているときでありました。

その数カ月のち（慶応二年三月）、土佐浪士坂本龍馬のあっせんで、長州の代表者木戸孝允がひそかに入京して、薩摩の代表の西郷隆盛と秘密の軍事同盟を結んだのです。この秘密は、ついに幕府にも世間にも洩れませんでした。〝長州が可哀そうじゃないか〟と坂本が、しぶる西郷に対して声をはげましていったそうです。一介の浪人が犬猿の仲といわれた二つの大藩の仲介をするなど、異常なことです。時代はそこまで切迫していたともいえます。さらにいえば、坂本は浪人ながら長崎で浪人結社「海援隊」をおこし、薩摩と長州と土佐、それに越前福井藩をいわば株主にしていました。おもしろくいえば、坂本は海上にうかぶ私設の藩をもっていたようなもので、そういう勢力を背景に口をきいていたのです。この秘密同盟ができあがったとき、維新は大きく躍進したといえましょう。同時に長州がすくわれ、薩摩が新時代の主人公になったともいえます。明治後、最後の将軍だった徳川慶喜が、

「長州は憎くない。なぜなら最初から倒幕を呼号して旗幟《きし》鮮明だった。それに対し、薩摩はぎりぎりまで幕府びいきのような顔をしていた。」

といったといわれていますが、薩摩はそこまで政略的でした。

ここに両藩の藩風のちがいがみられます。

長州藩は書生の集まりのようなもので、たえず百家争鳴しています。この書生の親玉である高杉晋作は天才的な人ですが、一時期、野党にまわって四国の讃岐に亡命していたとき、

「わが藩の者は、秘密が守れない。いつも洩れてしまう」

と、同志に対する手紙のなかでこぼしています。長州人にとって〝動カザルコト山ノ如シ〟というのは、にが手なのです。

そこへゆくと薩摩藩というのは、鉄の桶が水洩れしないように、秘密はまず洩れることがありません。藩風として、黙って死ぬというところがあります。指導者は西郷隆盛と大久保利通でしたが、大久保は国もとにあって藩主（藩主が幼主だったためその父島津久光）をしっかりにぎり、しかも久光には倒幕のことを話さず、一方、西郷は京都にあって幕府や諸藩と接触を保ちつつ、藩士団のすみずみまで掌握していました。一糸乱れずという形容は、この時期の薩摩藩の印象にじつにふさわしい。

ここでちょっと、西郷と大久保、そして西郷の秘書団ともいうべきグループについてふれておきます。

西郷もそのグループも、また大久保も、鹿児島城下の川（甲突川《こうつきがわ》）そばのひくい土

地のうまれです。その一角は、下級武士ばかり約八十戸の集合区劃になっていました。幕末とは嘉永六年のペリー来航以来のことをいいます。薩摩藩も非常事態のために、泰平の時代のように封建的門閥で運営してゆくことができず、この両人が大いに出頭し、大久保が前記島津久光の側近になり、久光を誘導しては藩の対外姿勢をきめ、西郷は京都に駐在して、国内的な藩外交のいっさいをとりしきってゆくという形になりました。野球でいいますと、西郷が投手、大久保が捕手、ときには役割が逆になります。久光はばかな人ではありません。おそらく朱子学者として田舎の塾でもひらけるほどの教育があったでしょう。しかも朱子学をやりすぎていましたし、気質的にも大《だい》の保守家で、幕府を重んじ、藩体制を旧のまま、というふうに考えておりました。そういう久光に対し、それを大久保と西郷は、倒幕の底意を久光に気取《けど》られぬまま、なだめ、すかし、おだてたりして重戦車のように重い藩の方向を、ひそかに自分らの意図する方向に持って行ったのです。ひょっとすると、大久保は、久光に、

——徳川家に取って代って、島津幕府をひらくということになるかもしれません。

などということも、ささやいたことがあったかもしれません、想像ですが。

西郷・大久保は、むろん単なる策謀家ではありませんでした。人間としての清潔さ、いさぎよさ、あるいは無私な点などをふくめて、日本史上、類のない人物で、真に英

傑という名にあたいしましょう。それだけの人物が、狐のように、久光という主君代理者（藩主の父）をだまさざるをえなかったのです。封建制というのは、悲痛なものですね。

ついでながら、西郷は藩主の気づかぬままに藩軍をひきいて幕府をたおしてしまいました。あまつさえ、明治二年、版籍奉還という、大名の領地を中央に返還してしまいます。明治四年には廃藩置県。藩をやめて県を置く。島津久光としては茫然自失、さらには怒りのあまり、鹿児島の別邸で、夜、大花火をうちあげさせ、一人黙然としてそれを見つづけたといわれています。久光は西郷を、

「安禄山」

と、左右の者にいって罵っておりました。安禄山はご存じのように異民族出身の将軍でよく肥ってもおりました。ひそかに軍隊をひきいて皇帝にそむき、一時、首都をも占領した人物です。西郷のようにまじめな人が、逆臣である安禄山よばわりされるとはつらかったでしょう。

かれにとって、明治政府をつくることは、主君への裏切りになったのです。このことが明治後の西郷の憂鬱のたねでした。かれが、明治政府の軍事権をにぎる唯一の陸軍大将でありながら、ほどなくその職をやめて、鹿児島に帰り、孤独な狩人《かりうど》になった

というのも、久光が罵倒しつづける〝安禄山〟ということばがその心につらすぎたからだと思います。後日、西郷は非業に死にます。封建人でありながら封建制を否定するということがいかにつらいものであったかが、この一事でもわかります。

さて、ここでべつな話をしましょう。

前回かに、幕藩体制というのは大名同盟である、将軍家はこの国の元首とはいうものの、皇帝とか国王とかでなく、ずばぬけて大きい大名で、かれが天下のぬしであるのは大名同盟の盟主ということによる、と考えるほうが、より実体に近い、ということを申しあげました。

ただ、将軍である徳川家は、直轄軍として旗本八万騎を擁し、さらには政府を運営するために四百万石の天領（直轄領）をもっていた、ということをのべました。

大名の数は、ふつう、

「三百諸侯」

などといわれていました。二百七十ぐらいあったでしょう。それらの藩の多くは、江戸初期をすぎると、いまの「法人」という概念で考えたほうがいいと私は思っています。藩主は自然人というよりも、法人の象徴もしくは一機関になっていました。藩にとって、大名という自然人よりも法人のほうが優先して考えられるというふうになっていました。幕末の長州藩などは、その典型的なものでしょう。君臨スレドモ統治セズ。

長州はそうでしたが、他の諸藩の場合、英邁《えいまい》な藩主が出ると、こんにちのオーナー会社のように、藩主みずからがオーナーとして独裁権をふるうばあいもあります。幕末の佐賀藩の鍋島閑叟《なべしまかんそう》、また幕末の土佐藩の山内容堂《やまうちようどう》がその稀少な例であります。このことは、のちに申しあげます。

まあ、藩はおおむね法人だったということよりも、幕藩体制は大名同盟である、ということの続きを申さねばなりません。

徳川家は、親衛的な大名団をもっています。これを「譜代《ふだい》」というのです。戦国のころ徳川家の家来だった者を大名に昇格させた者を譜代大名というのです。大名同盟の与党《ガバメント・パーティ》と考えていい。むろん近代政体の与党よりも、はるかに主家に対して忠誠心がつよいことはいうまでもありません。かれらは与党ですから、幕府の老中（閣僚）になったり若年寄（閣僚補佐）になったりします。重職にはつくが、石高は大きくない、それが譜代大名の一特徴です。

これとはべつに、外様《とざま》大名というのがあります。これは、近代政体における野党と考えたいのですが、近代政体における野党は政府の反対党という意味である。そういうことでは、江戸日本の幕藩体制とはちがいます。外様大名は、譜代以上に忠誠心を見せつづけねばいつ取りつぶされるかわからない。ただ、政府の役職につけず、国政の実務を担当できないという点では野党でした。

外様大名には巨大な領地をもつものが多いということが、一特徴です。加賀百二万石の前田家、仙台五十九万五千石の伊達家、また前述の薩摩や長州、さらには肥前佐賀藩鍋島家三十五万七千石、また土佐藩山内家二十四万二千石、これらは、数ある外様大名のなかでも規模の大きなものです。(もっとも規模の大きなものとしては、他に、肥後熊本藩細川家五十四万石、筑前福岡藩黒田家五十二万石というのもでっかいのですが、これらは、それぞれの藩事情があって、仙台、加賀と同様、明治維新には、ほとんど動いていません)

外様大名の成立は、江戸幕府以前において、徳川家と同格の大名だったものが、幕藩体制ができたときに、徳川家の下についた者たちです。

さきの薩長両藩に関していいますと、以上のような外様大名のなかでも、この両藩は野党性がもっともつよかった。なにしろこの二つの家は、徳川幕府を成立させた記念すべき関ヶ原の戦では、徳川の敵方にいたのですから、最初からアイクチをのんでいたようなものです。徳川方は、幕府成立早々攻めつぶしたかったでしょうが、それよりも政情を安定させるという高度の政治判断から、この両藩を残さざるをえなかった。

むろん、この両藩は、泰平の時代は、幕府のいうことをご無理ご尤もときいて、自家の保存につとめています。譜代大名とはくらべものにならぬほどに、うわべの忠誠心については、大きなエネルギーをそそぎつづけたのです。

幕府はその初期、とくに薩摩藩に対しては、油断しませんでした。

——もし薩摩藩が江戸へ攻めのぼるときの用心のために。

ということで、その沿道に大きな城をきづかせておいた、ということでもわかりましょう。薩摩が外へ出るときの最初の関門としての肥後熊本城は、まことに巨大です。広島城、岡山城、姫路城、大坂城、名古屋城といった巨大城郭は、薩摩藩の東上を想定したものだと考えていいのです。

それは余談です。

要するに、大名同盟である幕府体制は、ぬきんでた大名である徳川将軍家が、盟主である実をうしなった場合、いつでも野党の大名で盟主としての実力をもつものが取って代っていい、それは、一つの暗黙のルールでした。ですから、薩摩や長州が徳川家に反逆しても、忠義・不忠義という倫理問題にはなりにくい。力の上に、幕府が立っているのです。薩摩や長州は、形式は徳川家に従属しつつも、譜代大名の場合のような厳密な主従関係にあるとはいいにくい。力がさかんなればこれに従い、力が衰えればこれにそむく、そういう関係だったと考えていい。

というように申しますのは、幕藩体制というのは、交替能力をもつ野党的な大名がいくつも存在した、ということをいいたかったのです。むろん徳川幕府の当初の設計者が、亡びのときまで考えてそのように配置したわけではありませんが。

いや、そうだ、という意見もあります。薩長に舞台をゆずって、幕府をみずから解体させた当の勝海舟がいっています。

——幕府というのは、シツケ糸一本を抜くだけで解体するようにできていたのだ。

うますぎる発言ですが、多分に真実性はあります。

さて、三百諸侯の多様性について申しあげねばなりません。これは、結果として明治国家がもっていた力だったと思います。

土佐藩のことです。明治維新を成立させた藩は、ひとくちに、薩長土といいます。また肥前佐賀鍋島氏を加えて、薩長土肥といいます。

土佐藩もまた野党――つまり外様――でした。薩長とちがうのは、徳川家から大きな恩顧を蒙っていたことです。土佐には戦国から豊臣期にかけて長曾我部《ちょうそかべ》氏という地生《じばえ》の大名がいましたが、関ヶ原のとき、毛利や島津とともに敗けた側に与《くみ》し、戦後、徳川幕府によってとりつぶされました。代って、遠州掛川にいた山内《やまうち》氏という小さな大名が、土佐に入りました。四、五倍領地がふえたので、それに見合うだけの家来を、土佐へ入る前にふやしました。これが、失敗でした。というより、特異《ユニーク》な藩になりました。

土佐にはかつての長曾我部氏の遺臣がたくさんいたのです。しかもその人数は、多うございました。なにしろ、長曾我部氏は戦国の末期、土佐一国に居るだけで満足せず、天下をねらったのです。この点、長州も薩摩も、うまくはゆきませんでしたが、戦国末期に天下を志した家です。つまりは、三藩とも風土として志が天下にあり、それが土にしみついていたのでしょう。

戦国末期の土佐長曾我部氏は、まず四国平定をしようとしました。とてもそのために昔からの侍では人数がたりないものですから、自作農を武士にしました。平素は田を耕している。いざとなれば、具足を着て出てゆく。これを〝土佐の一領具足〟といいました。一種の国民皆兵でした。ついでながら、フランス革命がかかげたのは自由と平等ですが、その平等——階級を無くすること——が、端的にあらわれて、感覚として社会に〝平等の世だ〟ということを実感させたのは、国民皆兵にしたことでした。はるかな後世からみれば、軍隊などは軍国主義だということで片付けられそうなものですが、フランス革命の果実をたべてしまったナポレオンが、いわば革命の輸出という意識が半ばあってヨーロッパの他の国に兵を出します。百戦百勝だったのは、相手の国々の軍隊が、貴族を将校とし、兵卒はお金でやとう、王様にお金が乏しければ、すこししか備えない、というのに対し、ナポレオンの軍隊は、庶民の中で有能な者が将校になり将軍になり、兵卒は無料で、つまり召集令状一枚で無限にちかくかりだすことができたからです。

余談をおわります。

戦国の土佐長曾我部氏の〝一領具足〟たちは、戦争にも強く、さらには、厳格な階級社会を突きくずして出てきたひとびとですから、なにか平等意識というものをもっていました。

徳川幕府がはじまると同時に、そういう土佐が、よそからきた無縁の山内氏と見知らぬ武士たちによって支配されたのです。〝一領具足〟たちは農民になりましたが、おもしろいことにかれらは長曾我部の遺臣であるという意識をすてませんでした。時がたつにつれて、土佐の全農民は長曾我部の遺臣だと思うようになったのです。土佐は、意識の上で二枚構造というか、大げさにいえば二つの民族が存在するようになりました。

よそ者である山内侍たちは、長曾我部侍（厳密には農民身分ですが）からみれば、駐留軍のようで、かれらはなかなか根づかず、また農民層はかれらを心から尊敬するという姿勢をとらなかったのです。むしろ土佐の農民たちは、〝おなじ人間で、なぜこんな差別があるか〟ということを、他藩の人間ならあるいは考えないかもしれないことを日常的に考えるようになりました。

山内家は、この調整と、農民層から不満のガスをぬくために、かれらの中から富裕なもの、山野を開拓した者などを〝郷士〟という下級藩士にとりたてました。数百人の郷士ができました。この藩では、庄屋階級は区長のように一種の藩吏なのですが、その職を郷士にやらせました。ところがかれらの胸中の〝長曾我部意識〟には変りがなく、このため土佐の郷士・庄屋たちは、上につかずに下につくといわれました。まだ徳川幕藩体制が安泰なころ、土佐の一劃の庄屋たちがひそかに同盟を結び、内密で申しあわせしました。

〝天朝〟というものを仮設したのです。そのことによって、重くるしい幕藩封建制の階級性というものを、思想という架空性の中ではねのけようという気分がうかがえます。

「山内家は、つまり殿様は、田畑の表土から生えた作物を租税としてとるものである。しかし表土以下の土は支配していない。表土以下の土は〝天朝〟のものである。農民は山内家のものでない。〝天朝〟の直臣である。農民を管理している庄屋は、〝天朝〟の役人である。山内家の役人ではない」

ということというものでした。このことも、明治後、土佐が自由民権思想の一大飼育場になったことと思いあわせるべきです。明治時代、土佐にむらがり出た自由民権家は、一朝一夕の伝統ではないのです。

幕末、藩の上層をなす山内侍は佐幕でした。

〝長曾我部侍〟である郷士・庄屋階級が、当時のことばでいう勤王派になったのも、右によって当然なことでした。ついでながら、当時の郷士の一人が〝勤王というのは革命をともなう観念で、従ってそのころ土佐の保守層では火付け・強盗とおなじにおいのことばだった〟という意味のことを回想しています。

土佐では、一藩が倒幕思想をもつということはないため、志をもつ郷士たちは多く脱藩しました。かれらは山野を放浪し、じつに多くの者が非業にたおれました。さきに出てきた土佐脱藩浪士坂本龍馬もその一人であります。

しかし幕末のぎりぎりになりますと、上士（山内侍）も下士（郷士）の熱気にあおられて、時勢の炎の中に土佐藩を投じようとします。このころ、かつて独裁的だった藩主山内容堂は、自分の思想が時代にあわないと気づき、みずから藩政指導の局面から身をひき、政治面は後藤象二郎という家老にやらせ、藩の軍事面は板垣退助にやらせます。

このようにして、倒幕の第一戦ともいうべき鳥羽・伏見の戦から、土佐藩は薩長の戦列に加わるのです。

土佐派より遅く打倒徳川軍に参加したのは、三十五万七千石の外様大名肥前佐賀藩鍋島家でした。

打倒徳川の第一戦である鳥羽・伏見の戦のときは、むろん肥前佐賀は参加していません。

しずかな藩でした。

その上、佐賀藩は伝統的に二重鎖国でした。日本という国家的鎖国の大桶の中に、もう一つ藩という小桶の鎖国があって、佐賀藩士は他藩士とつきあうということをしません。幕末、京都に各藩の外交役（正称は周旋方）があつまって大いに論じ、大いに情報をさぐりあったのですが、その時期も佐賀藩は藩是として人を出さず、それを禁じていました。自然、佐幕とか倒幕とかいった議論や情勢にうとかったのです。薩長のほうから、佐賀をさそったのです。というより、懇請したのです。佐賀をさそわなければ、全国規模にひろがるであろう革命戦に勝つことがむずかしかったのです。

それは、佐賀藩が、日本でただ一つ重工業をもつ藩だったからです。

それは、藩主鍋島閑叟のモノマニヤックなほどの情熱によるものでした。いまでいえば佐賀県は日本の都道府県のなかでも面積も小さく、貧乏でもある県ですが、封建割拠——つまり自治——というもののおもしろさは、意外な花をひらかせるものですね。佐賀は、科学技術という点で、かがやくような藩でした。

この藩は、幕府から長崎警備を依嘱されているものですから、早くから藩を洋式化していました。

多くの藩士に物理や化学、機械学、あるいは造船、航海術を学ばせ、語学としては最初はオランダ語、その後は英語といったようなものを習得させていました。理科系の書物を読ませるためでした。

幾隻かの英国製軍艦を購入していましたし、それらを修理したり、小さな船舶を建造したりするドックももっていました。

英国製のアームストロング砲ももっていましたし、陸軍は施条銃《ライフル》で装備していました。

鳥羽・伏見の戦のあと、鍋島閑叟は藩の洋式軍隊をひきいて京にのぼりましたが、ある日、長州の木戸孝允に懇願されて、新政府軍に参加します。薩長土肥になったわけです。

もう一つ佐賀の特徴は、人材でした。この藩は異様なほど藩の子弟に勉強させる藩でした。小学段階から大学段階まで設け、各級のふしめ節目の進級試験におちると、役料がもらえないばかりか、家禄まで減らされます。

佐賀藩士大隈重信は、むろん家中《かちゅう》きっての秀才でした。が、無個性な人間や、詰めこみ勉強を、親の仇のようににくんでいました。後日、かれは自分の藩の詰めこみ勉強をののしって、

「独自の考えをもつ人物を育てない」

といいましたが、あるいはそうかもしれません。しかし、実直で有能な事務官タイプの人材を多くもつことができます。げんに佐賀藩は、京都から東京に移った新政府

に、有能な行政官と事務官を提供することになったのです。

薩摩の藩風（藩文化といってもよろしい）は、物事の本質をおさえておおづかみに事をおこなう政治家や総司令官タイプを多く出しました。

長州は、権力の操作が上手なのです。ですから官僚機構をつくり、動かしました。

土佐は、官にながくはおらず、野にくだって自由民権運動をひろげました。

佐賀は、そのなかにあって、着実に物事をやっていく人材を新政府に提供します。

この多様さは、明治初期国家が、江戸日本からひきついだ最大の財産だったといえるでしょう。


（『「明治」という国家』日本放送出版協会、一九八九年九月）

日本の統治機構について――「翔《と》ぶが如《ごと》く」を書きおえて

日本の統治機構は、政府というべきなのか、それとも「官」といったほうが語感として本質に近いものなのか、ここ十五、六年来、すこしずつ考えてきて、その濃度がやや濃くなったときに「翔ぶが如く」を書く気になった。

数年前、友人と寺の座敷でとりとめもない話を肴《さかな》に酒を飲んでいた。話は主として遠い時代の密教美術のことで、現世のことではない。友人は寡黙《かもく》な人である。ときどき吐く言葉は十分に体温がこもっていて、考えぬかれている。そのひとが、不意に杯を置いて、

「日本の政府は結局太政官ですね。本質は太政官からすこしも変わっていません」

と、いった。前後が何の話だったか。私はこの友人が二十年も中央官庁につとめている技官であることを忘れていた。何か、物の破壊音を伴ったようなこの言葉を聞いたとき、私はつよい衝撃をうけたが、しかし友人はそれ以上はいわず、話題を他のこ

とに移した。

話が変わるが、私は土地問題に関心をもっている。あの人にきけばいいと教えてくれる人があって、土地に関する中央官庁にいる官吏の人に会った。紹介者が同席してくれた。評判以上に頭のいい人だったが、土地についての私の考え方が根源的すぎるせいか、私のいう主題にはつきあってもらえなかった。官吏は、運営者である。根源的な問題につきあうべきでないということだったのか、あるいはそういう官吏としての自分の立場を明快にするための表現だったのか。

「私ども役人は、明治政府が遺《のこ》した物と考え方を守ってゆく立場です」

という意味のことをいわれた。私は、日本の政府について薄ぼんやりした考え方しか持っていない。そういう油断の横面《よこつら》を不意になぐられたような気がした。私は、兵隊にとられている間じゅう、日本の国というものについていまなお言いあらわしようのない疑問を持っていたが、敗戦後、戦後社会がやってきたとき、ひどく明るい世界に出たような気がし、敗戦を、結果として革命と同質のものとして理解する気分にとりつかれた。いまでもその気持が変わらないが、よく考えてみると、敗戦でつぶされたのは陸海軍の諸機構と内務省だけであった。追われた官吏たちも軍人だけで、内務省官吏は官にのこり、他の省はことごとく残された。

機構の思想も、官僚としての意識も、当然ながら残った。太政官からすこしも変わっていません、というのは、おどろくに値しないほど平凡な事実なのである。

官とは、明治の用語で、太政官のことである。日本語ではない。遠い七世紀に、日本の農地をすべて天皇領にし、すべての耕作者をオオミタカラ（公民・天皇のヤッコ等という意）にしたとき、それらを統治するための中央集権の機構を中国式にし、それを官という中国語でよんだ。その後武家政治という現実主義的土地所有制の出発で「官」は有名無実になり、明治維新とともににわかに復活した。極端な開化政策をとるためには、極端な復古主義に重心を求めざるをえなかった当時の政治力学の所産といっていい。

「太政官」

と書かれた提灯《ちょうちん》を供《とも》に持たせて、当時の官員が、暮夜、太政官から自邸へ帰る。供は江戸期の旗本の供がそうであったように、草履《ぞうり》とりもおり、挟箱《はさみばこ》持ちもいる。維新に乗り遅れた福岡藩出身の金子堅太郎は、維新早々、平賀義質という司法省の官員に仕えたが、つまりは江戸期の若党だった。御用箱という挟箱をかつぎ、太政官まで供をし、主人が退庁するまで玄関のそとで待っている。主人が退庁するとき、玄関先で土下座で平伏し、そのあと主人に従って主人の自邸へ帰る。主人の自邸は、他のほとんどの大官がそうであったように、太政官が安く世話をした大身の旧旗本の屋敷であった。

要するに維新早々の「官」というのはかつて幕府のことを「大公儀」と尊称したものと概念、思想、語感がほとんど変わらず、官員の権威は、大官が旧大名で、中以下は旗本であった。かつての大公儀の政令は各藩の内治にまで及ばず、法理的には「大名のうちの最大なるものでその盟主」というにすぎず、大公儀の武威が衰えると諸藩が野党的色彩を帯びるという相対的な一面もあったが、「官」の場合、明治四年、薩長土の「御親兵」の武威によって廃藩置県が成功すると「官」は日本史上最強の絶対権力になった。維新後わずか四年だから、太政官にいる者以外からみればあっという出来事である。

そのすさまじい権力と権威を官員たちがにぎったのだが、当時の権力外の者からみれば、かれら官員の成立は他愛もない。

もともと太政官は、慶応三年末、大政奉還とともに京都御所内で誕生した。そのときの太政官は、一文の経費も一人の兵士も持たず、職員ももたなかった。太政官を運営するために諸藩の推薦によって貢士、徴士が御所に詰めた。議員的な貢士には一定の定員があったが、官員的な徴士は無制限で、結局は薩長人が多数を占めた。明治元年十月、太政官が東京に移り、旧徳川家の領地を財政の基礎として店びらきしたとき、この徴士出身者が大小の官員になり、大は大名屋敷に住み、小は旗本屋敷に住んだ。と同時に貢士・徴士の呼称は消え、かれらはいつのまにか「朝臣《あそん》」と称するようになった。「朝臣」というのは俗称で、貢士・徴士のように法令に裏付けられたものではない。「官」はできたが、なお諸藩は残っている。藩士たちも、地方地方にそのまま居住している。

　東京に出た「朝臣」だけは別の存在で、天皇の直参《じきさん》であるという自認の上に自分を成立させていた。直参といっても天皇が金穀を出して傭《やと》ったわけでもなく、諸藩や諸藩の士族が承認したわけでもなかった。自認であった。が、かれらが握った中央権力には律令《りつりよう》制の官位という妙手があった。従《じゆ》四位とか正《しよう》三位とかを自分たち自身に呉《く》れてやることによって「朝臣」の体《てい》になった。さらに当時の国民経済からみれば比類を絶した高俸を、大小の官員は得た。旧幕の直轄領《ちよっかつりよう》五、六百万石からのあがりと、旧幕が持っていた関税による収入は、かれらの高俸を十分保証した。

　藩地に残った連中からみれば、これほどばかばかしくも腹立たしいことはなかったにちがいない。とくに革命に武力を提供した薩長土肥の四藩の士族から見れば、東京へ行って、いつのまにか日本の支配者になってしまった連中を殺してもあき足らぬ感情があったにちがいない。かれらは戊辰《ぼしん》戦争で戦い、ほとんどが何の恩賞もうけずに革命戦が終わると国へ帰され、軍隊の解散を命ぜられた。自分たちが命をまとにして戦ったことの果実はすべて「官」と「朝臣」が食い、かれらを肥やすだけになり、それだけでなく、自分たちがかれらに支配される結果になった。ただ東京の「在朝」の者の身分には矛盾が一つあった。「朝臣」でありながら所属藩の家来であることだったが、これも明治二年六月の大名たちの版籍奉還および明治四年七月の廃藩置県で藩が消滅し、朝臣たちの身分的矛盾が解消するとともに「太政官」は絶対権力になった。

逆に旧藩の士族は特権のすべてをうばわれた。とくに維新の原動力になった薩長土肥の士族ほど憤《いきどお》りは深かった。士族の反乱を代表したのが、土佐を除く右の三藩の士族だったことを思うと、以上の消息でもってかれらの感情はほぼ察しうる。明治維新の成立とその後というのは士族感情のレベルのみでとらえると、じつにお粗末な猿芝居のようなものになる。「官」もまた猿芝居的なもので成立したが、明治四年に全国支配の権力になったときに、圧倒的な権力と権威を得るにいたる。

それらの「官」の代表がなんといっても大久保利通《としみち》であった。かれは自分たち官員の成立事情のお寒さには目をつぶり、この絶対権力を文明開化の巨大な推進体にし、官員たちに対し、その輝ける推進者であるというふうに鼓舞し、その意味での正義を与え、それによって官僚たちの士気をいやが上にも高め、かれらの郷党に対する後ろめたさを忘れさせようとした。その開化への正義の熱狂的な信者の代表的な存在が、川路利良《としよし》であった。かれのその熱狂的な目からみれば、時代の被害者にすぎない郷党の者たちが頑迷固陋《がんめいころう》な反革命主義者に見えた。

明治後の西郷は、陰画的であった。

倒幕段階の西郷はたしかに陽画的で、かれがどういう人物だったかを、ほぼ私どもはつかむことができる。

かれがこの変革期にうまれたとしても、もし河内狭山《かわちさやま》一万石の北条家あたりの大名の家来だったら、狭山池のほとりに巨眼巨軀《きょがんきょく》の奇人が住んでいるとうわさされる程度で、安穏な生涯を終えたかもしれない。かれは徳川幕府成立のときから幕府の仮想敵ともいうべき最強の雄藩にうまれ、江戸期きっての聡明《そうめい》な藩主ともいうべき島津斉《なり》彬《あきら》から弟子のように可愛《かわい》がられ、斉彬死後、その卓越した世界観の相続者として藩社会から見られた。

しかし実際の相続者は、斉彬とは直接の接触のなかった大久保であったであろう。

が、薩人の気風として大久保型は好まれず、西郷の人間ばなれしたほどの無私さと、高士の風のある独特の愛嬌《あいきょう》と長者としての寛仁さと、なによりも多量で透明度の高い感情の量が、薩人に好まれた。西郷の人望は藩父の島津久光をはるかに凌《しの》ぎ、ついには久光の意思とは無関係な方向に藩をひきずり、薩軍と薩の貨財をつかい、長州を伴侶《はんりょ》にしつつ幕府を倒してしまった。一介の藩人にすぎない人物が、いかに雄藩の背景があったとはいえ、やはり尋常なことではない。

ただ倒幕後の西郷は、みずから選んで形骸《けいがい》になってしまった。悲惨なことに、その盛名だけは世をおおった。西郷は革命の象徴になり、曠世《こうせい》の英雄とされた。

西郷は斉彬の弟子でありながら維新後の青写真をもたず、しかも幕末における充実した実像は、そのまま維新後の人気のなかで虚像になった。蓋世《がいせい》の虚像といってよかった。

西郷の魅力は、自分におけるその機微をかれ自身がわかっていたことである。口に出して言ったことすら何度もあった。

もっとも維新後の西郷は物事については能がなかったが、能以上の心事においては聡明すぎるほどのところがあった。

たとえば自分が作った「官」の正体のいかがわしさを廟堂《びょうどう》に居ながら痛烈にわかっていたのはかれ一人であったし、また官員の権力成立の阿呆《あほ》らしさを官員の一人でありながら激しい自己嫌悪《けんお》とともにわかってもいた。やがてかれが、自分自身の無能さをふくめて何もかもに厭気《いやけ》がさし、征韓論のときは韓都で殺されたいと口走り、それに敗れると、「官」の側で隠棲《いんせい》せず、もとの士族社会にもどって行った。

当然ながら「官」に対する一敵国をなし、全国の不平士族という在野勢力の希望の星になり、日本における最初の野党を形成した。日本における野党が、政府攻撃において外交問題をかかげるときに昂揚《こうよう》するという性癖はこのときから出発したのかもしれず、また激しく倒閣をさけびながら政権交替のための統治能力を本気で持とうとしないという性癖も、この時期の薩摩勢力をもってあるいは祖型とするかもしれない。さらにいえば、大正デモクラシーの時期の政党も、戦後の政党も、社会の保護者として徹底するよりも「官」の寄生集団として存在するという性癖をもつ。このことも、明治十年までにできあがった太政官国家の祖型と無縁でないかもしれない。

私は、維新から明治十年までのことに昏《くら》かった。かつては西南戦争以後に明治国家の基礎が成立すると思っていたが、まったくの思いちがいであった。「官」そのものも、またその思想も、あるいはそれに対する在野意識も、さらには「官」にあらざる者達の側の持つすべても、それらの基礎が明治十年までにできあがってしまっているような気がしている。

この作品では、最初から最後まで、西郷自身も気づいていた西郷という虚像が歩いている。それを怖《おそ》れる側、それをかつぐ側、あるいはそれに希望を託する側など、無数の人間現象が登場するが、主人公は要するに西郷という虚像である。虚像と対立する側や虚像の周辺をしらべてゆくうちに、私自身の中で、大小の驚きが連続した。ついに私自身が驚くために書いているような奇妙な気持さえ持った。書きはじめて四年数カ月という永い歳月をついやしたが、その実感はない。驚いているうちについつい終わってしまったというぼう然とした気持の中に、いま居る。

（「毎日新聞」一九七六年九月四日朝刊）

南方古俗と西郷の乱

小説を書きおわると、雑多な感想が、水底の堆土《たいど》からガス気泡のように湧《わ》きあがってくる。これが湧いているあいだは疲れがとれないが、一つ一つの泡については、水面に達して割れるように、あとは忘れてしまって、まずまず思い出すこともない。

西郷という人は、高士であるに違いない。

とくにかれは維新後、そうなった。高士とは、儒教的済民意識と道教的な退隠哲学を混淆《こんこう》させ、蒸溜させ、そこから滴《したた》ってくる精神のようなもので、中国人には圧倒的に理解できる。しかし西洋人にとっては、よほど日本の政治的な精神風土を踏まえて理解しないと、西郷を小さくしか評価しえないかもしれない。日本の政治的な精神風土というのは、有能でせせこましい人よりも、少々無能であっても寛仁な長者を欲する。その寛仁な長者とは、私的欲望があってはならないし、清貧であらねばならない。西郷は日本政治史上、そういう願望に適合した唯一《ゆいいつ》の人物であったかもしれず、とくに薩摩《さつま》のひとびとがかれを人間の宝石であるかのようにして敬愛するのは、むりもないことなのである。

が、西郷は、革命家であり、政治家であった。革命家でありながら維新後どういう国家をつくるかについて何の青写真も持たなかったという点で、革命家・政治家をそのレベルでとらえがちな西洋人にとっては、西郷への評価は、日本人一般とちがってよほど低いに相違ない。

幕末の西郷の人格的風韻は、若い英国外交官のアーネスト・サトウをさえとらえて離さなかった。サトウの友人の医者で、当初は英国公使館の医官をつとめ、維新後は鹿児島医学校を興《おこ》したウィリアム・ウィリスのような人でも、西南戦争がおこると薩軍に従軍したいといったほどに西郷に魅了されたひとりである。サトウなどは、その回想録をみると、幕末においても西南戦争の段階でも、西郷好きということは一貫していた。しかしかれらは、西郷が政治家としてどのような抱負をもち、どのようにすぐれていたかについては、関心を示していないようである。

サトウは、十九世紀の外交事務官のなかでは最高といっていいほどに頭がよかったのではないか。感受性もゆたかであったが、一面、回顧録をみると、神経が皮下に透けてみえるほどに神経質で、感情家であるようだった。かれはひとこともいっていないが、行間に大久保嫌いがうかがえる。

(なにをそのようにお高くとまっているのだ)

という感情が、サトウにあったにちがいない。幕末、サトウは英国公使をうまくリードして親薩の方針をとった。サトウにすれば英国の後押しがあったればこそ薩長政権というにひとしい太政官が樹立されたのであり、その実質上の長である大久保は、そのことを感謝する気持をサトウに示してもかまわない。

が、サトウが会いに行っても、大久保は超然としていたにちがいない。かれは天性、威厳があり、およそ人に好かれたいという衝動は一度もおこすことがなかったと思える。大久保はそのまわりの人々から畏怖《いふ》もしくは畏敬される存在であって、愛される要素はなかった。愛嬌《あいきよう》もなかった。幕末のある日、京都の大久保の借り家へ西郷がその仲間と一緒にきたことがある。大久保は奥でなにか書きものでもしていたのか、西郷らを待たせて出て来なかった。西郷はふと、一蔵どんはいつもあんなしかつめらしい顔をして、婦人を御しているときもやはりあの顔であるのか、という意味のことを西郷独特の諧謔《かいぎやく》でもって言ったため、一同は大笑いした。隣室で仕事をしていた大久保はたまりかねて出てきたという。そのときでも、大久保は一座のさざめきとは無縁の表情をしていた。こういう人物が、サトウに対しても、軽々に幕末の礼をいうわけもなく、胸襟《きょうきん》をひらいて楽しいふんいきを作るということもない。好悪《こうお》の情のつよすぎるサトウが、大久保をはげしくきらい、ひいては太政官を嫌悪し、晩年はこの嫌悪感がひろがって日本のことのすべてを思い出したくないほどの気分になったのは、感情家のサトウの性格を思えばその原イメージの何割かは大久保の個性に帰せられねばならない。政治は感情だという西洋のどの思想家だったか、そう言ったことが、この場こそあきらかにあてはまる。

西郷は、一個の人間としての能力でいえば、およそでくの坊だったともいえる。かれは図体《ずうたい》が大きいわりには、膂力《りょりょく》もつよくなく、少年のころひじを傷つけられたため剣術もできなかった(後年、剣術の達者な若者を用心棒としてひきつれていたのは、ひとつはそのことによる)。

学問についても、少年時代に何の逸話もない。かれほど少年時代の逸話のすくない人もまれだが、ともかくも学問ができたということは、なかったらしい。入念に学問をした気配もない。この学問軽視は、薩摩藩一般の風でもあったから、そのことに劣等感を覚えることも、西郷はなかった。薩摩藩では数百年の藩の伝統として、武士に名誉心と尚武と卑怯《ひきょう》や臆病《おくびょう》のふるまいのないことだけを期待し、学問はほどほどでいいとされた。西郷の少年期はその藩風のなかでごく平凡に育ったといっていい。

西郷の漢学的教養は、遠島された期間にできあがった。とくに『春秋左氏伝』で乱世の国際関係論を身につけ、北宋《ほくそう》の宰相司馬光《しばこう》の『司馬文正公集』によって補弼《ほひつ》の名臣のありかたを考えた。西郷は天地をくつがえすような思想と志望をもつ革命を志したことはなく、結局は司馬光――司馬温公――的な補弼思想がその限界にあった。

西郷の漢詩には衒学《げんがく》趣味がない。詩心が素直に流露していて、幕末の教養のある他の憂国家の詩よりはるかによさそうに思える。それに、かれが粗豪な人間でなかったことは、秀才の初学者のように押韻《おういん》に忠実であったことである。粗豪でないといえば、このひとは自分に対して常住行儀のよさを命じていた。また他人――とくに他藩の年少者など――に対しては、いつのばあいも優しく物柔かで、言葉づかいも鄭重《ていちょう》だった。ひるがえって思うと、西郷はなみはずれた感情の量をもっていたし、好悪の情もつよかった。それらを白日下に剝《む》きだせばどれほど放逸無頼の体《てい》になるかわからないたちの男であったが、しかし挙措は以上のようであり、しかもそれらに不自然さがない。かれは江戸期を通じて第一級の紳士だったのではないかと思える。放歌高吟とか斬人《ざんじん》斬馬といった言動に革命家としての常識的な像をもとめるとすれば、西郷はまったくべつの人物といっていい。

西郷は、無能者である自分を知っていたし、生涯で何度か深刻にそれを感じ、思った。言いかえれば西郷を成立させた人格の秘密は自分を能なしであると思いさだめていたことであったかと思えるほどである。

薩摩藩には、郷中《ごうちゅう》制度というものがあった。

青少年団といってよく、藩士の部屋住みの子弟はみなこれに入る。「十八交《まじわ》リヲ結ブ健児ノ社」と頼山陽が謳《うた》った組織である。古くからあった。町内ごとに組織されていた。

私見だが、南方習俗の若衆組の組織がなまのままで薩摩藩のなかに組み入れられたのが郷中制度でないかと思える。

私は、一時期、若衆組に関心をもったことがあり、いまもそうである。西日本の現象で、とくに黒潮の洗う鹿児島県、高知県、和歌山県熊野《くまの》地方には、大正初年うまれの人々の少年期までは濃厚に残っていた。要するに十八交リヲ結ブで、適齢になると入り、若衆頭（薩摩藩では郷中頭《ごうちゅうがしら》）の支配に属し、若衆組織の中で、おとなになるための教育のすべてをうける。

若衆組に入ると、家で夕飯を食ったあとは、一定の若衆宿へゆく、そこで談論したり、胆《きも》だめしをしたり、漁村なら海難救助の方法をおそわったり、山村なら山火事の消し方を習ったり、ときには夜這《よば》いの方法をならったり、あるいは連れて行ってもらったりする。

「娘をもっている親で、若衆が夜這いに来ないようなことなら、親のほうがそのことを苦にした」ということを高知の西の端の中村で、土地の教育関係の人からきいた。熊野の山村で、「複数の若衆が行っていて、もし娘さんが妊娠したりするとどうなるのですか」ときいてみたことがある。故老がおだやかな表情で、「そういうときは娘に指名権があるのです」といった。故老によれば、たれのたねであるかは問題ない、たれもが村の若衆である、たねがたれのものであっても似たようなものだ、という思想が基底にある。娘は、自分の好きな感じの、あるいは将来を安定させてくれそうな若者を、恣意《しい》的に指名すればよい。

話が外《そ》れるが、こういうこと——とくにたねに対する不厳密性——は、たとえば北方アジアの遊牧民族には決してありえないことである。かれらには骨の信仰があった。男のたねが子供の骨をつくると信じ、骨が子々孫々へ相続してゆくと信じていた。朝鮮語では、この象徴的な（あるいはなまなましいといっていいかもわからないが）骨のことをポンという。朝鮮は中国の儒教社会をシステムごと取り入れながら、ポンについては北方遊牧民の信仰を相続していた。この点でいえば、若衆組があるかぎり、日本の（私は西日本しか知らないが）農山漁村は南方的であるといっていい。

薩摩藩の郷中制度にもどる。ふつうの庶民の若衆組の場合とはちがい、山火事や海難への処し方は教わらないが、武芸や角力《すもう》はやる。夜這いはない。西南戦争のとき西郷が可愛岳《えのだけ》から深夜脱出したが、坂を這いのぼりながら「夜這《よべ》が如《ご》たる」といってみなを笑わせた。しかしさすがに武士社会だけに「ヨベ」はなかった。胆だめしはある。自分の胆だめしどころか、他人の胆までとる。刑場で打首の刑があるときけば競って駈《か》けつけ、まっさきに到着した者はまだ絶命してほどもない罪人の体にとりつき、短刀で腹を割いて胆をとるのである。その胆を蔭干《かげぼ》しにして薬にするとも言い、あるいは単に度胸の競いあいだけだともいい、あるいはそれをその場で食ってしまうという凄《すご》い事例もあったらしい。南方の原住民は、敵の勇者の肉を食う。薩摩ではこれを「ひえもんとり」というが、あるいは遠い時代の食人の風の名残りかもしれない。

薩摩の郷中制度では、妙円寺詣《まい》りという強行軍の行事もあり、曾我《そが》どんの傘焼きという勇壮なのもあり、また関ヶ原の日には故老の屋敷へその話をききにゆく。こういう郷中制度という、南方島嶼《とうしょ》の若衆組の風習がそのまま藩体制の中に居すわり、その青少年教育を一手にひっつかまえたという重要な組織をもつのは、三百諸侯の中で薩摩藩しかない。会津藩にも、青少年に相互に教育させるという組織があって、他藩に類を見ないものだが、薩摩の郷中制度のように、ごく自然に発生して歴史のなかで無理なく成長を遂げたいわば習俗的なものではなく、人工的な制度である。

薩摩の郷中制度が、西日本とくに南海道（紀伊、淡路、阿波《あわ》、讃岐《さぬき》、伊予、土佐）や瀬戸内海の島々、さらには薩摩とその西南諸島の農山漁村に濃厚にのこってきた若衆組の士族社会での形態であるということの証拠のひとつは、村落体制における郷中頭（若衆組では若衆頭）の権威が高いことである。

その前に、若者の権威、もしくは発言権の高さ、あるいは若いというだけで当人も威張り、村の年寄りも遠慮し、ときにおもねる、というのは、中国や朝鮮の儒教社会では絶無である。この絶無ということをどう強調してもまちがいはない。なぜならば若いということで威張るというだけで、儒教の基本思想として悖徳《はいとく》的なことで、悖徳的という以上に儒教とはまったく相容《あい》れないものといっていい。長幼の序を人倫の基本的な秩序とする儒教にあっては、老ほど尊敬される。若い者は、木の端《は》のように遇されて、発言権もほとんどなく、全体に価値のうすき存在といっていい。たとえば韓国社会では若い者が近眼鏡をかけて祖父もしくはそれに準ずる血族の長老に会うことすら、不倫とされる。めがねというのは近視、遠視を問わず、倫理的イメージとしてのそれは、すべて大久保彦左衛門がかけているような「老眼鏡」とされる。若い者が、老大人ぶってめがねをかけて老人の前に出ることほど無礼なものはない。要するに儒教社会においては若い者は木の端のようなものである。

習俗というのは、他からみれば、右のめがねのように滑稽《こっけい》な場合が多いが、しかし儒教という文明意識からみれば、南方島嶼の何々ネシアなどがもつ若衆組の制度は、野蛮そのものにちがいない。

が、日本人の場合、地域によって若衆組の有無があるにせよ、日本社会の基礎組成が南方的（と私は考える）であるために、たれもが、紀南の農村や薩摩士族のかつての郷中制度を理解できるにちがいない。

たとえば――例としてはちょっと強引すぎるかもしれないが――ここに日本的なイメージを重ねたい。大学が、紛争のときに極度に若者を怖《おそ》れたり、社会もむやみに若者側に立つ場合が多かったり、また、会社内部における若衆組としての労働組合、旧軍の昭和初年における青年将校の跋扈《ばっこ》など、中国だけでなくヨーロッパをふくめて、とうてい日本社会以外ではおこりそうにない事象といえるのではないか。

薩摩武士社会における郷中頭、あるいは農山漁村における若衆頭は、教育権を代表しているということで、その点においては（ときにその点だけでなく）体制的秩序と同格なのである。

つまり、村の首長と若衆頭は同席して対等に問題を話しあう。それも、祭礼とか海難救助とか山火事とかといった非常のこと（祭礼は非常のことではないかもしれないが、行事そのものは恒例であっても人々の心の沸騰《ふっとう》という点では非日常的なものであるといえる）においては、それが若衆組のうけもちだけに、村の首長は若衆頭の方針や処置法をただうなずいて聴くというだけにすぎない。この欧州や伝統的な中国からみればふしぎな体制習俗を拡大して考えると、敗戦までの軍部がそうかもしれない。内閣には若衆頭である陸軍大臣を入れてはあるが、軍備および戦争という若衆組のしごととなると、陸軍大臣は内閣に従う姿勢をとらず、若衆一般の意見を代表するだけの存在になってしまい、ときには閣議で即応せずに若衆のもとにもどってみなの意見をきき、その代弁者としてふたたび閣議にもどっておごそかに反対したりする。戦前の陸軍大臣というのは、他の文明圏の感覚でいえば、とうていオトナといえるようなたまではなかった。

薩摩士族社会における郷中頭は、せいぜい十八、九歳である。郷中の若者から推されてその役（むろん藩の職制とは関係がない）につく。

かれは郷中に属する家々の子弟についての教育責任を負っているために、その種のことで問題がおきると家々の家長を訪ねねばならない。あるいは年中行事の寄付あつめということで訪ねることもある。その場合、家々の家長（体制側といってよく、農山漁村の場合は村の有力者に相当する）は、きちっと袴《はかま》をつけて対面する。たとえ郷中頭が卑《ひく》い家格の家の子でも、その種の階級計算はいっさい為《な》されず、家長たちは十八、九歳の若者を対等もしくは問題によってはそれ以上の態度で応接し、ともかくも鄭重な作法をもって遇する。

　これは、表現してしまうと言い過ぎになるが、機微としては、若者は神々もしくはそれにちかいという南方の民俗と無縁ではあるまい。熊野の古座川《こざがわ》筋の村々での風習は、夕食のめしは一膳《ぜん》ぶんだけおひつに残し、茶碗《ちゃわん》と箸《はし》を横にそえて、ちょうど神にでも供えるようにかまどの上に置いておく。いつくるかわからない若衆のためである。若衆は若衆宿にとまっているが、ときに夜這いをする。峠を越したり、渚《なぎさ》を通ったりして、夜更《よふ》けに村に帰ってくる。村の家々の戸は、閉ざされることがない。空腹の若衆はどの家へでも入り、かまどのおひつのふたをとって飯を食うのである。もしその用意をしていない家は、二度三度と重なると若衆宿での評判になり、けしからんということで、山火事などのとき、その家の持山のほうへ火が行くようにわざと若衆たちがするのである。古代の神々はひとびとに利益《りやく》を与えるものでなく、災いを与えるものであった。ひとびとは神々の祟《たた》りを怖れてさまざまの宗教行事をおこなったが、この場合、若衆は祟り神のイメージに似ている。

農山漁村における若衆組の機能、効用の一つは、軍隊といっていい。言葉を厳密につかえば、常備軍である。海難、山火事という非常事態にそなえて存在し、であればこそ村のオトナ体制に対して恩に着せ、いつ到来するかわからない自分たちのために一杯の飯を残させ、それをしないと古代の神々がそうであったように報復するのである。このあたり、昭和期における軍部の体制内での意識そのものといっていい。

若いころの西郷は、下加治屋町《したかじや》（戸数は七十六戸）の郷中頭であった。

たしか十八歳でそれをつとめたが、ふつうならば二十歳をすぎると退隠するのに、若者たちがかれをひきとめてやめさせず、ついに異例なことに、二十四歳までつとめたといわれる。

下加治屋町は、甲突川《こうつきがわ》が曲ろうとしている角にあり、低湿地でもあるため、下級武士ばかりだった。いつの時代にできた武士町かわからないが、計画的によく区画されている。道路は甘字型に通っていて、家々の敷地も碁盤の目のように四角に区画され、坪数はみな百坪ほどだった。ただ宮内藤助と大山彦八（大山巌《いわお》の生家。彦八は巌の兄）の家だけは区画上、余り分が出たのか敷地が百坪を何十坪か越えていた。このため、郷中の角力場《すもう》が設けられていた。

郷中頭の用事といえば、宰領しているだけで、べつに大した実務はない。行事のときに賞品を出すくらいのものであった。しかし賞品というものは出し手によって有難いという機微がある。おなじ角力大会でも、西郷からいちいち賞品をわたされると、ただごとでなくうれしいという機微が、たれの思いにもあった。西郷というのは、そういう人であったらしい。このことは、あとで触れる。

私の手もとに、下加治屋町の家々の区画図がある。上の方が、北である。甘という文字型になっている五つの道路にどういう名前がついているかを眺めてみる。甘という文字の上辺の一が二本松馬場といい、やや路幅がひろい。下辺の一は山ノ口馬場で、これも馬術の稽古《けいこ》ができるほどの路幅がある。中央の一が、猫ノ恋小路というユーモラスな名である。タテの道がせまい。タテの右（東）の—が柿本寺通で、左（西）の—が、番所小路という。家々の姓をみていると、幕末・維新の重要人物は、この戸数七十六戸から出ていることがわかる。

二本松馬場の東のはしのほうに、戊辰《ぼしん》戦争における薩軍《さつぐん》一番遊撃隊長であり、城山で西郷とともに死んだ小倉壮九郎の実家東郷家がある。この東郷家は、同時に東郷平八郎の生家でもある。その西隣りが伊東猛右衛門家で、伊東は陽明学者、西郷、大久保（利通《としみち》）がこれに師事し、影響をあたえられた。

東西の猫ノ恋小路と、南北の柿本寺通が交叉する角《かど》家が、大山彦八・弥助（巌）の家である。両人とも西郷のいとこで、兄弟以上に親しかった。西郷の家は山ノ口馬場に北門が面し、裏門が甲突川堤防に接している。この西郷家は子沢山で、男の子が四人あった。西郷吉之助（隆盛）が長男で、次男は戊辰戦争のときに番兵隊監事として出征した吉二郎で、越後曲淵《まがりふち》村で戦死した。三男は、慎吾とよばれていた西郷従道《つぐみち》である。四男が小兵衛《こへえ》で、小兵衛には長者の風があり、隆盛も幕末からずっと、この小兵衛に家を見てもらっていた。西郷は、弟とはいえ、実際は自分の兄のような立場にある、といって小兵衛に感謝したが、西南戦争で戦死した。

大久保利通の家は、甲突川の堤防下にある。この川が北から南に流れてきてやがては東南へ曲るのだが、大久保の家は曲る手前にあり、道路でいえば猫ノ恋小路の西端にあり、北面している。大久保は西郷よりすこし年下だが、早くから同年齢のつきあいをしていた。たがいに青年のころ、大久保の父が政治犯として遠島されたためにその日の糧《かて》にも窮した。

ここで、「もし……なら」という語法を濫用《らんよう》してみる。もし西郷が一、二万石の小藩にうまれていたら、「変に体の大きな人がいる」といううわさが出る程度で、安穏に世を終えたにちがいない。もし西郷が加賀藩のようなおだやかな藩にうまれていれば、西郷は一変人として世間を窮屈がりつつ、あのような大波乱をおこすことなく、何となく世間が自分の寸法に適《あ》わないことを歎《なげ》きつつも大過なく老いたにちがいない。思いついただけの例としてあげるのだが、加賀藩でも南部藩でも、あるいは津軽藩でも、同藩の士を極度に尊敬するという風習がない。すくなくとも薩摩藩のようにつよくない。何に用いていいかわからないにせよ、ともかくも西郷のような巨大な人物が出てしまった場合、薩摩藩以外のところでは、結局は跼蹐《きよくせき》させられてしまって小さな寸法になってしまうか、あるいは世をすねて早くに退隠してしまうかのどちらかであるにちがいない。

薩摩の藩風として、その人物が理想的な首領の風《ふう》があるとなれば、これを甚《はなは》しく尊敬し、かつぎ、ついにはその人物のために命も要らぬということになってしまう。西郷は、素材として十二分にそうされるにふさわしい種子を持っていた。しかし薩摩という地がなければ、西郷はああはならなかったにちがいない。

薩摩にはオセンシ（大人衆？）という言葉があり、慣習のなかでつよい権威をもっている。オセンシのいうことにさからうな、といわれる。オセンシの命令は絶対というにちかい。オセンシはいうまでもなく藩の職ではなく、郷中の暮らしの中にいる。朝鮮儒教社会で郷中にいる両班《ヤンバン》はお上《かみ》が作った指導者だが、オセンシはそういうものではない。また中国儒教社会の読書人のようなものでもない。要するに薩摩の郷中で醱酵《はっこう》するように出来あがってゆく存在である。お上とは無縁に一郷の者たちがおのずと推賞する存在で、誰がそうだともいえない場合もあり、この間の消息や機微は一種、老荘的でさえある。「オセンシがいわれた」となれば、事情はわからないがともかく銃を執って戦場にゆくというものであり、この意味からいっても西南戦争は薩摩藩でしかおこらず、またおこせない、ということにもなる。さらにいえば、城下の方限《ほうぎり》(町内)や郷中においては、その小地域の西郷というべきオセンシが、伝統として存在した。このことは、薩摩藩、西南戦争、西郷を理解する上で、重要であるといわねばならない。蛇足としていうならば、維新後の鹿児島県にあっては、多くのオセンシの頂点に立つオセンシが西郷だったということになる。

そういうオセンシというのは、かつては郷中頭をつとめていて、若者たちから大きな敬愛を受けた者が多い。そういう意味からいえば、オセンシもまた南方民俗的な社会意識の上に成立していたことになるし、さらにいえば、薩摩藩というのは、他藩の知識だけでこれを見ることができないほどに変った人間組織だったといっていい。

西郷は郷中頭をながくつとめているあいだに、おなじ一生を送るのに無為にすごすことはあるまいと思うようになった。この志の原型をつくる上で、同町内（方限）の陽明学者伊東猛右衛門の存在は無視できない。陽明学はいうまでもなく行動の哲学である。このとき、西郷は自分の非力を思ったにちがいない。（無私になればよい）と、思った形跡はたしかにある。

人間は生物である以上、欲望でもって生命が成立している。無私であるなどは不可能というにちかいが、その生命に充満している欲望を圧縮して全体の二、三パーセントでも真空をつくれば数万数億の人をも容れることができる、ということを、西郷は気づいたかと思われる。すくなくとも、智謀《ちぼう》の士も胆勇の士も幾万という兵士も、ことごとくこの二、三パーセントの真空の中に吸引できるとすれば、みずから智謀をもち腕力をもつ必要はない。そういうことを西郷は思ったにちがいなく、そうであるとすれば西郷の成立の秘密のひとつはここにあるといっていい。そういう秘密を、郷中頭をつとめていてひとびとから推されつづけているうちにさとったに相違ない。何事かをなすというが、その何事は、江戸末期の薩摩藩の家中では騒動が相次ぎ、若者たちの正義感を刺激することが多かった。西郷たちがその藩内的な抗争の中で目標を見《み》出《いだ》しているうちにアメリカの東洋艦隊が江戸湾に入り、天下は覆《くつがえ》るほどに騒然となった。西郷は目標を見出し、やがては大久保とともに革命家として成長して行ったといっていい。

幕末の西郷は、藩を代表し、他藩との外交を担当した。その幕僚（あるいは秘書団）は、藩においてそういう役職を持つ者達ではない。西郷が、任意にえらんだ連中である。

西郷という人は郷士主義者としての面がある。薩摩藩を宇内で最高だと思っていたし、人の面においては、どうしても同藩の士となると安心した。同藩でも、下加治屋町の連中に安心感を持った。幕末における西郷の幕僚というのは、かれが郷中頭だったころの若者ばかりで、要するに町内の連中だった。かれらが諸方から情報をあつめてきて、西郷が判断者になった。ときにはかれらが判断し、西郷はその判断を採用し、行動した。幕僚のなかでも弟の西郷従道と大山巌がもっともすぐれていた。従道が晩年、

「兄が幕末であれほど働いたのは、私たちがいたからだ」

といったことがある。従道という人物は、法螺《ほら》を吹いて自分を大きく見せたいというような所が全くなかっただけに、この言葉は素直にきいていいかもしれない。

もっとも従道のこの言葉には、一つとらわれがある。維新後、西郷の幕僚たち（つ

まりは若衆組における若衆たち)が、官へ行って文官、軍人になり、西郷から離れた。あらたに西郷をかついで西郷を大オセンシにしたのは、従道からみれば単なる人殺しで信じがたいほどの阿呆《あほう》である桐野利秋《きりのとしあき》であり、あるいは賢愚さだかでない篠原国幹《しのはらくにもと》らであった。若衆がまったく交替したといってよく、右の言葉には「兄を誤ったのは彼等だ」という恨みと気持の偏《かたよ》りがこもっている。

明治六年末、西郷が帰国すると、これをかつぐ桐野ら近衛《このえ》将校も大挙辞官し、帰国した。

維新後の西郷というのは、実像以上になった。維新の象徴ということになり、とほうもなく巨大な虚像に化し、これをかつぐ者とこれを怖れる官側の二つにわかれた。西郷自身は自分の世間像が虚像であることを知っていた。同時代人が感じ、後世も感じる西郷の魅力はそういうかれの感覚にあるが、しかしかれのなぞは、自分の虚像を自分自身でぶちやぶろうとしなかったところにある。ぶちやぶるのもわずらわしかったのか、それよりも世をのがれて一介の猟夫になることがそれを意味していたのか、ともかくもかれの気持に、すこしの衒気《げんき》も計算もないことは、十分察することができる。維新樹立後、かれは痛烈なほどに新時代の役立たずだと思っていた。

西郷が帰郷すると、桐野らは西郷の許可を得て私学校をつくった。これは、当時の学校という概念にはあてはまらない。

旧薩摩藩においてごく民俗的に発生し、それへ藩の教育思想が多少反映しているが、伝統ができていた郷中制度の基底部分によって「私学校」が成立し、わずかな枝葉をつけただけで、極端にいえば郷中を私学校と改称しただけだともいえる。

この点、これを思いついた桐野らの巧みさがあるといえばいえる。

私学校は文明開化の学校でもなければ、あたらしい革命思想を教える学校でもなかった。革命思想などは内容にかけらもなかった。「オセンシの言うことをきけ」ということを組織化し、強制化するための組織だった。つまり、一旦《いったん》緩急あるときは即日動員できるようにしただけの、つまりは人々を「兵員」として固定し、組織づけ、規律づけただけの組織だった。つまりは、士族若衆組であった。

当時、鹿児島県は、太政官体制から独立していた。

「鹿児島は独立国のごとし」

という意味の言葉をのべた人物は無数にあったろうが、いま言葉として残っているのは、二人ある。独立国であることに反感をもっていた木戸孝允《たかよし》のそれ（『木戸孝允日記』）と、いまひとつは独立の気勢に対し、そこに英米風の「野党」の原型を見出したらしい福沢諭吉のそれ（『丁丑公論《ていちゆう》』）である。福沢はあるいはアメリカの南北戦争における南軍を想定したかどうか。ついでながら福沢は右の論文のなかで、「官」がこの「野党」の萌芽《ほうが》をたたきつぶしたということに憤懣《ふんまん》し、長歎《ちょうたん》している。一方、木戸は「官」のなかでは伊藤博文とともに共和制的気分のつよい人間であった。長州の代表である木戸は、自分たちの長州が藩地をあげて新政府に合体し、いわば進歩のための犠牲になったのに対し、「薩」だけは旧藩を残し（鹿児島県は、明治元年以来、西郷軍の潰滅《かいめつ》まで百姓の貢租は旧藩どおり県庁が独占し、中央に一粒も送らなかった）、封建の気勢を示し、太政官をおびやかしている、という不満をもっていた。

「西郷は封建制を復活しようとしているのではないか」

と、木戸は西郷を呪《のろ》っていた。木戸は西郷に対する嫌悪《けんお》感がつよく、幕末以来、西郷をもって革命家というよりも単なる薩摩主義者として見ていた。むろんそれは正鵠《せいこく》を射ていないが、しかしそういうレベルで危しととらえられそうな面が西郷にはある（西郷の卓犖《たくらく》したものは木戸のような実務レベルでなく、卓犖したレベルでとらえてやらなければ、網の目からすべて落ちてしまうところがある）。

木戸は死ぬまぎわになって、西郷の背景の複雑さを人からきき、

「そういうことだったのか」

と、いままでの西郷の行動のあいまいさが、その一点が明瞭《めいりよう》になることによって理解ができ、自分が長く西郷を誤解していたことを知った。西郷は西郷で、退隠後も、「木戸はなぜ自分を憎むのか」と、なにかの座談のときに洩《も》らし、つらそうであったといわれる。

要するに、藩父である島津久光が、西郷および大久保の足をひっぱり、その行動を牽制《けんせい》し、かつ叛臣《はんしん》とよび、生涯ののしりつづけていたのである。忠誠心というものを最高の倫理としてきた封建武士出身の西郷、大久保にすれば、これほどつらいことはなかったにちがいない。

「絶対唯一《ゆいいつ》の大オセンシ」というのが薩摩における西郷であるとすれば、島津久光は君主（実際には、藩主の父）であった。久光はもはや生理的とまでいっていい保守家で、保守思想については精密な論理と充実した教養をもっていた。かれは倒幕など夢にも考えたことがなかった。ところが、かれによれば、西郷や大久保は自分の目をごまかし、藩費と藩兵を動かし幕府を倒してしまったのである。これだけでも、裏切りであった。言いかえれば、西郷らは藩職制をがらんどうにしておいて、若衆組の自然法的な冥々《めいめい》の人間組織を動かして倒幕をし、あまつさえ、廃藩置県をして藩そのものをつぶしてしまった。久光にすれば、西郷、大久保の肉を啖《くら》ってもなお閊《つか》えのおさまらぬほどの憤懣《ふんまん》があった。

ただ久光は、県庁を握った。県令の大山綱良《つなよし》（格之助）は久光派の人物で、かれをそれに据えて久光が背後から監視するかたちで「鹿児島県独立」の態勢をとった。

木戸が憎んだ「貢租も入れて来ぬ」という鹿児島県の内情は、そういうことなのである。しかし薩人は口が堅かったために、自分の藩の内情をいわず、とくに旧主の悪口をいうことになるため誰ひとり（むろん大久保をふくめて）洩らさなかったために、木戸といえどもこれを知らなかった。木戸のような立場の人物にこの内情が入っていなかったというところにも、この当時の薩人というのはどういうものであったかが仄《ほの》かに想像できる。

ともかくも、木戸でさえ、西郷が釈明しないために、西郷的なものと久光的なものを一体のものとして西郷を見ていた。後世のわれわれが、この間のことを察するのにいかに困難かがこの一事でもわかる。

西郷と多数の近衛将校が帰郷して、桐野らが私学校をつくると、大山綱良が主宰する県庁が迎合してその下部に入り、事務局のようになった。おそらく久光の内命が大山綱良に対してあったにちがいない。久光は太政官の存在を憎んでいた。西郷らが帰るとその対抗勢力と見、県庁をあげて協力させたかと思える。

私学校は、私学校党といわれるようになった。政治民俗学という学問がもしあるとすれば、若衆組が県のオトナ体制を圧倒したのである。

この間の形態は、他の近代的な政治形態に類似例をもとめると、一国を支配する共産党に似ている。大山綱良は旧薩摩国の首相であったが、しかしその上部に党が君臨し、党こそ神聖不可侵で、行政機関は党の方針に身を躙《かが》めて忠実であらねばならないという点、私学校党と県庁の関係がそうであった。

私学校党は、県庁から無制限に金を出させ、県庁を通じて人民を支配する一方、民政人事はすべて私学校党の党員によっておこなった。区長、副区長、戸長、副戸長は、すべて私学校党員がこれに任じた。

区長、戸長というのは、オトナ体制であるが、私学校党的に解釈され、これらはすべてその地域におけるオセンシであるとされた。オセンシという冥々の師匠が、はじめて体制の職分として組み込まれるのである。しかも、西南戦争における動員のときはこの体制によって運営され、区長、戸長が、軍隊幹部になって、それぞれの区や戸に所属する士族をひきいて行った。ついでながら、県の警察も、私学校がにぎったし、民俗的な若衆組が政権を得る場合、ひどく土臭いかたちながら、軍国主義のかたちをとるのは、「山火事、海難という非常事態が常態化された」という現状認識を前提としておこなわれるため、当然といえるかもしれず、またひどく気味がわるいともいえる。

古代、農山漁村で、隣村と大喧嘩《げんか》がおこなわれる場合は、若衆組が出てゆくのであろう。その事前、若衆頭が、暴発しようとする若衆をいかにおさえてもおさえきれない場合、そこで論理のヒューズが切れたような形で、若衆頭は若衆たちに身をさずけ、かれらをひきいて出かけていく。近世における隣村との喧嘩などの例をみて想像するに、古代からそのようなことを繰りかえしてきたに違いない。

西郷は、暴発に反対であった。

が、結局は「わしの体をやる」というかたちで、かれらにかつがれた。この西郷の心事については、以後、議論が多い。西郷の行動は論理的でないといわれたりする。しかし薩摩文化というものからみれば、議論も論理もここで絶えるわけで、西郷は当然ながら雪の道を蹴《け》って若衆とともに肥薩の国境を越えてゆかざるをえないのである。

（「文藝春秋デラックス」一九七七年一月号）

ポーツマスにて

ボストンから九一キロの北に、古い港に面した町がある。人口は約二万人でしかない。

典型的なニューイングランド風の町で、どの建物もいやみな自己顕示をせず、空気まで清らかにしてしまいそうな清潔感と質素さがある。

遠くからきて町なかの最初の白っぽい十字路に入ったとき、右手の大通りから海のにおいが吹きこんできた。十字路の標識には、

「ポーツマス」

と書かれていた。イギリスに同名の軍港都市がある。それを借りた名で、やはり地形はマウス（湾口）をなしている。

「ポーツマス条約」

というできごと（一九〇五年＝明治三十八年）は、日本の近代史の潮目《しおめ》だった。

明治も後期に入ったとはいえ、この時期までまだ江戸期で養われた潮流が流れてきていたといえる。小泉八雲がみた日本人らしさといってもいい。あるいは、中江兆民や陸羯南《くがかつなん》、正岡子規、夏目漱石、もしくは内村鑑三で代表される明治の心といっていい。そういう気分を、徳目として換算すれば、質実さと節度、物を冷静にみる認識力、公的なものへの謙虚さ、さらには自助の心といったことばを挙げることができる。それら明治的な徳目は、プロテスタンティズムに偶然ながら似ている。すくなくともアメリカのニューイングランドに根づいて、十九世紀のアメリカを展開するもとになった新教の気分と、他人の空似《そらに》ながらも、似ていたように思えるのである。

話がかわるが、十六世紀以後のロシア帝国は、膨脹《ぼうちょう》こそ本能だった。コサックたちは、シベリアを東にすすみ、土地を略取しては皇帝に献納しつづけた。十七世紀にはついにロシア領土が太平洋に達した。

コサックたちが相手にしたのは、原始的な採集生活を送っていたシベリアの住民たちだったが、そのしごとが一段落したあとは、コサックの私的冒険の限界ということもあって、国家そのものが乗りだすべき段階になった。ロシア帝国は清国に対して土地割譲を交渉し、アムール川流域の全域を得（一八五八年）、またシベリア全土がロシア領であることを清国に確認させ（一八六〇年）、さらに清国領の満州に南下して権益を得た。次いで朝鮮に手をのばし、鴨緑江《おうりよっこう》森林の伐採権を獲得、遠からぬ位置にある日本をふるえあがらせることになる。

そういう一連の膨脹運動のなかで、一八六一年、ロシア軍艦ポサドニク号が対馬《つしま》の一部を占領し、藩兵と交戦した。これに対して幕府が抗議したがロシア軍艦は動かず、結局、駐日英国公使の干渉によって退去した。

この間《かん》、日露のあいだに些末《さまつ》なことがらがたくさんあった。ざっといえば、右のような膨脹運動による反作用が日露戦争（一九〇四～〇五年）だったといえる。

人道主義でいえばたがいになすべからざる戦いをした。勝敗への判断からいっても当時の日本の元老である伊藤博文は、強弱の上でとうてい勝ち目がないと考えていた。かれは昭和期の軍人政治家のように〝国運〟などというバクチ言葉をつかって国家を賭《か》けものにしようとはしなかった。

伊藤博文は現実主義者らしく一部の有力な新聞を政府の金で買収し、非戦論を展開させた。またいっそロシアと同盟しようとおもい、単独行動をおこしたりもした。桂《かつら》内閣が開戦に決定したとき、かれは、大いに失望した。やがて、来客に、敵が上陸した場合、自分も一兵になって銃を持って戦う、と語ったりした。絶望の一表現ともいうべきものだった。

しかし、戦いには勝ったのである。

もっとも両国において清朝から予定戦場を——つまり土俵を——契約しての戦いで、陸戦において日本軍は押し角力《ずもう》をし、ロシア軍は会戦のたびに土俵から退き、つぎの土俵にさがった。海においても日本側は対馬付近に土俵を設定していた。ロシア艦隊はそれへ入り、全滅した。

陸戦において、日本は疲労しきっていた。そのことをたれよりも大山巌《いわお》や児玉《こだま》源太郎の軍の指導者がよく知っていた。かれらは可憐《かれん》なほどに小国主義者だった。戦争という大がかりなものをしているつもりではなく、土俵内での戦闘をしているつもりだった。つまりロシアを滅ぼすなどという妄想《もうそう》は一ミリももたず、極東の局地戦における判定勝ちをのぞんでいただけだった。ロシアがその極端な南下策をやめてくれることだけを、日本の指導部はのぞんでいた。

判定勝ちには、むろん強力な審判官が必要だった。日本は、その役割をアメリカ大統領であるセオドア・ローズベルト（一八五八〜一九一九）に開戦のときから期待していた。

ときにアメリカは高度成長を遂げて世界一の工業国になっており、その諸矛盾の解決のためには、高潔さと理想をもった経綸《けいりん》家であることが大統領にのぞまれていた。すくなくともセオドア・ローズベルトはそうありたいと思っていたし、歴史に対してなにごとかを残したいとも考えていた。

ちょっとここでふれておかねばならないが、当時のアメリカ陸軍というのはごく小さなもので、第二次大戦後のような軍事国家ではなかった。

さらにはローズベルトは、日本びいきでもあった。かれに日本を印象づけたのは新渡戸《にとべ》稲造《いなぞう》（一八六二～一九三三）の英文の著作『武士道』（一九〇〇年刊）だった。刊行早々これを読み、六十部ほど買って友人たちに贈ったといわれている。

ただし、日本はローズベルトへの工作にはかぼそい糸しかもっていなかった。かつて伊藤博文の秘書官だった金子堅太郎（一八五三～一九四二）が明治初年のハーバード大学の留学生で、ローズベルトと同窓であるという一事だった。金子は大任を帯びて渡米し、その縁でローズベルトを動かした。

明治の心

私は、漫然とポーツマスの町にきた。

目的などはなく、しいていえばボストンにきたついでに、よりニューイングランド風な町並みをこのポーツマスで見たかっただけだった。

しかし内心、自分自身に対してほのかな気はずかしさがないでもない。『坂の上の雲』という作品を書いたときの余熱がなお残っていて、この町に入ることは、自分がかつて書いた作品の世界にもどってゆくような気分だった。

右の作品を書いているとき、小村寿太郎については、その故郷の飫肥《おび》（宮崎県）を訪ねたことがある。しかし当の小村がその長くもない五十六年の生涯《しょうがい》で、もっとも苛《か》烈《れつ》な日々を送ったポーツマスまでは足をのばすことができなかった。

小村が、戦争を終結させるためにこの町にやってきた当時、ロシアは、極東での大規模な近代戦のために多少の財政難を感じていたものの、兵員の補充能力もあり、なお戦争継続の余裕をもっていた。ただ国内に敵をもっていた。

敗報による厭戦《えんせん》気分とすでに組織化された革命運動がそれだった。

アメリカ大統領、セオドア・ローズベルトは、のちポーツマス会議の成功によってノーベル平和賞をうけることになるのだが、すでに旅順陥落の段階から和平への仲介者の立場をあきらかにしつつあった。が、ロシア皇帝のほうが拒絶した。ロシアは強大だったし、その主権者である皇帝は、大帝国としての自尊心を多量にもっていた。奉天大会戦の敗北のあとも、皇帝の戦争継続への意志はかたかった。

一方、当時のロシア人民の感覚では、皇帝と大貴族が勝手に戦争をやっているという感じだった。皇帝の側からいえば、敗戦をみとめることはロマノフ朝の威信の失墜につながり、革命熱をおさえがたくなるという力学的な計算があった。

日本海の入り口である対馬沖で、皇帝の最後の希望だったバルチック艦隊が沈んでしまってからも、なお皇帝はローズベルトの講和へのすすめに冷淡だった。アメリカ大統領は、日露双方の表面上のポーズにうんざりしながらも、飽きることなく自分が自分に課した仲介の義務を忠実に履行した。ついに日露双方が講和のテーブルにつくことになった。

アメリカは、会場を提供した。首都であるワシントンが、一時期、予定されたが、ワシントンの酷暑は有名で、遠来の客たちの健康と神経を害するだろうという大統領の配慮から、閑静ですずしいポーツマスがえらばれたのである。

私は、日本においても、よく知らない町にきたときは、図書館に寄る。町なかを歩いて、やっとみつけた。古い四階建てレンガ造りのその建物は、ライブラリーという名のレストランだった。

「いまは食堂だがね、十九世紀のころは、町が誇りとした図書館だったんだ」と散歩中の老人がいった。

そこから五分ほど歩くと、小さくて軽快な建物の公立図書館があった。入ると、館内は採光がよくて、黄色い絨緞《じゅうたん》が気分をあかるくしてくれた。新聞雑誌の閲覧室に入ると、カウンターには女性の司書が立っていた。

「一九〇五年のポーツマス条約をご存じですか」

ときくと、ロシアと日本の？　と言って、目をあげた。調印した場所はこの町のどこにありますか、ときくと、まず地図を手わたしてくれた。

「あなたは運がいい。いまこの図書館に町の歴史家がきています」

といって、応接室に案内してくれた。待つことなく五十年配の教授ふうの人物が入ってきた。

私の運もよかったが、アメリカ人の親切さに感じ入った。

「あなたの質問は理解した。しかし調印の場所は海軍基地に入っていて、入ることはできない。しかし、コムラがつかっていたイスは見ることができる」

と、歴史家はいって、館外に連れ出してくれた。町並みがよくて、アメリカ人のジエイクですら、子供の絵本の中の町ですね、と感動した。
やがて、町なかの小さな店に入った。じつは店ではなく、町の有志二二五人がつくっている仲間《なかま》立《りつ》の図書館であることがわかった。そこに、写真家で、郷土史にも造詣《ぞうけい》の深いピーター・ランドル氏がいた。かれは私を三階の物置へつれて行ってくれた。防火扉《とびら》のむこうに、ビニールの履《おお》いをかぶった一物体があった。履いをとると、カシ材の回転イスがあらわれた。革部分もさほどに古びておらず、背に、真鍮《しんちゅう》板が貼《は》られていることにおどろいた。

「THE CHAIR WAS OCCUPIED BY BARON KOMURA IN HIS PRIVATE ROOM」

と刻まれている。

「最近みつかったんです」

親切なランドル氏が、腰をかけてみなさい、とすすめてくれた。
さらに、会議場における小村のイスも保存されている。この二つにこもごも掛けてみた。
かつてここにすわった小村は小柄《こがら》で痩《や》せていた。吉村昭氏の好著『ポーツマスの旗』（新潮文庫）によれば「四尺七寸（一・四三メートル弱）」しかなかったという。これに対し、ロシアの全権大使ウィッテは堂々たる巨漢だった。

小村のふしぎさは、小ささを感じさせないことだった。沈毅《ちんき》な性格で、周到な思考力をもち、ロシア側も他の者も、まずその精神を感じたといわれる。

中世という時代規定はあいまいだが、私のイメージでは、西洋・日本をとわず、人間が、しばしば激情に身をまかせた時代といったふうな印象がある。

さらには、中世にあっては、モノやコト、あるいは他者についての質量や事情の認識があいまいで、そこからうまれる物語も、また外界の情景も、多分にオトギバナシのように荒唐無稽《こうとうむけい》だった。人智《じんち》が未発達だったということではない。そういう認識の空白のぶんを大小の宗教がうずめていた。

近代についていえば、日本の場合、明治維新が出発点とされる。が、見ようによっては、江戸中期から流れがつらぬいてきている。江戸中期においてすでに近代が存在したといえる。

近代においては、社会をおおった商品経済（貨幣経済）が、人間をそれ以前の人間と訣別《けつべつ》させた。学校ではなく、社会が、モノやコト、あるいは自他を見る目を育てたのである。

このことは、日本ではすでに江戸中期において、物を質と量で把握《はあく》し、社会のできごとを商品の流通を見るような冷静さで観察できるようになっていた。また貸借という行為によって、ヨーロッパにおける意味とはやや異なるものの、個人という意識を成立させた。

そういう意味で、江戸中期に成立した思想家たちは、十分以上に近代人として通用するのである。たとえば、荻生徂徠《おぎゆうそらい》、三浦梅園、山片蟠桃《やまがたばんとう》、富永仲基などを考えるとき、かれらよりも――時代はさがるが――明治三十年代の都市群衆やそれらを煽動《せんどう》した新聞記者たちのほうが、数世紀古めかしいといえるのではあるまいか。かれらが、モノやコトあるいは自他を冷静に認識するという近代の精神を十分もっていたとはおもえないのである。

私は、ポーツマスの町で、一九〇五年（明治三八）の「ポーツマス条約」について考えている。とくにその後の日本をあらあらしく変えてしまったことについてである。

むろん条約そのものの罪ではない。

ロシアからもっとふんだくれるかと思っていた群衆が、意外にとりぶんのすくない講和条約に激昂《げっこう》して暴動化した。

「群衆」

これも近代の産物である。江戸期の一揆《いっき》は、飢えとか重税とか、形而下《けいじか》的なものでおこった。

ところが、明治三十八年に、ポーツマス条約に反対した「群衆」は、国家的利己主義という多分に「観念的」なもので大興奮を発した。日本はじまって以来の異質さといっていい。中世では個々の人間が激情に支配されたが、近代にあっては個々のなかではむしろそういう感情が閉塞《へいそく》し、どういうわけか集団になったときに爆発する。中世の激情が集団の中でよみがえるといっていい。

むろん、爆発にいたるまでには、揮発性の高い言論が先行している。東京帝大法科大学の七人の教授の会というのもそうで、かれらは講和条約の意見書をきめていた。巨大な償金と領土割譲の要求がそれで、それが容《い》れられねばあくまでも戦争を継続せよというおろかしいたぐいの主張だった。この七人もまた、中世の認識力しかもたなかったといえる。

ほとんどの新聞が、右の七博士と同意見だった。かれらは、ひとびとを煽《あお》った。小村がウィッテとポーツマスにおいて条約をきめるや、紙面をあげて政府攻撃をした。

かれらの錯覚は、無知からきていた。

たしかに政府は、戦争の真の実情についての情報をわずかしか新聞社にわたさなかったことはたしかである。

しかし、たとえわずかな量の情報でも、読みこみによって十分真実を感ずることができるのである。要は、真実を知ろうとするよりも、錯覚に理性をゆだねることのほうが甘美だったのである。激情を大衆と共有して中世の心に本卦《ほんけ》がえりすることのよろこびは、近代社会の窮屈さから心理的に脱したくなる上でのカタルシス作用といっていい。それによって国家が亡《ほろ》びることなどは、この心理のなかではむしろ詩的なことなのである。

九月五日の日比谷公園での反対大会では「嗚呼《ああ》大屈辱」とか「吾《われ》に斬奸《ざんかん》の剣あり」とかといった大文字が使用された。

当日、三万以上の群衆が公園にあつまり、警官隊と大乱闘になった。かれらの一隊は大臣官邸になだれこみ、ついには軍隊の出動をみた。

他の一隊は警察署、分署、派出所など二百余施設を焼き、十六台の市電をも焼いた。また多くのキリスト教会を襲撃し、破壊し、とくにアメリカ人を目標とした。アメリカ人牧師を襲うだけでなく、米国公使館を襲い、投石した。

私は、この理不尽《りふじん》で、滑稽《こっけい》で、憎むべき熱気のなかから、その後の日本の押しこみ強盗のような帝国主義が、まるまるとした赤ん坊のように誕生したと思っている。

これについては、さまざまな言い方ができる。この熱気は形を変えて教育の場の思想ともなった。

つかのまの大正デモクラシーの時代ですら、さきにあげたような江戸期のすぐれた思想家たちについては一語も教えられることなく、むしろ南北朝時代の典型的な中世の情念が、楠木正成《くすのきまさしげ》などの名を借用することで、柔らかい頭にそそぎこまれた。大正期以後、熱気は、左翼と右翼にわかれた。根は、一つだった。

昭和前期を主導した軍人たちは、そういう教育をうけた擬似《ぎじ》中世人たちで、おなじ軍人でも、かれらの先人である明治期の大山巌や児玉源太郎たちからみれば、似もつかぬ古怪な存在になっていた。

日本基金

ボストンでは総領事館に寄った。ポーツマスにゆくつもりです、というと、谷口総領事が、

「あの州（ニューハンプシャー州）には、日本慈善基金というのがあって、古くからつづいています」

といった。

「日本が？」

あの時代の貧乏でケチな日本が、アメリカの一州に福祉基金を寄付したのだろうか。しかもいまなお持続しているというのである。

「たれがそうしたんでしょう」

「小村寿太郎さんです。一九〇五年のポーツマス会議がおわると、小村さんは、会場を提供した州に、世話になったからといって、当時の金で一万ドル寄付してゆかれたんです」

いかにも小村らしい。

かれは風采《ふうさい》が極端にあがらないばかりか、地味で謹直で、しかも新聞記者ぎらいだった。会議中、アメリカの記者団に対して記事になるようなことはいっさい提供しなかったために、アメリカの世論の操作については、ロシア代表のウィッテにやられっぱなしだった。

会議中、ウィッテは、演劇作家であり、演出家であった。俳優をも兼ねた。観客は新聞・通信の記者たちだった。当然、かれらの記事はロシアびいきになり、アメリカだけでなく、世界に流された。

「私は、新聞の操作などやりたくない」

小村は随員に語っていた。

小村は、自分の性格にそういう要素がないことを知っており、またしたくもなかった。外交は誠実以外にないということを口にも出し、つらぬきもした。

そういう男が最後に寄付をしてアメリカを去ったのである。

セオドア・ローズベルトは表面上、第三者である立場を守り、むろん会議中ポーツマスに姿を見せることをしなかった。

かれに対しては、日本側から連絡をとった。必要なときには、日本側のたれかがじかに会いに行った。ローズベルトは、内密ながら仲介者としての垣根《かきね》を越えるほどに日本に傾斜し、ひそかに助言し、また高度の政治技術をつかって、日本に不利にならないようにはからった。小村にすればローズベルトにどれほど感謝していたかわからない。

そういうことから、一つの州に福祉のための寄付をして行ったにちがいない。

以下、私の旅のことになる。ポーツマスに着いたとき、公立図書館に寄ったことはすでにのべた。女性司書に、以上の件についての本か文書をみせてほしいというと、すぐ出してくれた。

基金の名は「ジャパニーズ・チャリタブル・ファンド」というものだった。

会議の終了後、小村はこの州に寄付をしたい旨《むね》、ニューハンプシャーの知事ジョン・マクレーンに告げると、同知事は大よろこびで受けた。

この主催地の知事は、会議の最初から最後まで、両国全権がとまっているホテル・ウェントウォース（現存）に泊まりこんで、あたかも儀典長のような心くばりをしてくれていたのである。

諸事ぬけめのなかったウィッテも、この点だけは抜かった。三日後、小村が寄付をしたということを知ると、あわてて一万ドルの寄付を同知事に申し入れ、受諾された。

同知事は即座に評議委員会を組織し、一万ドルずつを日露両国の国債に投資し、その利息が、毎年九月五日（調印記念日）に同委員会の指摘した施設に贈られるというしくみにした。名称は、日露両国の寄付であるため、当初、

「露日基金」

と名づけられていた。第一年目に得た利息は、八〇九ドル九三セントで、このうち

八〇〇ドルが、老人ホーム、孤児院、病院などに贈られた。

その後、順調につづいたが、一九一七年のロシア革命以後は、ロシア国債が債務不履行になったために、ロシアからの利息が来なくなった。日本は利息を送りつづけた。その日本の利息支払いも、日米開戦の翌年の一九四二年以後、停止した。以後、九年音沙汰《おとさた》がなかった。

が、敗戦による傷がやや癒《い》えはじめた一九五一年(昭和二六)、ふたたび日本から利息が送られてきた。しかも日本は九年間の債務不履行を補うために、以後九年間、倍額の利息支払いをした。

それでもなお基金の名称は「露日基金」だった。

一九六一年、この基金の委員長だったロリマーという人が、当時の駐米ソ連大使ハイル・A・メンシコフにロシア国債を復活してもらいたいという旨、書簡で依頼した。が、ソ連から返事が来なかった。このため、一九六三年の州議会で「日本慈善基金」と改称されたという。『Japanese Charitable Fund』という案内書によると、

「同基金は一九五七年から年間利息収益の一部を基金に追加し、一九六五年には、より利回りのいいアメリカ国債に再投資したため、一九八〇年の段階では約四万ドルに達している」

とある。小村寿太郎の誠実さは、こういうかたちでニューハンプシャー州で生きつづけていたのである。

（「読売新聞」一九八五年十一月七〜十日朝刊）

「脱亜論」

福沢諭吉には、瑕瑾《かきん》がある。人によっては玉に瑕《きず》どころじゃない、とみる。明治十八年（一八八五年）三月、かれが主宰する時事新報に書いた「脱亜論」である。日本はアジアを脱せよ、という。そのころ圧倒的な文明開化の時代だったから、さほどの異論はなかった。

第二次大戦後、このみじかい論文が多くのひとびとによって槍玉《やりだま》にあげられ、福沢はアジアをバカにしている、自国独善主義である、〝入欧《にゅうおう》〟一辺倒主義である、すなわち明治後の〝日本悪〟を象徴している、などといわれた。

私などのような福沢ファンにとって手痛いのは、論文の末尾に、列強のアジア侵略を是認しているところである。しかも日本もそれに加われという。まことにけしからぬ。……

丹念に読んでみることにする。

福沢がいうところのアジアとは、その人民をささず、その政府をさしている。国でいえば、中国と朝鮮、それに日本のことである。

とくに日本については旧幕府をもって〝アジア〟としている。明治後の日本は旧幕府というアジアから脱し、その十八年目にこの論文をかれは書いているのである。明治の日本についてこのようにいう。「主義とする所は唯脱亜の二字に在《あ》るのみ」(「脱亜論」)。

福沢はアジアの諸政府というより、その政府がもつイデオロギーをさしている。つまり漢学的な文明体系(儒教)を指しているのである。

儒教体制から脱せよ、というのが、「脱亜論」の趣旨といっていい。脱しなければ「数年を出でずして亡国と為《な》り、其《その》国土は世界文明諸国の分割に帰す可きこと一点の疑あることなし」(同右)。

かれにおける儒教体制批判は小気味いいほど明快である。

「一より十に至《いた》るまで外見の虚飾のみを事として」(同右)いるという。実状はそのとおりで、当時の韓・清《シン》の政府はいたずらに老大《ろうだい》を気取り、それをもって礼教であるとしてきたきらいがないではない。日本の旧幕府もそうであった。

また福沢はいう。

「其《その》実際に於《おい》ては真理原則の知見なきのみか……」

と、はげしい。この文章における「実際」というのは、礼教の裏の実状ということである。それにつづく「真理原則」とは、真理については解説無用のことながら、「原則」とは国際的な公的基準を指している。清国や韓国の政府はそのことについて「知見」がない、という。つまり世界に通用する普遍的物差《スタンダード》しをもとうとしていない。

たしかにそうであった。

同時に福沢は儒教という古い文明が、もはや国際的な尺度《スタンダード》であることを失っている、とする。さらには儒教をもって「古風の専制」ともいう。

儒教は一面、道徳でもあるが、古い専制文明にあっては、その点でもうまく行っていないと言い、口をきわめて、「道徳さへ地を払ふて残刻不廉恥《ざんこくふれんち》を極《きわ》め、尚傲然《なおごうぜん》として自省の念なき者の如し」(同右)という。

福沢は文章の平易さを尊んだために、その表現はときにミもフタもない。

かれのいう文明とは、要するに西洋文明のことである。文明なるものは世界史のなかで醸醞《じょううん》されるもので、便利かつ合理的であり、さらには民族を越えて共有さるべきものだと福沢は見ている。くりかえすと、文明は高邁《こうまい》で難解なものではなく、要するにたれでも参加すべきもので、また参加できるものであり、さらにいえば参加を拒めばその国は亡ぶ、というのである。

「麻疹《ましん》の流行の如し」（同右）

まことに落語の登場人物のやりとりのようにいう。文明というのはハシカのようなものだ。……福沢は、ハシカはたいてい春とともに長崎あたりで流行し、東へ蔓延《まんえん》してついに東京にいたる、という。感染力がつよく幼児のほとんどが罹患《りかん》するかわり、生涯の免疫を得る。文明がもつ普遍性という性格と作用を、かれはハシカにたとえるのである。

ハシカはろくでもない病気だが、文明のほうは利益が多い。大いに〝蔓延〟させたほうがいい、と説く。この場合、福沢は文明の機能を、法によって治められる状態とし、非文明を専制であるとする。法のもとで万人が平等であるというのは幸いではないか。

でありながら、清国・韓国の政府は一国の戸障子《としょうじ》を閉めきって、牢居《ろうきょ》の姿勢をくずさない。

「一室内に閉居し、空気の流通を絶《たち》て窒塞《ちっそく》」（同右）しようとしている。

いっそハシカに感染してしまえ、免疫をえて一生感染しなくなるのだ、と福沢はいう。もっとも免疫という十九世紀末のことばは福沢は知らず、おなじ概念を「伝染の天然《てんねん》」と表現している。

福沢の生涯は、信念において首尾一貫している。

このことは、チョンマゲを結《ゆ》って幕臣であるころからかわりがなかった。かれは幕府体制を〝国〟であるとは見ておらず、単に〝政府〟であるとみており、〝政府〟は国民のための代理人であるとおもっていた。

このためにかれは、幕末、孤独だった。攘夷世論を憎悪し、さらには自分が仕える幕府についても醒《さ》めていて、この政権の本質は攘夷であるとみていた。

幕臣であることについては、翻訳という一点によって禄をもらっているだけだ、とわりきっていて、『自伝』のなかでも、自分の主人であるはずの将軍慶喜のことを、「慶喜さん」

とよぶ。慶喜さんが鳥羽伏見で敗け、江戸に逃げかえってきたころ、城中、和戦両論で沸きかえった。福沢は、大いに戦おうという派の同僚の加藤弘之をつかまえ、いよいよ戦争だとなればぜひ教えてもらいたい、「僕は始まると即刻逃げて行くのだから」（『自伝』）といった。

維新早々大小《だいしょう》をすて、生涯無位無官でとおし、ひたすらに日本が世界の公道に立つことをねがい、それがかれの生涯の執着で、しかも唯一の執着だった。「脱亜論」は、この執着から出ている。自然、〝旧幕府〟に対すると同様、隣国だけにわがことのように態度が辛《から》かった。他の国のことなどすてておけばいいという気分にはならなかったのである。

かれはどうも中国情勢にはうとく、清国の強大さとその老大主義に将来変化がおこるなどはおもってもいなかった。たとえば三十一年の齢下である孫文（一八六六〜一九二五）が出現する可能性などは予測できず、「脱亜論」から二十六年後に辛亥《しんがい》革命がおこって清朝がたおれるなど予想もしていなかった。

ともかくも「脱亜論」の時代は、清国は福沢の印象では陰惨なほどに強大で、魔物のように固陋《ころう》で、そのことを思うつど、気分を暗くした。いまとなれば福沢さん、他人の疝気《せんき》など気にしなさんなと言いたいところだが、しかしかれにとっては以前、倶《とも》に儒教国だったともだち仲間として矢も楯《たて》もたまらぬ気分になったようにおもえる。

とくに朝鮮に対しては兄弟国のような思いをもっていた。その好感はひとえに朝鮮の在野に開明的な小勢力が存在するという小さな光を見たせいで、やはりかれの執着（文明主義）のなすわざだった。

かれが「脱亜論」というみじかい文章を書く五年前の明治十三年秋のことである。朝鮮の国禁を犯して日本に潜入した朝鮮僧が、福沢と対面し、諸事情を話した。この僧は開化派の代表というべき金玉均の密命をたずさえていた。

その翌年、朝鮮は日本に視察団を送り、うち二人が慶応義塾に入塾した。福沢は〝旧幕時代〟の自分をみるようだ、と親近感をもち、同情の念にたえない旨、門人への手紙に書いている。他人の疝気がのりうつって福沢自身の腹が痛みはじめたのである。

朝鮮の開化派の勢力は小さかったが、やがてみずからを独立党ともよぶようになる。独立とは宗主国である清朝から離れるということである。しかるのちに近代化をしようという。福沢は大いによろこんだ。

これに対し伝統派は強勢で、事大党とよばれた。大《だい》に事《つか》える。大とは、清朝のことである。当然ながら、清朝は事大党を応援していた。

福沢が「脱亜論」を書く前年の一八八四年十二月、開化派が事大党に対してクーデタ（甲申《こうしん》政変）をおこし、敗れた。具体的には清兵千五百をひきいる袁世凱《えんせいがい》の介入による。

このクーデタの後押しに日本の影が濃厚に存在した。

このことで、朝鮮の朝野の対日感情は極度に悪化し、いまもこの事件は日本が後援したということにおいて評価がよくない。日本というのは当時から朝鮮のナショナリズムを刺激する存在で、ナショナリズムの前には理非も是非もない。福沢はその要素を計算できなかった。開化派は孤立し、九人が日本やアメリカに亡命した。

福沢という人は、壮士的発想や行動とはおよそかけはなれた人だった。でありながら、場ちがいにもこのクーデタ計画に深くかかわっていたらしく、このあたり、ドロ臭い田舎芝居をみるようで、哀れでもある。

それほどに、かれは生涯の主題に執着し、それがために狂したといえそうである。そのあげくに「脱亜論」を書いた。

まことに「脱亜論」は、前半においては論理整然としている。ただ末尾の十行前後になって物狂いのようになり、投げつけことばになる。

意訳すれば〝もう隣国の開明など待ってはいられません、隣国といって特別な会釈《えしやく》をする必要はない、以後、悪友はごめんです、西洋人が亜細亜に接するようにしてわれわれもそうやるだけです〟と、最後のことばはとんでもない。

しかも、その後の日本の足どりが右の末尾の文章どおりに進んでしまったことを思うと、「脱亜論」には弁護のことばをうしなう。

革命をおこした国は倨傲《きょごう》になる。

特に革命で得た物差しを他国に輸出したがるという点で、古今に例が多い。明治の日本人には朝野ともにその意識がつよく、他のアジア人にとって不愉快きわまりないものであったろう。

「脱亜論」はその気分の代表的なもので、その意味にかぎっての史的価値は十分にある。

ついでながら、いま湾岸でおこっていることも、公的な物差し《スタンダード》というものと、土着のナショナリズムとの相剋《そうこく》の問題である。しかしアメリカ以外にアラブに〝脱亜論〟を勧めるような〝勇気〟は、いまの地球上にさほど多くはない。結果が、自国にとって手ひどいことになることを知っているからである。

（「文藝春秋」一九九一年四月号）

第二部

大久保利通《としみち》

鹿児島に行っても、西郷隆盛は愛せられているが、大久保利通はそのようではない。いまも戦前もそうである。さらにはかれらが生存した同時代にあっては、なおのこと、そうであった。薩摩《さつま》人は西郷を愛すれば愛するほど、大久保をにくんだ。

革命期をうごかす個人の人気というものは、それそのものが力である。英雄というのは、きわめてがらんどうな概念であるが、しかし倒幕期にその倒幕勢力の中心的存在であった西郷の人気というものは、自藩だけでなく、諸藩の志士ですらことごとくそれをあおぐすがたをとった。この西郷がもった異常な人気とその人気からくる力を評価することなしに歴史をみることはできない。

西南戦争は、第二革命をまちこがれる時代のエネルギーのなかでおこった。ところがその形態としては征韓論をめぐる薩摩閥の分裂——いいかえれば西郷を擁立して革命政権のありかたを否定しようとする派と、大久保を主軸として革命政権を擁護しようとする擁護派とのあいだで一大衝突——ということになる。個人名でいえば、西郷と大久保の衝突である。が、両人のあいだになんの私怨《しえん》も、または低次元の利害政略感覚といったふうなものもない。すべて「公憤」から発しているというところに、われわれが百年前にもったこの革命のふしぎさに、おどろきを感ぜずにはいられない。

　さて、この稿では西郷を語ることはひかえねばならない。ただ大いそぎでこの両人を一つの概念語でまとめるとすれば、西郷は巨大な理想的人格であり、その人間表現として放射されるものからいえば革命期の情義機関というべきであろう。これに対し、大久保は西郷同様の無私さをもった冷厳きわまりない主知的政治機関というべきものであった。その革命期における役割を野球でたとえれば、投手と捕手であった。どちらが投手でどちらが捕手であったか、を考えるのは無意味である。この両人の聡明《そうめい》さは、そのときどきの情勢によってくるくるとその役割を交代しあったことであった。

　大久保の思想の苗床はその家にあったらしい。かれは鹿児島城下の甲突川《こうつきがわ》のほとり、下級藩士のすむ住宅地（ちょうど団地のような）にうまれた（一八三〇）。西郷とは同町内である。大久保の外祖父皆吉鳳徳というひとは大久保がうまれる三十年ほどまえに一藩の尊敬をうけた開明家で、蘭《らん》医学をまなび、藩政に対する改革思想をもち、その改革運動にくみし「秩父《ちちぶ》崩れ」といわれる弾圧事件の被害者になり、ゆるされてのちは子弟の教育に専従した。その後歳月がたち、大久保の父も「秩父崩れ」の系譜をひく改革運動に参加し、手ひどい目にあっている。「高崎崩れ」という弾圧であった。このため大久保の父は鬼界ヶ島《きかいしま》にながされた。大久保の二十歳のときである。

父が流されたあとの大久保の家は悲惨をきわめた。食わぬ日もあった。

「そのころ、西郷家の昼めしどきになると一蔵どん（利通）がやってくる。無言でひつからめしをよそい、無言で食っている。西郷家のひとびともだまっている」

というような情景を、薩摩で語りつたえている。かれらの関係はそのようなまじわりから成立したものである。しかもこの時期、ふたりは潜行的に改革運動をすすめていた。外祖父からかぞえれば大久保はこの運動の三代目である。かれらは偽装して『近思録』を読む読書グループをつくり、内実はたがいに連絡をとり情報を交換しあい、あることをつらぬこうとしていた。島津斉彬《なりあきら》を藩主にするという運動である。このことはやがて成功するが、この運動を通じて大久保は政治とはどういうものであるかを、骨のずいから知った。

その後、安政ノ大獄によるこの両人の運動の頓挫《とんざ》、それにひきつづいて島津斉彬の急死によるかれらの保護者の喪失（順聖公崩れ）ということがあって、西郷はのぞみをうしない、投身自殺すらし、さいわい未遂におわったが、大久保はふしぎな若者で絶望しなかった。ひとつは性格にもよるが、ひとつは父祖いらい、政治というこの危険な運動がもたらす悲惨な境涯になれていたのであろう。しかしその後のかれらの運動は藩の保守勢力の跋扈《ばっこ》のもとでさんたんたる景況になった。大久保はこの環境を通じて史上空前の陰謀家というべき才略を身につけた。革命はその未熟期にも熟成期にも、陰謀といえばこれほどの陰謀はないにちがいない。明治維新はそのぎりぎりの段階においては京都における宮廷工作の大陰謀にしぼられ、そのほとんど魔術的な工作を公卿《くぎょう》の岩倉具視《ともみ》とともに担当した。その策謀力の鍛練は藩内におけるこの時期にできあがったといっていい。

この時期、藩は幼主を当主にしていた。その摂政というべき立場が島津久光であり、久光は実質上の藩主であったといっていい。

ところが、久光は天性の保守家であるばかりか、前記の斉彬擁立運動時代の大久保にとって敵であった。敵の時代になった。が、大久保は絶望しなかった。――おれは久光にとり入る、と、決心した。大飛躍であり、なまなかな人間にできるものではないであろう。大久保が考えているかれの至上目的のためには幇間《ほうかん》にすらなろうとした。なぜならば久光をうごかさなければ薩藩はうごかず、薩藩がうごかなければ天下の事は成らない。いいかげんな潔癖家のできることではなかった。久光は碁がすきであった。大久保はこの久光にちかづくためにまず碁からならった。

ついに久光のとり入りに成功し、その久光を魔法にかけることによってそれまで岩《がん》盤《ばん》のようにうごかなかった薩摩藩が藩ぐるみゆらゆらとうごきはじめ、時勢のなかにおどりはじめ、やがては革命の主動勢力になってゆく。

大久保利通が演じた奇蹟《きせき》は、破壊と建設というおよそちがった領域を、一人の人間でやりえたことであろう。

革命家の才質は、才能という以上にきわめて気質的なものだが、そういう気質は旧秩序を破壊するばあいに最大の効力を発することがあってもあたらしい秩序をきずきあげるにおいてはほとんど無力か、ばあいによっては多分に有害である。大久保のパートナーであった西郷隆盛は、その豊かすぎる正義感と、その人格力による大衆結集の力、そして破壊へのすぐれた戦略感覚という三つの点においてたしかに倒幕の最大の功労者たりうる器質をもっていた。しかしその器質は芳醇《ほうじゅん》であっても多分に酒精が含有している。平和になったあとの日常的な建設にはむきにくいのである。倒幕期の西郷には、倒幕後の現実的なビジョンがなかった。あっても堯舜《ぎょうしゅん》の世か、ソクラテスの哲人政治のような、格調は高くとも、なまぐさい人の世にはむかぬ夢のような理想国家であったであろう。

が、大久保はちがっている。

「変動期の政治というのはやりたりなくともいい。やりすぎることはすべてをうしなうことだ」

という意味のことをつねにいった。徹底した漸進主義者であった。かれが革命家であったことからみればまるで別人のようなこの政治哲学をもった。さらにおどろくべきことは、かれの理想にちかい政治家の例は徳川家康《いえやす》であった。とくに関ケ原の役後、家康は社会の動揺をおそれ、あたらしい政策をうちだすことにきわめて臆病《おくびょう》であったが、大久保はこれを真に世を知る者として口をきわめてほめ、徳川家の旧臣であるかのように「神君」と尊称している。自分が敵として打倒した旧政権の開祖を真正面からほめてその知恵をまなぼうとするあたりに、大久保のふしぎな性格と、建設者としての性格と才能の秘密を嗅《か》ぐことができるといっていい。

大久保に接した同時代人の印象談には悪口はほとんどない（ただし同郷の薩摩人をのぞく）。かれらは口をそろえてそのひえびえとしたおごそかさをいう。尊大ということでなく、本来が人に圧迫をあたえるほどにきまじめで無口で、それに考えごとをしているときはいかにも深沈としている。結論を口にするときはひとことのむだ口もいわず、そのことのみを言い、かならず実行した。その無私と冷厳さは一個の威容をつくりだした。かれが内務卿であったころ、内務省にかれがいるかどうかは外来者にもわかったという。かれがいるときは庁内は、紙をめくる音も遠慮するほど森閑としていたという。かれは明治十一年（一八七八）に暗殺されるまでのあいだ、明治の政治秩序の中心的な存在でありつづけたが、一個人が秩序にすわって、その秩序にこれほどの重量感と安定感をあたえた人間は、大久保をのぞいて日本歴史のなかに何人いるだろう。明治政権は、西南戦争の終わるまではきわめてもろい地盤に立ち、いつ反乱でくつがえされるかもしれず、またその政権じたいの財政基盤もほとんど破産状態といっていいもので、そういういわばあやうく空中楼閣になりそうなこの政権に、いかにもっともらしい実体感を世間に印象させつづけたのは、大久保一個の存在によるものといってもほめすぎではない。

明治四年、大久保は岩倉具視、木戸孝允《たかよし》らと欧米視察に出かけた。国家のモデル見学というべきものであった。

余談ながら、横浜出航のころ木戸孝允は、

——日本は帝国よりもむしろ共和政体がよいのではないか。

と、思案している。明治維新が国家滅亡の危機感と富国強兵の必要からきた国内統一であったということの本質がはからずも木戸の思案に露《あら》われている。日本はフランスをもってヨーロッパ最強の陸軍国であり、文明国であるとおもいつづけてきた。そのフランスが革命国である以上、共和政体こそ強国への道につながるのではないかと、木戸は思ったのである。もっとも木戸は欧米をまわっての帰路、その思案をすてた。要するにかれら一行は、日本というまだ赤はだかの民族社会がどういう国家制度をとるべきかを大いそぎでさがしに行ったといえる。

この外遊中、随員の久米邦武《くめくにたけ》のはなしでは大久保はただ一度冗談をいっただけで、車中でも旅宿でもその端正な姿勢を一度もくずさなかった。外遊がおわるころ、

「帰国すれば、自分は隠退したい」

といった。かれがいう理由は、欧米の進歩をじかに見て、とうてい自分のような旧式人ではこれらの文明を日本において興《おこ》す能力はない。そのしごとは先入主のすくない若い連中にまかせるべきである、ということであった。この決意はかれにおいて相当に堅かったが、旅行中岩倉が説得をかさねかろうじて思いとどまったという。この、権力というものがどういうものかを知りぬいている男は、かれ一個の権力執着心というのは、この程度に希薄であった。

「見学」は二年にちかくなった。明治六年三月、大久保は一行から離れて帰国せざる

をえなくなり、ハノーブルから十三時間の汽車の旅をし、フランクフルトについた。町の中央に「白鳥館」というホテルがあり、そこにとまった。このホテルは普仏平和条約がむすばれた場所であり、しかも大久保がとまった部屋は、両国の全権が大論判した記念室であった。フランスはプロシャ（ドイツ）にやぶれた。大久保の外遊中の構想はこのあたりでかたまりはじめたであろう。

「アメリカやロシアの政体は日本にとって論外のものであり、フランスの政体も同様である。このプロシャこそ参考になる」

と、大久保はその通訳官の河島醇《あつし》にいった。新興国プロシャの帝室の興隆と官僚制度の強靭《きょうじん》さは、大久保の考えていた国家像に暗合するところが多かった。かれは帰国後、伊藤博文《いとうひろぶみ》を起草者としてプロシャ憲法を大いに参考とすべきことについての意見書をかいている。いわゆる「天皇絶対制国家」（じっに不正確なことばだが）はこの大久保の器質と政治感覚がうみだしたものといっていい。

（「毎日新聞」一九六八年十一月二十六、二十七日夕刊）

『坂の上の雲』秘話

何を聞いていただこうかと考えていたのですが、やはり私が四十代に十年を費やして調べたり、書きました『坂の上の雲』という作品のこぼれ話を申し上げることにします。四十代というのはだいたい物がわかってきて、なお体力が残っている。おもしろい世代なんですけど、私の場合は『坂の上の雲』を調べるだけで終わりました。べつに私は軍国主義者でもないし、ロシアが特に嫌いだということもありません。ただ今世紀初頭、ロシアが大変な勢いで南下してきていて、朝鮮半島をうかがう気配が濃厚にあった。

それに対して日本は、非常に微弱でした。明治にはなりましたが、近代文明という帽子を少しだけかぶった程度の国でした。

『坂の上の雲』の主人公は、愛媛県松山市の人々です。正岡子規、そして子規と松山中学で同級だった秋山真之《さねゆき》、そして兄の秋山好古《よしふる》が主人公です。秋山兄弟の家はたいへん貧乏でした。

好古は学費がタダの学校にいかなければならないと思って、最初は師範学校に行き、それから陸軍士官学校に進みます。当時の入学試験には、作文がありました。作文でよく軍事の能力がわかるものだと思いますね。しかも作文の題は「飛鳥山に遊ぶ」というものでした。東京の人なら桜の名所の飛鳥山を知っているでしょうが、松山の少年の好古には、さっぱりわかりません。そこで「飛ぶ鳥が山で喜んで遊んだ」といった作文を書いて合格した。ずいぶんおもしろい作文だったろうと思います。

そして中尉になったときに、弟を松山から呼び寄せます。最初、秋山真之は子規と一緒に、当時の大学予備門に入ります。子規とは親友でした。二人は将来は小説家になろうと、約束していました。そんな弟の様子を見てまして、好古は行く末を心配したらしい。真之自身も兄の気持ちを察していたようでもあります。結局、「タダの学校」、海軍兵学校に行くことになります。いまの築地の、国立がんセンターの敷地にあり、後に江田島に移る海軍兵学校です。

フィクションを禁じて書いた作品です

真之は子規の下宿に置き手紙を残しまして、「君とは約束したけれど果たせなくなった」と書きました。自分は裏切ったんだ、もう君とは会うこともないだろうと書いた。やはり少年のことですから感傷的であります。少年がときどき作る自らのドラマです。

こうして真之が海軍兵学校に入ってくれたおかげで、日露戦争はああした結果となり、われわれはロシアの植民地になることもありませんでした。ですから、よくぞ海軍兵学校に行ってくれたなということになります。

それにしても『坂の上の雲』は長大な作品で、しかもほんの最近の事件です。いい加減なことを書くわけにもいかないものですから、非常に神経を使って、ヘトヘトになりました。

小説というのは本来フィクションなのですが、フィクションをいっさい禁じて書くことにしたのです。特に海軍や陸軍の配置はですね、何月何日何時にこの軍艦、あるいは部隊はここにいたということを間違って書いたら、なんにもなりません。

もうひとつ困ったことがあります。

私は速成教育ではありましたが、士官の教育を受けましたから、陸軍の戦術は少しはわかりました。なんとか自分自身でやりました。たとえば旅順の攻撃のときだと、理想的な攻撃はこれで、実際の乃木さんの攻撃はこれでと、何枚も地図を書きつぶしました。

しかし、海軍をよく知らない。あの軍艦の硬いタラップを踏んだときの感触を知っているかどうかで、ずいぶん違うものですね。

そこで家庭教師を頼みました。

正木生虎《いくとら》さんという、元海軍大佐です。もうお亡くなりになりましたが、大変な紳士でした。お父さんは日本海海戦に参加され、のちに中将になった方です。お父さんから息子へ、玄人が玄人に話を伝えてきたわけで、さぞかし話が正確に伝わっているだろうと考えたのです。正木さんは家庭教師になりましょう、海軍のことを教えましょうと言ってくれました。私は基本的な質問ばかりをしました。

まずこんな質問をしました。

「海軍軍人の制服の袖には、なぜ金筋が入っているのでしょうか」

本来は必要のない、関係のないことなのですが、それを知れば海軍を知ったような錯覚がおこるというか、自分に催眠術をかけるために、そういう知識を集めたかったんですね。

正木さんだってそんなことはご存じない。この人はたいへんに外国語のできる人ですから、国会図書館で外国の本を調べてくれました。イギリス海軍は海賊から発展したものですが、その海賊時代を調べていただいた。

イギリスの海賊船は帆船です。いまでも甲板士官といいますが、海賊時代にも甲板士官がいました。その袖になぜか短い細いロープを巻いていたそうです。甲板勤務のときにはロープを巻き、ほかの士官と区別する。それが格好がよかったのか、結局ほかの士官もまねをするようになったという。

海軍は軍医や、主計、機関科の将校を大事にします。陸軍はそうでもありません。どんな伝統があるのですかと聞くと、今度は正木さんに軍医の歴史を教えていただきました。

やはりイギリス海軍の海賊時代に、地中海の小さな島があって、その島の住民のほとんどは外科が上手だったそうですね。当時は外科といっても、そうたいしたものではありません。おできを切るとか、骨つぎをする、小さな傷の手当てをするとかいったもので、その島の村の住民はなぜか傷の手当てがうまかった。

イギリスの帆船はその島に船を着けて島民を略奪します。本当の意味でのリクルートですね。志願して乗船するのではなく、いやいや船に乗せてしまう。しかし、いったん乗船した島民は士官の扱いを受け、下にも置かぬ扱いを受けたそうです。一年の航海を終えると、退職金を渡して島に帰ってもらう。これが軍医のはじまりであって、その伝統が生きているようですねと、正木さんはおっしゃいました。

当時、海軍の軍楽隊の隊員で、のちに軍楽長になった人の話も聞きました。呉にお住まいだった河合太郎さんという方で、この人は旗艦の「三笠」に乗っていました。私が、「海軍の軍楽隊の人は、戦闘中は何をするんですか」と聞くと、「伝令になるのです」と答えられた。

「では、連合艦隊が鎮海湾（朝鮮半島）を出ていくときの命令はなんでしたか」

と聞くと、

「最初の命令は『石炭捨て方、はじめ』でした」

と言われました。

当時の船は石炭で動きます。イギリスの石炭がいちばん上等でした。いちばん煙の出ない石炭でして、たいへん重要でした。石炭だと、どうしても粉クズができますが、それも膠《にかわ》で固めて、コンパクトな大きさにして使ったりした。その英国炭が、三笠の艦上に山と積まれていた。

バルチック艦隊が日本海に来ない場合も考えられたんですね。もし、太平洋まわりで来る場合は、その大量の石炭で追いかけなくてはなりません。そのための石炭だったんですが、幸いバルチック艦隊は日本海に来ました。そこで船を重くする石炭は捨てることになった。

英国炭は当時、一トン＝二十五円でした。スコップ一杯で、いくらくらいだったでしょうか。当時、天井一杯が十五銭くらいです。天井は大変なごちそうでしたから、「これで天井が何杯食えるだろうか」と思った人もいたそうですね。それで水兵たちは、

「天井一つ、天井一つ」

と言いながら石炭を捨てた。そんな話も河合さんから聞きました。

このたぐいの話をだんだん頭に詰め込んでいきますと、海軍がわかってきたような感じがしたんですね。

ロシアの話をしますと、当時ロシアは二つの艦隊を持っていました。ウラジオストクと旅順にいる太平洋艦隊と、本国のバルチック艦隊です。二つの艦隊が合流して、日本を制圧しようとしました。よしんば海戦に敗れて、艦隊が半分になってもよかっ

た。半分もいれば、日本の通商を破壊できます。商船を片っ端から沈めてしまえばい
い。満洲、つまり中国東北部にいる日本の陸軍は干上がります。ですからロシアにと
って、バルチック艦隊をどうしても本国からアジアに派遣する必要があった。世界一
周のような大航海でしたが、たいへん重要な戦略でした。

ただ、司令官がロジェストウェンスキーという、やや無能な人でした。宮廷の侍従
武官長といった職が長く、海上勤務が少なかった。

そして無能な人ほど、細かいことにうるさいでしょう。手洗いが少し汚れていると
いうようなことを、天下の一大事のように叱る。そういうところが彼にはあって、艦
隊の士気、モラールが非常に衰えていた。

もっともロジェストウェンスキーも大変でした。彼が持たされた艦隊というのは寄
せ集めの艦隊です。ボロボロの船もあれば、新品の船もある。旧式の戦艦は「浮かぶ
アイロン」と呼ばれるぐらいで、船脚も遅かった。

当時のロシア海軍には、機関科将校という士官はいません。普通の造船技師を乗せ
ていました。その技師、ポリトゥスキーという人が書き残した記録があり、そこにい
ろいろな話が出てきます。

ある日、水兵たちの間で「将校」の話になりました。ロシアの将校は貴族がなりま

す。またはそれに準ずる待遇の人がなる。クルーゼンシュテルンという海軍大佐がいまして、世界一周をして有名な航海記を残した人ですが、この人はドイツ系の人でした。お父さんが帰化した技術者で、こういう技術者や医者は、貴族に準ずる扱いを受け、子供も士官になれる。

ところが日本は違うそうだという話になりました。日本では一定の学力があって、そういう学校へさえ行けば誰でも士官になれると水兵の誰かが言った。

「そんなばかな国があるはずがない」

そう言って水兵たちはみな大笑いだったそうです。

日本は明治維新という革命を起こした新品の国でしたが、ロシアは古い体制をひきずっている国でした。社会制度といいますか、人の心がずいぶん違っていたようですね。

さて秋山真之は、大尉のころにアメリカの駐在武官となります。このころすでに真之は、いざというときにはお前が作戦をすべてやるんだと、ひそかに海軍首脳から期待されていた人でした。どうしてアメリカに行ったのか。当時のアメリカ海軍はそれほど上等なものではありませんが、アメリカにはマハンという不思議な、退役の海軍大佐がいました。『海軍戦略』という大著があり、海軍の戦略を世界ではじめて研究した人です。

「海軍に戦略、戦術なし」

といわれた時代でした。風帆船のころから蒸気エンジンの時代になっても、海戦とは要するに軍艦のたたき合いであり、大きな軍艦が小さな軍艦をやっつけることができる。ただそれだけだというものでした。

マハン以外には戦略、戦術を考えている人はいなかった。だから真之は期待してアメリカに行ったのですが、それほどの成果は得られませんでした。

真之の戦術は瀬戸内海の水軍兵法書

会うことは会ったのですが、どうもウマが合わなかったようです。人間にはそういうことがあるようですね。

しかし、真之に課せられた命題は重いものでした。ロシアのすべての艦隊を沈めなくてはなりません。一隻だけでも残したら、その船が日本の通商を破壊しますから。そんなパーフェクト・ゲームは不可能なんですが、そこを戦略、戦術でなんとかしろという。

結局、海軍に小笠原長生《ながなり》という人がいました。この人は後に中将になった人で、唐津の殿様だった小笠原家の当主でした。

この家に、能島《のしま》流水軍の兵法書というものが伝わっていました。戦国時代以前に書かれたもので、海賊の戦法を書いたものです。これを見せてもらって、秋山の戦法ができたといわれています。陣形や、戦法が書かれています。沈めなくてもいい、まず舵取りを射よというくだりもありました。

日本海海戦で日本軍の放った砲弾は、焼夷弾でした。敵の甲板を貫く徹甲弾は最終段階になってから使ったもので、まずは焼夷弾でした。下瀬《しもせ》火薬という火薬を使っていまして、これは艦上で爆発し、火災を起こします。可燃性のものがなくても、燃え上がる。

この火薬の威力の前に、旗艦のスワロフも、アレクサンドル三世号も火災を起こし、舵を損傷して、グルグル戦場を回り始めます。燃える爆弾が、ロシア軍の戦意をくじいてしまいました。「まず舵取りを射よ」という思想と、この下瀬火薬を大量に使ったという思想は同じものでしょう。こんな具合に、真之の戦術の基本は、マハンよりも、瀬戸内海の水軍の兵法書でできあがりました。それをある人が笑って、

「秋山、おまえはなぜつまらない古ぼけた本を読んでるんだ」

と言われたので、答えたそうです。

「白砂糖は黒砂糖から精製されるものなんだ」

うまい言葉ですね。

私は日本海海戦の現場が見たいと思いました。見たところで、ただの海が広がっているだけなんでしょうが、晴れているけれど少しガスがかかっているような、よく似た五月の海を見たいと思いました。人を介して大村の自衛隊に連れていってもらえないだろうかとお願いすると、非常に優秀な士官の方が、飛行艇に乗せてくださった。その現場までの間、その人は二十枚ぐらいの海図を用意されていて、説明してくださいました。大変なものでした。私が頼んで一週間ぐらいの間に、戦史を調べあげたんでしょう。小さな島があって、それは沖ノ島です。ここらへんは、何時何分に、どういう軍艦が来ていて、こんな戦況になってました。ずっと説明していただいた。まあ、私としてはそういうことをうかがうよりも、ただ波の色、気分を見るだけでよかったのですけれどもね。

終わりまして、板付《いたづけ》の飛行場に着陸しました。エンジンがかかったままの状態で私を降ろし、お別れすると、そのままプロペラを回し、飛んでいかれました。実に機能的で見事でした。

われわれは大昔に軍隊にいたけれど、こうじゃなかったな、今の自衛隊は旧軍隊より強いなと（笑）、そんな感じがしました。

陸軍の話になります。

当初、陸軍は満洲平野における決戦のみを考えていまして、旅順への要塞攻撃は考えておりませんでした。平野における決戦に勝てば、旅順の要塞は立ち腐れてしまうと考えていた。

ところがバルチック艦隊が来るという話を聞いて、海軍が慌てました。

当時、旅順はロシアの租借地です。

ここに、バルチック艦隊が逃げ込んだらどうにもなりません。

バルチック艦隊が来る前に、旅順港を落としたい。しかし、旅順のロシア艦隊はバルチック艦隊を待っているため、港から出てきません。そのため日本の艦隊のうち、五隻ほどが張りついて番をしなくてはなりませんでした。

いっそ陸から落とせばいいじゃないかという話になりました。陸軍に頼みますと、旅順を攻撃するだけの使命を持った第三軍ができあがりました。

乃木希典《まれすけ》が軍司令官になり、参謀長は伊地知《いじち》幸介《こうすけ》少将です。たいへん凄惨な、肉弾攻撃の戦いが始まりました。

無謀な肉弾攻撃でした。

ところがその早い時期に、ある小部隊は大きな犠牲を払って旅順港の見える地点まで到達しました。

しかし、よくわからないことに、司令部から引き返せという命令が来た。いったい軍司令部は何を見ているのかという話になった。軍司令部が必要以上に後方にいたためでした。

おそらく伊地知参謀長の方針だったのでしょう。

海軍は旅順港を攻撃してくれと言ったときに、ひとつの提案をしました。三等巡洋艦をひとつ裸にして、大砲を全部提供し、砲術士官も海軍士官を派遣します。しかし、ノーと言われました。これはどう考えても、縄張り意識ですね。

私が何枚も地図を書きつぶしたうえでの仮説ですが、この提案を受けていれば旅順の攻略は早かっただろうと思います。海軍にとって三等巡洋艦の一五サンチ砲は小さな大砲ですが、陸軍にとっては一五〇ミリ砲ですから、重砲です。要塞は、火砲をうまく使う以外、いかなる形でも落とせない。

明治十八年（一八八五）、ドイツから来たメッケル参謀少佐が陸軍大学校の学生を連れて熊本城に行きました。

「諸君は、この程度の城を要塞だと思っているだろうが、それは間違いだ。近代要塞はこんなものではない。しかし、このようなものでも、西南戦争で薩摩軍はてこずった。要塞を攻撃するということは大変なことなんだ」

しかし結局、この教育は生かされなかった。乃木さんもドイツに留学しています。伊地知さんもドイツに留学している。伊地知さんはだいたい大砲が専門でした。そんな人たちが、海軍の大砲にノーと言った。何万という人が死にました。無益の殺生という声まで出た。

東洋史学の偉い人で、貝塚茂樹という人がいますね。湯川秀樹さんのお兄さんです。そのお父上はのちに京都大学の地質学の教授になった人です。

東京帝大を出て、農商務省に勤め、日露戦争がはじまると、総司令部付となって従軍しました。石炭の露頭を探す仕事で、あのころは石炭を探しながら行軍していたようですね。

父上は総司令部の参謀たちの部屋で、いすをひとつもらって座っていました。第三軍の状況がまずくなっているときでしたので、乃木さんや伊地知さんに対する非難がごうごうだった。

そういう話を父上は夕食のときにされていて、それを貝塚茂樹さんは全部おぼえました。そしてそれを私に教えてくれたわけです。

私はただ乃木さんの悪口を言っているわけではありませんよ。悪口ではなく、普通の言葉なんです。

そして伊地知参謀長は、実をいうと、陸軍の満洲軍総司令官の大山巌の親戚にあたるのです。軍隊の組織の中に肉親を入れると、まずいですね。誰も大山に物を言えず、大山も事情をよく知りませんでした。

結局、満洲軍総参謀長の児玉源太郎が自ら旅順に行くことになります。

汽車が旅順に近づくと、汽車の窓から新しい墓が累々と見えたそうです。木で作った日本兵の墓でした。

児玉は怒りました。本土から新しく補充されてくる兵士は、みなこの汽車に乗って、この墓地を見るわけです。

第三軍はそんなことも気がつかないのかと怒った。

旅順に着いた児玉は乃木と二人きりで話し合います。児玉と乃木は同じ長州人ですから、腹を割って話すことができます。談合であります。統帥上はやってはいけないことでしたが、児玉は乃木の持つ指揮権を預かることになります。

児玉という人は、士官学校もなにも出ていません。戊辰戦争では長州藩の一軍曹にすぎませんでした。新政府になってからも一軍曹で、西南戦争では熊本城の籠城戦も経験しました。はじめから陸軍少佐だった乃木とはちがって、たたきあげの人です。

この人は大砲のことなんか何も知らないのに、要塞砲に興味を持ちます。

当時、横須賀の観音崎に、イタリア製の大砲が備えつけられていました。これを東京の大本営が旅順に送ってきていたんですが、なにしろ大きなもので、移動は困難だと思われていた。

第三軍では無視されていた代物なんですが、児玉はこの要塞砲を使えと言いだしました。

それは無理ですと、大砲の専門家たちが文句を言いましたが、児玉は強引に要塞砲を移動させました。二〇三高地の麓にすえつけ、それらが活動を始めてから旅順は落ちました。音ばかり大きい要塞砲が鳴りひびき、ロシアは降伏しました。

児玉は実に見事な人です。戦後はけっして自分の手柄話をせず、乃木は偉い、乃木は偉いと言うばかりでした。

読書といえば講談本を二、三冊読んだ程度で、そんなに教養のある人でもない。学問したわけでもない。

ジェネラル（将軍）、アドミラル（提督）の才能というのは、長い民族の歴史の中でも何人もいないものです。作家、画家、彫刻家といろいろいますが、軍事的な才能はなかなか持ちがたい。

児玉源太郎にはそれが宿っていました。めったにない才能ですから、そもそも学校で養成されるようなものではありません。もっとも近代国家というものはそうもいってられませんから、防衛大学校があり、幹部学校があるわけですが。

しかし、それにしても軍人というのは難しい職業ですね。私は日本海海戦でスワロフが沈むまでがよき明治であって、それ以降の日本人は大きく変わったと思うのです。ロシアという大きな国に勝ったということで、国民がおかしくなってしまいました。世界の戦史で日露戦争ほど、いろいろな角度から見てうまくいった戦争はないかもしれません。うまくいった戦争という表現は変な表現ですが、要はそんなに戦争を上手に遂行した国でもおかしくなった。

軍事というものは容易ならざるものです。孫子がいうように、やむを得ざるときには発動しなければなりませんが、同時に身を切るもとでもある。

国家とは何か。そして軍事とは国家にとって何なのか。国家の中で鋭角的に、刃物のようになっているのが軍隊というものです。皆さんの職業は、世界史的にも、アジアの歴史からも、自分の歴史からもいろいろ考えられる職業です。これほど国家の運命を考えなくてはならない職業は、ほかに多くはありません。児玉源太郎の話から、ずいぶん末広がりの話になりました。

――日本と中国と韓国ということで質問します。これから二十一世紀を迎えますが、中国、韓国はどうなるのか。私たちはどうしたら、うまくつきあっていけるでしょうか。

司馬　この中に韓国の武官の方がいらっしゃるそうですね。私はどうも子供のころから、朝鮮半島の人たちが好きなんです。友人のなかには、在日韓国・朝鮮人の方がいて、そのちょっとしたしぐさに、違う文化を感じることができる。私は中国人や韓国人とつきあうことで、どれだけ脳細胞が刺激されたかわかりません。

つきあう方法はこれしかないですな。つまり相手のしぐさ、価値観を楽しく思ってつきあわなければ。相手が急に怒りだすこともあるでしょうが、それぞれ違うのです。それをわかってつきあうことですね。

今後、中国、韓国がどうなっていくかはわかりません。わかりませんが、毛細管現象というのがありますね。

盥《たらい》に水を張っておき、ガラスの管をいれると水が上がっていく。日本や韓国は新しい技術が入れば、水が上がって、技術が広まっていきます。しかし、中国は海のように広い。なかなか水が上がらない。中国では毛沢東以前にも字の読めない人がたくさんいましたが、いまも読めない人はいます。なかなか水位が上がらない。しかし、国を保っていかなくてはなりません。ヨーロッパより広い所を、方言が非常にまちまちな所を、一国で保っていかなければならない。

本来は不可能なことなんです。歴代王朝が二、三百年で腐敗して、倒れていくのも当然なことであり、ひとつの国としてまとめるには中国は難しい。

その難しさを、日本も韓国もわかってやらなくてはならない。ここにはアメリカの武官の方もいますが、アメリカもわかってやらなくてはならない。

シラクさんというフランスの政治家がいますね。私の友達で姜在彦《カンジェオン》博士（花園大学教授）という人がいます。その友人のある学者が、シラクさんに会ったことがあります。シラクさんが言いました。

「どの民族にも、その地理的環境によって永遠の問題、苦しみがありますが、韓国にとっては何ですか」

「中国です」

韓国人の学者は答え、続けました。

「頭の上にあんなに大きな国が、古代からのしかかっている。中国の文化を取り入れなければ、中国から襲われそうです。中国に甘い顔をしていれば、植民地にされるかもしれない。近代に入って中国の文化が停滞すれば、韓国も自然と世界からは遅れる。韓国は中国に対してずっと、アンビバレント（二律背反的）な心を持ってきました」

そして、その学者は逆に質問したのです。

「ヨーロッパは方言によって国ができています。どうして中国も方言ごとに、広東国とか四川国とかできなかったんでしょう。それなら隣国にとって大きな圧迫にならないのに」

そう言うと、シラクさんは練達の政治家ですね、こう言われた。

「ドクター、恐ろしいことをおっしゃいます。日本がいくつできると思いますか」

つまり国家には適正サイズがあるということでしょうね。フランスもイギリスも大きな国ではありません。日本も適正サイズでした。中国は大きすぎる。そのことをわかってやらなくてはならない。いずれにしても話せば五時間はかかる問題ですね。

——司馬先生は、海軍について「文化遺産」といわれていますが、どのあたりが文化遺産なのでしょうか。

司馬　私は泳ぐ能力はあるんですが、海で死ぬのは嫌だと思ったんですね。それで海軍は志願しませんでした。しかし、私の年代の者は海軍に行きたがる人が多かったな。そうやって憧れて海軍に行き、生き残った人はみな海軍大好きであります。そして、陸軍を懐かしんでいる人は、まあ、私が見るところではあまりいません。

ついこのあいだ亡くなった山村雄一さん（元大阪大学総長）も、海軍が大好きでした。軍医学校の卒業式のときに、訓示はただひとつで、

「海軍士官はスマートであれ」

だれかが質問したそうですね。

「スマートとはどういうことですか」

「スマートとはスマートのことだ。つまり酒を飲むなら一流の料理屋で飲めということだ」

非常に暗喩的な説教なのですが、スマートという意味には一切が入っています。陸軍ではスマートというようなことは言われませんでした。スマートには軍人精神の一切も入っているようで、その精神はイギリス海軍に始まったのではないか。

私の友人で、池田清という、東北大学法学部の教授を務めた人がいます。この人は、海軍兵学校を出て、中尉のときに終戦になりました。東京大学に入り直し、政治学の

大学院に学び、それから昭和四十年代にオックスフォードに留学をしたんです。

オックスフォードの寄宿舎は、イギリスのパブリックスクールの延長で、整頓する、ストーブに石炭をくべる、いろいろ取り決めがある。しかし池田さんは寄宿舎に入った日から、てきぱきこなしました。同じ部屋のイギリス人の青年が「なぜ日本から来たその日にできるんだ」と驚き、池田さんは気づいたんです。

「ああ、そういえば、これは海軍兵学校のマナーと同じだ」

イギリスの海軍少佐で、ダグラスという人が明治の日本に招かれた。二年の間でしたが、築地の海軍兵学校をまかされました。あなたの思うとおりの学校にしてくださいと言われた。

イギリスの海軍兵学校はダートマスにあります。イギリスでは風帆船の時代から、現実の船だけが学校でした。

地面の上にある兵学校というのは、ダグラス少佐にとっても初めてだったんです。ですから兵学校の寄宿舎の部分は、ダグラス少佐自身が出た、パブリックスクールのマナーをそのまま取り入れた。それが伝統になった。

ダグラス少佐はのちに海軍大臣になった人で、その文書は「ダグラス・ペーパー」として大英博物館に保存されています。その文書を全部読んだ池田清さんは、ダグラス少佐について論文を書いています。そのダグラスさんが海軍兵学校に残したマナーは、イギリス文明だったのか、ネイビーの文明だったのか、よくわかりません。

文化というのは不合理なものですが、文明は合理的なものです。簡単な約束さえ守れば、普遍的な世界に参加できるのが文明です。私は、海軍というのは文明だったんだと思っています。あんまり恋しがる人が多いものですから、そう思ったんです。

私は陸軍に入って初年兵の生活を経験してですね、これは刑務所に行くのとどっちが楽だろうと思ったぐらいです。陸軍は文化そのものであり、土俗の、長州奇兵隊の名残みたいなところがありました。まあ、私は海軍を知らないから、勝手に解釈しています。

私たちの世代は、学生の途中から来た生半可なオフィサーでした。学徒出陣した世代ですから。そんなわれわれに対し、プロのオフィサーたちがお客さんのように大事に扱ってくれた。軍医を大事にするようにですね。大切に扱ってもらったので、いまだに阿川弘之のような、「海軍大、大好き人間」が出るわけであります（笑）。

幕末の夢を見て竜馬のことを聞いた

――司馬先生の小説を読んでいると主人公に感情移入をしてしまいます。どうやって彼らの気持ちになるのか。いったいどういう基準で主人公を選ぶのでしょうか。それと、今後、書きたい題材を教えてください。

司馬　それ、難しい質問で、よくわかりませんな（笑）。主人公が本当にそんなことを考えたのかと言われればね……。

坂本竜馬という人は本当に無名の人だったんです。

バルチック艦隊がどこから来るのか、日本中が心配していた時代のことです。皇后が夢を見られました。夢枕に上も袴も真っ白な人が立って、「バルチック艦隊のことは大丈夫でございます」と言ったという。このことを皇后は宮内大臣の田中光顕《みつあき》に言ったんですね。

「不思議な夢だった。あれは誰なんだろう」

田中光顕は土佐の、志士あがりの人でした。明治に入ってからは、土佐の勢力はふるわず、宣伝的に言ったのかもしれません。

「それはわが土佐の坂本竜馬に違いありません。坂本は長崎の亀山というところで、私立の海軍の学校を興した男です。亀山では、上も袴も白でした」

この話を新聞が書きたてました。それで竜馬はそのときにわずかに知られた程度です。

もうひとつ、ばかみたいに夢の話をしますと、『竜馬がゆく』を書いたころに、私は幕末の人間が出てくる夢を見て、私が彼らに聞いているんです。

「坂本竜馬は、どんな人ですか」

よっぽど思いあぐねていたのでしょうね。そのときハッと覚めて思いました。歴史上の人物というものは、自分の運命をせいぜい半分ぐらいしか知らないんだと。

たとえばナポレオンですが、フランス革命を世界に輸出した人ですね。「国民」という概念をつくった人でもある。当時、フランス人はいたが、フランス国民はいませんでした。権利と義務により、「国民」という概念ができあがり、徴兵制も始まる。国家の軍隊は国民によってできあがる。そういうことを世界がまねしはじめた。

ナポレオンは、いまはそんなに評判がいい人ではないのですが、ナポレオン好きは世界中にいます。しかし、そんな後世の評価をナポレオンは知りません。

だから私は思ったんです。私の小説に出てくる人物より、私のほうが彼ら自身をわかっているんだと。後世というのはそういうものです。もし坂本竜馬なり、ほかの人物がこの世に出てきてですね、「ああではない」と言ったとします。そのとき、「お前が間違っているんだ。お前が知らないだけで、ああなんだ」

そう言えなければ、小説というものは書けませんね。

これから何をするかといえば、これからはもう楽をします（笑）。

皆さんの先輩でネルソン提督という人がいますね。あの人が戦死するとき言った言葉が、

「私は私の義務を果たした」

私は中学の教科書でこの言葉を習って、銀行員のようなことを言って死んだんだな、もっと粋なことを言えばいいのにと思ったことがあります。しかし、これは偉大な言葉でしたね。

「duty」（義務）は、イギリスでできあがった概念です。商業の世界でできあがったか、他の世界でできあがったのか知りませんが、この概念がないと近代社会は成立しません。

その典型的な現象が、イギリス海軍でした。イギリス海軍は十六世紀に巨大な敵と

戦っています。スペインの無敵艦隊です。スペインのほうが軍艦は大きいし、英雄的なアドミラル（提督）はたくさんいた。

対するイギリス海軍ですが、誰がなっても、同じようにやれた。それぐらいイギリス艦隊はシステマティック（組織的）になっていた。当時は通信というものがありません。ですから巨大な敵を破るためには、自分のポジションについての把握と、任務をやり遂げる「duty」の概念が必要になります。英雄的な、冒険的な気分はスペイン人のほうが旺盛でしたが、「duty」の概念はスペイン人にはなかった。「duty」の概念に、スペインは負けたのだろう。

トラファルガーの海戦のさなかにネルソンは死ぬのですが、そこで「私は私の義務を果たした」と言う。

まあそういうことであります。私がもう小説を書かないのは、私は私の義務を果たした（笑）。

――西郷隆盛はそんなに人を感動させるようなことをしゃべったわけでも、行動を見せたわけでもないのに、人が集まってくる。人望とは何なのでしょうか。それは努力で身につくようなものでしょうか。

司馬 西郷という人はね、書いても書いてもよくわかりませんね。結局、よくわからない。会ってみなければわからない人などめったにいないけど、西郷がそうでしょう。

薩摩藩には若者組のようなものがあったんです。西郷はその若者頭でした。若者頭ですから、普通は十八歳ぐらいでやめるのです。ところが西郷は二十四歳までやっていました。

若者頭の仕事といってもそうありません。相撲大会で勝った人に賞品をあげるぐらいのものです。ところが他の人からもらってもうれしくないんですね。西郷からもらうとうれしい。それでやめられなかった。

西郷は体の大きな人で、相撲も強かったんですが、十二、三歳のときに相撲をとっていて、肘《ひじ》を折りました。剣術もできないし、相撲もできなくなった。しかし、考えたんですね。

自分は相撲も取れないような人間だけれども、相撲の上手な人、知恵のある人、学問がある人が集まってくれれば大きな仕事ができるんじゃないかと。

私たちは動物ですから、おなかがすけば食欲が出て、物を食べる。全部欲望のかたまりですね。

しかし、そこで頑張って、「私」のかたまりの二パーセントほどでいいから、空気を圧縮する。バキュームというか、真空をつくります。その二パーセントの真空とは、無私の部分ですね。そこに人が寄ってくる。西郷を西郷たらしめているのは、その二パーセントの頑張りです。そこに人が吸い寄せられていく。西郷という人は、そのコツを知っていたようですね。

日本の図上演習はいつも日露戦争

――日露戦争のお話をうかがってきましたが、第二次世界大戦についてのお考えをうかがいたいのですが。

司馬　私は要するに、日露戦争に勝つまでの日本人に対して贔屓《ひいき》なんです。勝ってからの日本人についてはあまり贔屓ではないのです。

第一次世界大戦のときに時代は変わりました。軍艦は石炭ではなく、重油で動くようになった。陸軍も自動車や戦車が中心となった。しかし、日本に石油はない。石油はアメリカその他から買っていた。そのときに陸軍も海軍も軍隊を持つのをやめればよかったというのは極論です。しかし、日露戦争で膨張した軍隊を思い切って縮めればよかった。太平洋戦争なんてとんでもないことでした。

油がない、油がないと、軍人はパニックになっていく。特に陸軍の軍人はパニックになった。足元が失われ、精神主義を言いだします。日露戦争までの軍人は精神主義など言ったことがないのに、精神主義ばかりを言う。

国民に対して正直であればですよ、日本国は戦争なんかできませんと言えばよかった。海外に軍隊を派遣することなんかできないんだと。

ところが一九三一年に満洲事変が起こります。石原莞爾《かんじ》という人がプライベートにもった妄想が引き起こした事態でした。石原莞爾は事態を満洲に限定するつもりだったようですが、戦争というものはそういきません。やがて中国全土に戦火が広がった。

そのうちアメリカは、日本は何をしているんだ、やめろと言った。全部兵隊を引き揚げ、日本に引っ込んでいろと言った。これが「ハル・ノート」です。太平洋戦争の前の、ハル国務長官の覚書ですね。

日本はどうしたか。ここまで膨れてしまって、「ハル・ノート」はのめない。では戦争するかということになった。こんなばかな話がありますか。

石油はないんです。ないから陸軍は考えた。ボルネオ、セレベスに行けばあるじゃないかということになった。ボルネオ、セレベスを取ればいいじゃないか。

取ればいいって、このころはオランダ領やイギリス領なんですよ。そこにはネイティブの人も住んでいる。そういった人々のことは考えず、他国に対する思いやりなどありません。軍人が幾何学で補助線を引くようにして考え、石油の問題をボルネオ、セレベスで解こうとした。そこにコンパスの芯をおき、円をかくとニューギニアも入ります。ニューギニアにも兵隊を置かなくてはならない。フィリピンにも兵隊をもっていかなきゃならない。太平洋戦争になっちゃった。単純に石油が欲しかっただけなんです。そこさえ取れれば戦争を続けられると考えたんですが、これはひどすぎますね。

私は陸軍の大本営参謀だった人に言ったことがあります。

「陸軍に入りますと『作戦要務令』を持たされます。そこには兵力の分散はいちばんいけないと書いてますが、要するに太平洋戦争で陸軍のやっていたことは、兵力を分散して、敵がやってくるのを待ってただけですね」

その元参謀は「ひどい、ひどい」と笑っていましたが、笑いごとではありません。つまりその作戦は三角定規を立てようとするような作戦です。コロンブスの卵なら割れば立ちます。しかし三角定規はけっして立ちません。

よしんば石油が取れても、輸送はどうするのか。ものすごく遠いんです。

その作戦だと、海軍はタンカーの護衛部隊になってしまいます。

私は『坂の上の雲』を書いたときに正木生虎さんという元海軍大佐に家庭教師にな

ってもらいました。その正木さんが、

「私に似た男を集めます」

と言って、四人集めてくださった。

私は赤坂の料理屋を用意したのですが、正木さんは、だめですと言う。

「ビールとおつまみだけで、『三笠』の士官室でやりましょう」

私は横須賀に参りました。私はこんなに品のいい人たちと会ったことはありませんでした。なるほど、人が「海軍、海軍」と言うはずだなと思った。

その人たちは、お父さんがいずれも正規将校として日本海海戦に参加した人たちです。日本海海戦の話ばかりされた。彼ら自身も太平洋戦争のときの大本営参謀であり、多少の自慢話があってもいいのに、何もおっしゃいません。お一人だけが、「太平洋戦争の話ではありませんが」と切り出された。

「私は昭和十四年に海軍大学校に入りました。図上演習というのをやりました。統裁官が終わって講評します。赤く塗った軍艦と青く塗った軍艦が、地図の上で戦います。赤が四〇パーセント沈み、青が六〇パーセント沈んだので赤の勝ちです。ところがその設定がいつも日露戦争でした」

昭和十四年というのは、太平洋戦争が始まる二年前ですよ。わざわざ対馬沖で日本海軍が待ち伏せているところに、アメリカ海軍がバルチック艦隊のごとく、フィリピンから北上してきて、海戦になるというのです。

これは机上の話だけではありません。潜水艦は、北上してくるアメリカ艦隊を減らす訓練をやらされていたのです。たまりかねて誰かが聞いた。

「戦争は続くものですが、そのあとはどうなるのでしょう。四〇パーセント沈んで勝ったあと、どうなるんですか」

教官は言いました。

「これでしまいだ」

察せよと言わんばかりでした。日本海軍にはワンセットしかない、一回ごちゃごちゃ戦ったら、もう終わりなんだということでした。もちろんアメリカ海軍は、日本の図上作戦どおりには来ませんでした。

日本の海軍は大東亜戦争という滑稽な作戦のために、待ち伏せすることを想定し、かつ輸送船の護衛にまわされた。しまいに潜水艦は、物資を積んで島々にお米を運ぶような、哀れなことになりました。ここで『坂の上の雲』の栄光はすべてなくなったのです。

私は児玉源太郎のことを申しましたね。彼は大砲のことなど知りません。横須賀の観音崎にあった大砲を旅順で使えと言った。

プロの砲兵士官は、あれは外せません、あれは運べません、あれはだめですと繰り返す。結局、児玉の言うとおりにして旅順は落ちました。

今は日本も、アジアも、世界もそういう時代は終わりました。局地的にナショナリズムによる紛争はありますが、これからも人類は平和にいくと思ってるので、昔話をひとつの教訓として、皆さんに安心してしゃべっているのです。先入主はよくない。成功者の成功談話だけで次の物事は考えられない。次の時代は非常に違う要素が入っているんだと。そういうことですね。

太平洋戦争の敗残兵が何かしゃべっていると思っていただいて結構です。

（一九九四年二月四日　東京・海上自衛隊幹部学校）

（『司馬遼太郎全講演　第3巻』朝日新聞社、二〇〇〇年九月）

汚職

明治国家は、十分に成功した国家といえる。

その因の一つとして、汚職がほとんどなかったことをあげていい。

政治家・官吏、あるいは教育者たちの汚職ほど社会に元気をうしなわせるものはないのである。むろん物質的にも損害をあたえる。よくいわれるように、明治は国家が主導することによって産業がおこされた。たとえば製鉄のために巨大な資本が投下されたのだが、この美味な肉をお守りする政治家・官吏らがそれを食ったりすれば、製鉄業は興らなかったろう。

また入学や資格試験の合否にカネが動くとすれば、国民は自己が属する社会に対する敬意をうしなってしまう。よき国家はそのような億兆の敬意の上に成りたっている。汚職が悪だというのは、国民の士気（道徳的緊張）をうしなわせるものだというのである。

原則論ふうにいえば、国民国家とは、国民が自己と国家を同一視し、しかも国民はたがいに等質であるとする国家である。公職者の汚職をみれば、国民自身が、わが身にはねかえって、自己を嗤《わら》い、自分を卑《いや》しめざるをえない。そのようなつらさを、明治のひとびとは味わわずにすんだ。言いかえれば、明治国家はそれによって成功したといっていい。

ただ、その「成功」のためには、すさまじい代償を払いもした。代償とは、数万の兵士たちの死と、莫大な戦費、あるいは戦火によるひとびとの被害のことである。

私は、明治十年の西南戦争のことをさしている。その起因は、ふつう失業士族の憤《ふん》懣《まん》とか、あるいは表面的に征韓論うんぬんとかいうことになっているが、あれほどのはげしい爆発（約七カ月におよぶ戦闘）をみせたのは、むろんそれだけではない。

責任は、薩摩人自身がそれをつくり、かれら自身がそれを捨てて大挙故郷に帰った新政府にあった。新政府の官員たちの「品行」のわるさが、不満の爆発の決定的なものだった。

「其《その》（註・乱の）原因は政府の方に在り」

と断定したのは『丁丑公論《ていちゆうこうろん》』の筆者福沢諭吉であった。西郷に責任はなかった、と福沢はいう。

福沢は、西郷が〝賊〟とよばれねばならないような非は一つもないと精密に論証しつつ、それでは政府のどこが非かということについては、具体的にはふれていない。書けなかったのだろう。

『丁丑公論』は明治期を代表するもっとも痛烈な文章ながら、それでもなおわずかに政府に憚《はばか》るところがあった。

なにしろ、この文章は明治十年秋、西郷の敗死をきいて筆をとっただけに、行文がたがいに摩《ま》しあい、その摩擦熱はじつに高く、おそらく政府要人がもしこれを読めばただではおかなかったろう。なにしろ当時、「讒謗律《ざんぼうりつ》」というおそろしい法律があったのである。

福沢はこれを筐底《きょうてい》に秘め、「後世子孫をして」読ましめるとした。公表されたのは、二十余年後であった。福沢はその年に死んだ。

その『丁丑公論』のなかで、福沢は「品行」ということばを多用している。品行とは倫理上の用語ながら、かれは社会科学の用語であるかのように、硬質にそれを使っているのである。

一国人民の道徳品行は国を立《たつ》る所以《ゆえん》の大本《たいほん》なり。

と、或《あ》る論者のことばとして言い、さらには、「一身《いっしん》の品行相集《あひあつまり》て一国の品行と為《な》」るともいっている。

要するに福沢は新政府の官員の品行のわるさとそれへの反撥《はんぱつ》こそ西南戦争の「原因の一大箇条《かじょう》なり」というのである。

もともと明治維新は薩長の書生による革命ともいうべきものだった。木戸孝允《たかよし》など第一級の書生はともかく、その驥尾《きび》に付していた連中の中で、思わぬ身分をえて心の平衡《へいこう》をうしなう者も出た。

それらが馬車に乗り、洋服を着、官員風《かぜ》を吹かせて四民の上に君臨するさまは、旧幕府の旗本の比ではなかった。福沢はそういう連中に対して、吐きすてるように、

「人面獣心」

というひどい形容をつかっている。もっとも在野の薩摩人がそう評した、という言い方をしているのだが。

西郷は、そういう官員たちとはちがっていた。かれは東京に在るとき、日本橋小網《こあみ》町《ちょう》の古屋敷に下僕と共に住み、雲水のように男所帯《おとこじょたい》でひっそりくらし、出入りは徒歩だった。このため、近所のひとびとも、かれが、誰とも知らず、まして参議・陸軍大将であるとは気づいていなかった。

明治五、六年の西郷は鬱病《うつびょう》患者のようだった。

明治六年十一月、にわかに参議の職をやめ、単身、故郷に帰ってしまう。そのときの詩に、「脱出ス、人間虎狼《じんかんころう》ノ群」というはげしい句があり、福沢のいう人面獣心とよく照応しているのである。

その帰山をあとで知った薩摩系軍人のなかで辞職帰郷する者が相次ぎ、近衛鎮台のごときは三分ノ一以上の幹部がいなくなった。かれらは営門を出るとき、俸給と身分の象徴である赤い軍帽を池に投げすてた。水面に花が咲いたようだったという。

さて、明治初年における二大汚職事件のことである。

まず第一は、長州人井上馨《かおる》によるものだった。

かれは会計の才があり、幕末の奔走時代、首領格の故高杉晋作が、「もし大小を取りあげられれば、おれたちはただの乞食《こじき》だ。しかしあいつだけは飯を食う」といったほどに、早くからその異能を知られていた。

維新後、カネをあつかう大蔵省に入り、明治四年、大蔵大輔《だゆう》になった。

井上は、病的気質かと思われるほどに所有についての自他の区別がなく、たとえば萩の旧士族宅で見せてもらった骨董《こつとう》品をそのまま持ちかえり、返さなかったりした話がのこっている。

旧南部藩（城下・盛岡）の尾去沢《おさりざわ》鉱山は、江戸後期〝天下三大銅山〟とよばれるほど活況を呈した鉱山だった。藩営だったが、幕末、藩は採掘権だけを豪商村井茂兵衛に与えた。井上らは官命ということで南部藩からこの鉱山を私的にとりあげただけでなく、井上の親戚《しんせき》の岡田平蔵という者に指名落札させ、さらには採掘権をもつ村井をいじめぬき、ついにそれをとりあげた。たまりかねた村井が、司法卿《きよう》江藤新平（肥前佐賀）に訴え出たことで明るみに出たのである。江藤司法卿がしらべたところ、ことごとく村井のいうとおりだったという。

火の手をみて、井上は機先を制し、大蔵省を辞職した。そのかわり鉱山の所有を岡田平蔵から自分に名義変更し、山の入口に「従四位井上馨所有銅山」と大書したといわれる。西郷のいう虎狼、福沢のいう人面獣心というのは、このことに相違ない。ときに、明治六年である。

福沢が、明治十年、『丁丑公論』のなかで、西郷の述懐をつぎのようにいう。

「ちかごろのこんなありさまでは、討幕のいくさは無益の労だった。かえって私どもが倒した徳川家に対して申しわけがない」

その述懐は、この事件の衝撃によるものだったろう。

そのうち当の江藤司法卿が佐賀に帰って不平士族にかつがれて乱をおこして敗死したため、事件の調べは縮小してしまった。


おなじく長州人山県有朋が関与した疑獄は〝山城屋和助事件〟というものだった。

和助はもともとは萩城下の寺の小僧だったのだが、奇兵隊に入り、野村三千三《みちぞう》と名乗り、その才気でもって奇兵隊軍監の山県に重宝された。それが維新後一転して横浜で貿易商になった。

山県は、維新後早々、兵部省《ひょうぶ》に出仕し、同省が陸軍省になってから大輔、陸軍中将になり、省の実権をにぎっていた。もともと山県と形影のようだった和助は省の独占的な御用商人になり、巨利を得た。だけでなく官金を自由にし、その官金でもって生糸相場を張りつづけた。

ついに回復不能の大損をしたからこそ露顕するのだが、かれが消費した官金は六十五万円で、当時の政府歳入の一二パーセントにあたり、汚職が国家に与えた被害としては近代史上空前のものだった。

これがあきらかになるのは、尾去沢事件の前年の明治五年なのである。江藤司法卿の命で捜査がはじまると、和助は一切の書類を焼き、陸軍省の応接室で割腹自殺して、すべてを湮滅《いんめつ》した。

このようなことがありつつも、明治元年から同十年までの明治政府が世界史上まれといえるぐらいに有能だったことをいっておかねばならない。教育、鉄道、逓信《ていしん》、内務行政、建軍など、近代化のための基礎はほとんどこの十年にやり了《おお》せた。とくに明治四年の廃藩置県の財政整理における井上の功と、それと並行した徴兵令による軍隊の育成という面での山県の功は、尋常なものではない。

政府が有能なだけに、有司（官僚）専制という野《や》の声がやかましかった。もっとも、専制と汚職が相共《あいとも》にできるような政体でもあった。

行政府一つだけで、立法府（議会）がなく、司法府も独立していなかった。たとえば江藤司法卿といえども閣内の人間なのである。このため、かれは同僚の汚職を糾《ただ》しきれず、その主張を貫くためには東京を奔《はし》り出て佐賀ノ乱をおこすしかなかった。

西郷もまた満腔《まんこう》の不満を他の方法であらわしようもなかった。もし当時独立した立法府があって西郷がそこに身を置いていればべつな抵抗の方法があったろうが、つまるところ西南に退隠し、あげくのはては七カ月におよぶ武力戦をやることによって、自己の政論を表現するしかなかった。憲法をもたなかった欠陥といえる。

ともかくも、江藤も西郷も、史上まれにみるほどに正義がありすぎた。しかもその正義のためにかれらはほろび、あまつさえ賊名を着せられた。それに、皮肉なことに西郷を討った政府軍の総司令官は山県有朋だった。またその軍費の工面をしたのは、井上馨だった。こういう言い方は子供っぽいかと思われるが、かれらはのちに公爵あるいは侯爵になる。

しかし、江藤や西郷の霊も、浮かばれなかったとはいえない。この乱による衝撃がどうやら官員たちを粛然とさせたらしく、その後明治がおわるまで、ほとんど汚職事件というものはなかった。死者たちの骨は、その面での礎石《いしずえ》になったのである。

（「文藝春秋」一九八九年四月号）

百年の単位

私は、過ぎたあの戦争で学生兵として駆り出され、大いに閉口した。ようやく生き残ったが、戦後は余生だという観念が、どこかで抜けない。

いま、歴史小説とか、時代小説とかいわれるものを書いている。歴史を読むばあい、完結した時間としてみず、動いている現実としてみている。当然なことで、べつに私の史観というほどの大げさなものではない。

昭和二十年の初夏、私は、満州から移駐してきて、関東平野を護《まも》るべく（?）栃木県佐野にいた。当時、数少ない戦車隊として、大本営が虎《とら》の子のように大事にしていた戦車第一連隊に所属していた。

ある日、大本営の少佐参謀がきた。おそらく常人として生れついているのであろうが、陸軍の正規将校なるがゆえに、二十世紀文明のなかで、異常人に属していた。

連隊のある将校が、このひとに質問した。

「われわれの連隊は、敵が上陸すると同時に南下して敵を水際《みずぎわ》で撃滅する任務をもっているが、しかし、敵上陸とともに、東京都の避難民が荷車に家財を積んで北上してくるであろうから、当然、街道の交通混雑が予想される。こういう場合、わが八十輛《りょう》の中戦車は、戦場到着までに立ち往生してしまう。どうすればよいか」

高級な戦術論ではなく、ごく常識的な質問である。だから大本営少佐参謀も、ごくあたりまえな表情で答えた。

「轢《ひ》き殺してゆく」

私は、その現場にいた。私も四輛の中戦車の長だったから、この回答を、直接、肌身に感ぜざるをえない立場にあった。

（やめた）

と思った。そのときは故障さ、と決意し、故障した場所で敵と戦おうと思った。日本人のために戦っているはずの軍隊が、味方を轢き殺すという論理はどこからうまれるのか。

私はこのとき、日本陸軍が誕生したときの長州藩からうけついだ遺伝因子をおもわざるをえなかった。これはあとでのべる。

その直後、大本営から連隊に命令がきて、厚木方面へ戦車一個中隊を出せ、という。

演習でなく、ある種の実験をするという。

私の小隊も出た。行ってみると、このあたり一帯は、深田、泥田で、関西そだちの私などにはひどくめずらしかった。水田に体を入れるとどこまで沈むかわからないという。話できいている田下駄というものも、はじめてみた。このあたりの農家では、田舟に乗って田植えをする。

大本営では、この厚木方面、つまり相模川《さがみがわ》沿岸はこういう泥田が多いため、敵の戦車は行動不可能で、

「この方面は無防備」

ということにきめていた。

ところが、南方方面の戦訓で知ったのであろう。米軍の戦車は、泥でも沼地でもやってくるというのである。

だから、わが戦車をもって実験しようとした。当日は、水田を五町歩ばかり借りあげ、その田のフチに、参謀肩章《けんしょう》をつけた軍人がいっぱいいた。

私どもは、はじめ、機甲工兵の作業で、土ダワラを沼同然の水田にほうりこみ、その上を通った。楽々と通れた。

つぎは、鉄板を敷いた。これも楽々と渡りきることができた。

参謀ががやがや騒いでいる。小説なら全員蒼《あお》ざめた、と書いてよいが、実のところ、かれらは官僚機構の中にいて、一人が個人として戦争の勝敗にそれほど必死になっているわけではない。

つぎに、最後のテストが行われた。戦車がハダカで泥田を通る、ということだ。われわれはやってみた。

通れた！　のである。あたりまえのことである。馬ならば沈む。馬の体重は、あの小さな四つのヒヅメの裏にかかっているからだ。接地面積における単位荷重の問題で、中学生の物理学的常識である。戦車の二本のキャタピラは幅がひろく、しかも長い。ちょうど田下駄をはいたように、沈まないのである。

「参謀本部はあわてた」

と、記録風の読物なら書くところであろうが、私は単に戦車を動かすだけの人間で、当時の参謀本部の心理状態まで知らない。

ただ、その無計画さ、暴走ぶり、目的のためには盲蛇になってしまうおそるべき精神構造、これは長州軍閥の遺伝因子である、とそのときつくづく思った。

幕末における長州藩の暴走、狂躁《きょうそう》ぶりというのは、寒気がさすほどのものだ。その暴走が、奇蹟《きせき》的に成功した。幕末における国内事情、国際事情が、この暴走をして、万に一つの奇蹟的成功をおさめしめたのである（むろん、長州藩の暴走がなければああいう形での維新政府は樹立しなかったことはたしかである。だから私はその功罪を論じているのではなく、巨視的に長州藩の暴走をここでとりあげているだけのことだ）。

その長州藩が、明治陸軍を作った。濃厚にその「やれば何とかなる」の体質を陸軍軍部に遺伝させた。

大正、昭和に軍部の主導権をにぎったひとに、東北人が多い。戊辰《ぼしん》戦争で「賊軍」にされた藩から、多くの軍人が出ている。かれらは西国諸藩出身よりも、より以上に「勤王屋」になり、陸軍の「長州的暴走性」のうえに、狂信性を加えた。東条英機の祖父が南部藩士であり、旧会津藩士の家系からも多い。かれらは、「わが藩は、薩長《さっちょう》よりもむしろ尊王の伝統が深かった」というさまざまの藩伝説を誇大に教えこまれて維新後育った家系の出身である。一種の史的コンプレックスからぬけるために、非常な精神家になる場合が多かった。

「轢き殺しても進め」

といったひとは、東北人であり、「天皇陛下のためだからやむをえない」とつけくわえた。

歴史というものは、巨視的にみれば、ときには遊びになるが、ときには思わぬ文明の問題にぶつかる。「中央公論」に連載された林房雄氏の「大東亜百年戦争説」は、その意味でおもしろく読ませてもらった。その視点において、このとおりだとおもわざるをえない問題を多くふくんでいた。

たしかにあの戦争の終結で、維新史はようやくおわった。維新史の悪遺伝をもった軍人、官僚、教育者は去った。ついでに、良質の遺伝子までどこかへ消えてしまった。これに腹が立つ。

良質の遺伝子とは何か、ということは、日本の文明を愛する立場で、むろんそれもごく趣味的な立場で考えてゆきたい。

（「中央公論」一九六四年二月号）

「旅順」から考える

「『旅順』から考える」というのが題だそうですが、べつに語りたいから語ろうとしているのではない。編集部がそういう題をつけて、私の目の前にすわりこんでしまっているから語るわけで、多少物憂《ものう》い思いがないでもありません。

旅順というのは何でしょう。遼東《りようとう》半島の先端付近にある海港で、日本中心の地理的説明でいえば、日露戦争の前にロシアが清国《しんこく》から租借《そしやく》してここに一大海軍基地をつくり、太平洋艦隊と称する大艦隊の母港にし、あわせて「東洋のセバストポーリ」といわれるほどの大要塞《ようさい》をつくった土地です。しかしときには思想用語じみたにおいで使われぬこともない。旅順を乃木《のぎ》さんが第三軍十三万（最初からの総計）をひきいて陥《お》とした。その乃木さんのことをとやかくいうといまでも何かと問題になる。私は日常的にはごく物臭《ものぐさ》な人間ですから、なるべくそんな問題の渦中《かちゆう》には入りたくない。わずらわしいからです。

乃木さんが好きだというのはどうしようもないことで、好き嫌いというのは是非善悪以外の場所の感情ですから、これに反論したり賛成したりするのはおかしいわけで、だから私は乃木さん好きの唄《うた》がうたわれはじめてそれが大合唱になろうとも、是非の論をたてるつもりはありません。だから「『旅順』から考える」は、物憂い、と申したわけです。私自身の好悪《こうお》をいえば、ひょっとすると悪《お》より好《こう》にちかいかもしれません。しかし父親や伯父に乃木さんをもちたいとは思いません。

乃木さんについてはまだ語るのはむずかしい。亡《な》くなってまだ六十年余でしかないからです。歴史は百年ではじめて成立するというのは本当ですね。たとえばその人物の書生や女中だった人の孫がまだ生きていてその人物の身辺のことをなまなましくきいていたりするようでは、まだその人物の死体はなま乾きで、どうもむずかしい。それらがすべてこの世にいなくなったとき、はじめて評価が確定すると思います。乃木さんは死後、神にまつられた。乃木論をやったひとが、「神様の悪口をいうとはけしからん」という投書に接したそうですが、私はむしろその投書のぬしのほうに微笑をむけます。好悪の好というのはそこまでゆくべきものだと思うからです。

話は飛びとびになります。

Nというえらい地質学者が、第一次大戦のあと、陸軍にたのまれて青島《チンタオ》にゆきますと、青島守備隊という閑《ひま》な軍隊に所属している閑な陸軍大佐がいまして、いつもぼう然とした顔つきで酒をのんでいる。一種落魄《らくはく》したその姿をみて、N氏が、あなたは陸軍大学校を出たくせにまだ大佐でこんなところにぼやぼやしているのか、とききますと、私は『日露戦史』を書いたからこんなぐあいに落ちぶれてしまった、とその大佐はいうのです。

『日露戦史』という本をごぞんじですか。正しくは、『参謀本部編纂《へんさん》・明治卅《さんじゅう》七八年・日露戦史』で、全十巻、各巻ごとに五、六十枚の地図がついているという浩瀚《こうかん》なものです。参謀本部編纂ですから、官修の唯一《ゆいいつ》の日露陸戦史です。

この本はいまでも古本屋さんで安いものですけれど、私が昭和二十九年かに買ったときはぜんぶで六百円でした。紙クズ同然の安さです。古本業界というのは本のねうちをよく知っていて、いい内容の本ですと、当時一冊三千円くらいの本はざらにありました。が、この官修の正史はじつに安い。老練な古本屋さんはいまでも「ああ参謀本部の日露戦史ですか」といってクスッと笑います。内容がよくないのです。この青島にいた大佐はその執筆者だったのです。第一巻の発行は明治四十五年五月二十六日で、最終巻である第十巻のそれは大正三年十月三十日です。

これほどふしぎな史書というのはちょっと見あたらないかもしれませんね。じつに克明にして詳細な記述であるのに、まるで煙でもつかむように実体がうまくつかめない。日時、地名、部隊名、その他、平面的な事実が綿密に集積されておりますけれども、しかし、極端にいえばそれだけと言いきりたくなるほどに妙な本です。たとえが適当でないかもしれませんが、物理や化学の実験をするのに、数量と物質をそこに置きならべて、数量を克明に説明し、経過も平明に説明し、あとは結果だけをのべるというやり方で、かんじんの変化についてはうまく省筆されています。というより、変化のための動因なり原理なりについては、うまく省筆されている。読み手にとっては、平板な日記でも読まされるようなもので、どうにもならない。

その理由はかんたんです。この本が編纂されたのは戦いがおわってほどなくのことで、執筆者にえらい将軍たちの圧力がいっぱいかかったらしい。つまり将軍たちにとっては歴史とは手柄話という認識があり、手柄話である以上は自分のやったことを大ほめに書かせたい。こう書け、ああ書け、とさんざん注文したのでしょう。ところがそういう主観的手柄話を無限にあつめても一つの客観実態も得られないものです。手柄話ばかりあつめて編集すると、ちょうど馬を駆って無人の野をゆくがごとき日露戦争ができても、実際の日露戦争は出て来ない。局面というのは将棋の局面程度のものでもわかるように相互に関連している。一つの銀が、自分のおかげで将棋が勝ったのだということを主張すると、桂馬《けいま》もそういう、香車《きようしや》も言いだすというように、将棋というものが成立しなくなる。

この官修戦史の文章は、じつに硬質なりっぱなものです。執筆者の性格なり態度が、決してやわなものでないことがわかりますけれども、実際の叙述は満身創痍《そうい》ですすんでいることが、読めばわかります。戦争というものは相手があってのもので、相手のポカでこちらが大きく利益を得るという連続で、より少くミスをしたという側が勝ちます。だから戦史は端的にいえば双方のミスの歴史というか、ポカの加減乗除というか、そういうものであるべきなのですけれども、将軍たちの言いぶんだけで書くと、花火大会になります。どんどん大花火があがっているけれども、花火には攻めてくる敵がいないように一方的に景気がいい。敵がいても、逃げるだけの役目で存在している。

この戦史の編纂委員なり執筆者なりは、なるべく花火大会にはせず、史書というものが辛うじて構成できる範囲内で書こうとしたらしい。しかし将軍たちの言いぶんをとり入れた。すくなくとも作戦面や実施面の失敗は書かなかった。失敗なき戦史をつくってしまった。しかも全十巻という浩瀚なものをです。うそではないにしても真実は語っていない史書をつくった。もう一つ例えていえば、個人を紹介する場合に戸籍謄本《とうほん》と履歴書だけをさし出すようなものです。決して事実的にはうそではありませんけれども、それがどんな人間であるかはすこしもわからない。そういう修史事業をせざるをえなかったこの陸軍大佐の苦衷は察するにあまりあります。大佐は、それほど苦心をした。

それほど苦心し、総花式に配慮し、やっと書きあげますと、将軍たちはそれでも満足せず、それどころかみな怒ってしまい、「おれのこの局面での功績を数行で片づけた」とか、「おれの作戦を叙述したこの文章にはすこしも血がかよっていない」などといって、ついに左遷《させん》です。青島で配所の月をながめざるをえなくなったのはそういうわけだというのです。

「戦史は敗けた側のを読め」

とよくいわれます。そのとおりで、勝った側には失敗についての反省などはなく、反省をしていてはどうにもならない。みなさん功績を顕示することで大いそがしで、戦史執筆者もそういう連中を傷つけたりすると大変です。歴史は百年たつとひからびて丁度いい。戦後すぐ戦史編纂をすると、どうしてもなまがわきで、歴史にはならないのです。

『参謀本部・日露戦史』のばあい、その編纂委員会が構成されたときは、諸将軍の論功行賞がおこなわれていました。大量に華族ができあがったのです。華族というのは、公侯伯子男《こうこうはくしだん》。本来、江戸体制をつぶしたとき、公卿《くぎよう》や諸大名の礼遇を考えねばならなくなって設けられた制度です。とくに維新に功績のあった大名は特別のはからいがありましたが、平凡な大名は石高《こくだか》に応じて爵位《しやくい》があたえられました。五万石ぐらいなら子爵、三十万石ぐらいなら伯爵、加賀百万石の前田家は侯爵といったぐあいです。薩《さつ》の島津と長《ちよう》の毛利は公爵です。その制度のなかに維新の功臣も汲みあげられ、華族という旧公卿や大名の礼遇をうけたのです。

日露戦争後の論功行賞では、あらたに爵位を授けたり、あるいは現在もっている者にはその階等を進めたりしたのですが、それに該当する者は「ここからが華族」というぐあいに一線がひかれました。中将から以上ということです。つまり師団長以上です。

乃木さんはすでに男爵でしたが、二階級あがって伯爵になりました。乃木さんをふくめて長州人の軍人だけでも二十一人、華族になったり昇格したりしました。そういう論功行賞がすすんでいるときに戦史編纂委員会の事務が進行するという、この事柄としてのむずかしさは、察するにあまりありましょう。乃木さんの第三軍の作戦の拙劣さの実質上の責任者である参謀長伊地知《いぢち》幸介少将も、新男爵です。伊地知さんが無用に兵を殺したということは当時の作戦中軸にいる者なら常識だったのですけれども「伊地知はだから無爵」ということにすれば、人事の形式論理上乃木さんを男爵から伯爵へ昇せられないのです。さらに人事の形式論理でゆくと、東京の参謀本部総長で陸軍の法王といわれた山県有朋《やまがたありとも》が侯爵から公爵にのぼることができず、ほうぼうにさしつかえができるのです。そういう一ツ軍部のなかで、そういう爵位と勲章をさずける秩序運動が盛大に展開しているなかで、修史事業もおこなわれている。その戦史が、日露戦争の陸戦の原典になっている。そしていまでも古書籍界で紙クズ同然とまでいかずともそれにちかい冷遇をうけている。戦勝者の中軸のばかばかしさと、修史のむずかしさというのは、この一事でもわかりましょう。

そして「旅順」の事実をふりかえることのむずかしさも、そこにあります。「原典」があてにならないのです。

この「戦史」は旅順攻撃についてはぼう大な記述があります。もしこのぼう大な記述をどこかで朗読するとすれば三日も五日もかかるでしょう。そのあいだに居眠らずに聴いている人があったとしたら、それは精神科の病院へゆくべき人です。時間的、地理的、数量的事実は羅列してあるけれども、何事も語っていない記述です。要するに一行でいうと「大変苦心したあげく陥《お》とした」ということだけです。どういう発想でその作戦を思いつき、なぜ失敗したか、ということは書いてありません。それでは歴史ではありません。旅順に動員された士卒は十三万。このうち犠牲が五万九千。第一次、第二次、第三次、という各段階の総攻撃はことごとく失敗です。失敗ということばさえ不適当な、つまり零敗です。その参謀長が、戦後男爵になり、それを男爵にするという陸軍の集団意識の中から戦後の陸軍史が出発します。私がもし日本人という同国人でなければ、もっとこの意識集団に苛烈《かれつ》なほどの関心をもつでしょう。しかし同国人だけに、それでもいい、という情念が働いて、まあ日本の存立自体をあやうくするところまで行った旅順が結果としては陥ちたのだからそのめでたさに免じて、つまりあれです、問題を美しい霧に霞ませて、つまり一幅の墨絵の美しさに仕上げたほうが結構である、という気にもなります。

しかしながら、「旅順」はその後の日本陸軍の空洞化と滅亡につながってゆく問題を誕生させたと言えないことはありません。

すこし話をさかのぼらせますと、日露戦争の陸戦の作戦構想をたてたのは、開戦時にはすでに故人になっていた田村怡与造《いよぞう》という人でした。かれは長州閥の全盛時代に甲州出身でありながら参謀本部で珍重され、大佐時代から満州作戦の想を練り、そのため過労になって衰弱し、衰弱してもなお練りつづけ、ついに開戦の前年に病没した。時の首相の桂《かつら》太郎が田村邸へかけつけ、棺をなでて、「ああ、惜しいことをした」といったという挿話は、有名である。田村は甲州出身であるところから、今信玄というあだながついていた。日本陸軍としては開戦とともに田村をして野戦軍の総参謀長にするつもりであった。結局は開戦の寸前、児玉《こだま》源太郎がみずから格下げして田村の職を継いだ。

この田村案はみごとなものであったといわれておりますけど、その後、たれも現物を見た者はないと思います。みごとではあるがしかしその案には旅順攻撃の予定がなかったといわれています。乃木希典《まれすけ》の不幸はここに発すると思います。

当時、旅順の山野および港は世界有数の要塞で固められているということがわかっていましたが、しかしながらその位置は満州という大陸のシッポのはしであり、満州平野における日露決戦を考えるとき、日本軍としては別な所から上陸してそのシッポを無視し、北上すればいい。田村案はこれだったと思います。

しかし開戦寸前になって「旅順」が入った。海軍がそれを要請したからです。要塞攻撃というのは陸からおこなうべきもので、海からは攻められない。この要塞をおとさないかぎり、ロシアの旅順艦隊（太平洋艦隊）が外洋へ出て来ない。その艦隊を外洋へひき出さないかぎり、日露戦争は負けになる、というのが、海軍の作戦案でした。大構想において陸軍の田村案とずいぶんちがっていたのです。

ロシアには、早くいえば連合艦隊が二セットある。本国艦隊（のちの第二太平洋艦隊・通称バルチック艦隊）と旅順艦隊の二つです。日本は一セットしかない。日本海軍としてはその総力をあげてまず旅順艦隊をぜんぶ海底に葬《ほうむ》ってからでなければバルチック艦隊は迎えられないという、ごく簡単な算術がその作戦の基礎になっています。その算術は当然、ロシア側の海戦構想の基礎でもあります。旅順艦隊を旅順要塞に抱かせて温存しておき、本国艦隊をさしむけ、二セットでもって一セットの東郷艦隊を沈めてしまう、そして日本近海の制海権を確立し、満州に上陸している日本陸軍を干《ひ》ぼしにし、殲滅《せんめつ》する。日露戦争の決定的な成否は海戦にかかっているというのが、ロシア側の大構想でしたが、田村怡与造案は、海陸大構想ではなかったのです。満州の野戦作戦だけのものでした。開戦前後にこの田村案が大修正されたのは、海軍の作戦案が陸軍に理解されたからです。

旅順要塞がうかびあがるのは、このときからです。これをミスとすればおそるべきミスでありましょう。このミスが、やがては実施者である乃木希典にしわ寄せされてゆきます。しかし乃木さん自身は、そういう事情もあまり知らなかったのだろうと思います。これは推測です。

ともかくも、旅順攻撃は、当初の原案にはなく、開戦寸前にそれが入ってきて、やがては旅順が陥ちるかどうかが日露戦争の運命をきめるカギというか、日露双方がかみあう力学的構造の重心というか、そこを衝きくずせばすべてが崩れるという存在にまで成長してしまいます。問題が勝手に成長したのではなく、日本陸軍の頭脳はそれを予想できなかったというか、あるいは陸海の総合構想をするだけの大構想をもつ頭脳——田村怡与造でさえ——がなかったということのほうがより正確です。

やがて旅順攻撃の構想ができ、開戦後やや遅れてそれを専門的にやる第三軍が編成されました。「軍」というのは最大の戦闘単位で、その下にいくつかの師団をもっています。軍司令官は当然、要塞《ようさい》やその攻撃にあかるい人をえらぶべきだったのですが、そういう該当者は中将以上では砲兵出身でフランスで勉強した大山巌《いわお》ぐらいがやっとでありましょうけれども、大山はすでに総司令官に任命されています。他にはいそうにありませんし、第一、この当時の軍司令官の人事はそういうことよりも多分に派閥的なものでした。「長《ちょう》の陸軍」といわれていながら、総司令官が薩人であり、軍司令官も黒木、野津が薩人で、奥は小倉です。陸軍の法王といわれた山県有朋の感覚でいえばぜひ長州人を入れたいというただそれだけで、休職中那須《なす》の野で百姓をしていた乃木さん――開戦前には近衛《このえ》の留守師団長――という閑職の人をにわかに起用し、ほどなく大将にし、第三軍司令官にしたのです。乃木さんは軍人の服装については病的にやかましい人でしたが、しかし戦争には運のない人で、さらには軍人としての近代戦の勉強などもあまりしたことのない人です。だからこそ、旅順へゆけといわれても、アア旅順か、と平然と出て行ったのだろうと思います。その間、要塞攻撃について勉強したという形跡はありません。ヨーロッパ式の大要塞がどういうものであるかを知っておれば、乃木さんは任命されるについて多くの要求をしたと思いますが、その形跡もありません。ちょうど五十年前のクリミヤ戦争（一八五三）で格好のサンプルがあるのです。連合軍がクリミヤ半島（黒海）の先端にあるセバストポーリ要塞を攻めたという例です。まことに難攻不落という存在でしたが、攻囲軍が要塞の弱点を見つけ、弱点へ攻撃を集中することによって陥としたという戦例で、この攻撃法は乃木さんの当時、欧州の兵学界では研究されつくした主題です。当然、それらの文献は日本の参謀本部にあるはずで、それがないなら参謀本部ともいえないはずです。乃木さんはそれも見た様子がない。横文字が読めなくてもいいわけで、たれか物識《ものし》りをつかまえて「セバストポーリ攻略の要点を一言でいえば何じゃ」ときけばよかったと思います。それさえきいていれば数万の日本人は死なずにすんだでありましょう。

どのような要塞でも、人間がつくる以上は一カ所は弱点をもっているといわれています。その発見が、攻囲軍司令官たる者の第一の役目であろうかと思います。その弱点を、早くから旅順港に接していた東郷艦隊は「二〇三高地である」と見ぬき、何度も乃木さんのほうに言っていますが、そのつど参謀長の伊地知幸介に蹴《け》られています。おどろくべきおろかさとしか言いようがありません。「この要塞の弱点はどこか」ということについてなによりもまず、ウの目タカの目でさがし、さがすためにはあらゆる諜報《ちようほう》手段を講ずべきものであります。旅順の様子を諜知することはきわめて困難であったようですが、原則はそうあるべきで、たとえ現地の中国人がそういってもそれをとりあげて検討するだけの問題意識をもつのがこういう局面を担当させられた者の当然の役目であります。まして同国の海軍がそれを指摘しているのですから、せめて検討ぐらいはすべきでありましょう。セバストポーリ攻撃も、セバストポーリにおける二〇三高地的場所の発見によって成功したわけで、それを何度もはねつけ、屍山血河《しざんけつが》の惨状をつくるのみを攻撃法にしたというのはじつにふしぎなほどです。

そして第三次にわたる凄惨《せいさん》な攻撃――ほとんどモノマニアックなとしか言いようの

ない——を仕かけ、そのつど大敗退し、そのつど兵を、参謀本部次長長岡外史の表現によれば無用に「埋め草」にし、ついに尻餅《しりもち》をつき、たれか代ってくれる者がいれば代りたいとまで乃木さんを述懐させるまでにいたるのです。「乃木さんは二〇三高地を無視したのではない。あとになってこれを攻めた」ということをかつて陸軍大学校の戦術教官だった人もそう言って弁護しますが、それは弁護にすぎません。乃木さんはたしかに万策つきたときに、第一師団の一部をして二〇三高地の攻撃を試みています。これは伊地知さんを無視して乃木さんがやったことで、事実です。しかし、大要塞の弱点攻撃というのはそういう片手間で試みるようなものでなく、それを攻撃の重点にすべきことは、戦術の常識です。それを攻撃の重点として決めれば、動員できるだけのすべての火力、兵力をそこにあつめキリでもみこむように穿貫《せんかん》してゆくというのが戦術常識であって、あの愚劣な太平洋戦争をやったような陸軍大学校では、もはやそういう戦術上の常識さえ存在しなかったのでしょうか。だから、乃木さんが試みた第一師団にそれを命ずるという程度の攻撃法は、結局は兵力の逐次投入という戦術上もっとも忌《い》むべき行為とされていることにつながり、損害がふえるのみで、敵はかえって強化してゆくという現象をよびます。結局は、そういう結果になり、やがて児玉源太郎が臨時に指揮権を執って、攻撃部署を総入れかえし、二〇三高地に重点を指向し、これを陥落させ、日ならず、陸上から旅順艦隊を撃沈し、ステッセルの降伏を早めることになった、とみるほうが事実を事実として見る態度だと思います。このことは、戦前の資料でも十分わかります。『帝国軍人教育会編・日露戦争』、この戦争で兵站《へいたん》をうけもった佐藤清勝の『予が観《み》たる日露戦争』（昭和六年刊）、宿利《しゅくり》重一『児玉源太郎』（昭和十七年刊）などにわずかに出ています。それ以外の戦史はすべてこのことに口をとざしています。むろん冒頭にふれたあの浩瀚《こうかん》にして綿密な、しかし平面叙述のみの『日露戦史』にも出ていないのです。が、この『日露戦史』には局面がかわるごとに一枚ずつの地図が各巻別冊でついていることはすでにのべましたが、戦況をその地図で追ってさえゆけば、文字には書かれていなくてもちゃんとわかることなのです。

　私は以前、『殉死』という作品を書くとき、主人公がまだ歴史としてなまがわきの人であるために、小説を書くというそれだけの作業以外のことを私なりに克明にしたつもりでした。『日露戦史』の地図をそのようにして追ってゆき、また一方、乃木さんをご存じのひとにはできるだけ会い、会えない場合は電話できいたりしました。小説を書くということにそれだけのことは無用である場合が多いのですが、やはり乃木さんを誤まりたくはないと思い、そのようにしました。そのころはまだ谷寿夫《としお》（旧陸大教官・中将）の『機密日露戦史』は刊行されていなかったと思います。その後、谷氏のものを読み、私の思っていたのとちかいことがのべられていましたので、安堵《あんど》しました。この『殉死』を書くことによって、私の乃木さんへの愛情というのは、うまく表現しがたいような心の場所で深まりました。

戦前、軍人というものが存在し、その職業について国民からうけている名誉は非常なものでした。というこの消息は、将来外敵が攻めてくれば必ず勝つというそういう無形の信用を担保にすることによって、国民から名誉と尊敬をあたえられていたということで説明がつくと思います。日露戦争を日本が発起したということはどうみても、侵略戦争ではなさそうです。被侵略的圧迫をはねかえそうとした自衛戦争です。結果としてはロシア支配下の満州の権益や領土をとったりして、つまり当時の世界史的環境からまあそれが普通といえる帝国主義的果実を得ましたが、戦争発起そのものは自衛戦争の要素が濃いでしょう。児玉源太郎のことばに、「とても勝ち目がないようにも見える。よほど奮戦して五分五分である。それをなんとか作戦で六分四分にもってゆきたい」というのがありますが、それがせいいっぱいの願望だったのでしょう。陸戦では六分四分までゆきましたが、奉天以北に戦線が転移すればもうだめだったと思います。それを一挙に勝利のかたちにもって行ったのは日本海海戦の勝利で、冒頭にのべたような日露双方の大構想が、ロシア側がマイナスであったにせよ、これで完結したわけです。

ともあれ、日露戦争における日本の国民的気分というものは、軍というもののオーナーであるという精神的立場をちゃんととっていて、上村艦隊がうろうろしているときは野をあげて上村を罵倒《ばとう》し、乃木が旅順で大出血をおこしているときは乃木を罵倒しています。太平洋戦争前にまるで軍閥に支配されていたような日本国民とはずいぶん気分がちがうのです。納税者として軍艦や兵器をたくさん買ってあたえてある、将軍や提督は勝つための義務をつくすべきだという態度が、ジャーナリズムにもはっきりありました。

軍人はそのために名誉をあたえられている。たとえば乃木さんの晩年は、東京市では最高の給料取りだったと思います。伯爵《はくしゃく》の年金に現役の陸軍大将の俸給、軍事参議官に学習院院長を兼ねています。乃木さんはむさぼらない人でありましたが、国民はそれだけの名誉と実質を乃木さんに与えるのは当然以上のものだと思っていたのです。国民と軍人とのあいだには、そういう契約に似た感情もしくは道理のようなものが存在しました。そういう機微がわからねば日露戦争はわかりにくいと思います。乃木さんのつらさも、そういう国民的気分のなかに存在したでありましょう。そういうつらさがわかっていた将軍は、乃木さんのほかに何人もいたと思います。一戸兵衛《いちのへひょうえ》、秋山好古《よしふる》などがそうでしょう。秋山という人は、「自分は敗けてばかりいた」と、その甥《おい》の秋山全氏に語っていたそうです。「しかし自分は逃げなかった」といつもいっていたそうです。じつに清明な態度だと思います。

日露戦争の勝利の報告の仕方というか、オーナーである国民への陸軍の報告の仕方が、じつにケレンに満ちたものでした。もっとも重要なことは隠し、「結局日本人は固有に強いから勝った」というふしぎな神秘史観を諸戦史の上でつくりあげ、その例として「旅順」を典型にしたのです。敵の火力に対してただ盲目的突撃をし、屍《しかばね》の山をきずき、なお命令は神聖であるとしてつぎつぎと突撃し、一回の攻撃でバラバラと一万数千の生命を消してしまいながらついに敵を屈服させたというこの神聖民族のようなものを、専門家である軍人でさえ信じたところに次の時代へのおそるべき陥穽《かんせい》があります。

旧日本陸軍は当時の世界のいわゆる強国の陸軍装備の水準からいえば日露戦争のときがもっとも高く、その後どんどん下降して、大正、昭和は二流陸軍になっており、しかも軍人や国民は日露戦の美しい神話を事実と思い、世界無比の絶対的自信をいよいよつよめてゆくのは、近代世界史の最大の滑稽《こっけい》事だと思います。

そして中国に攻めこみ、当時のいわば五流陸軍国と戦って勝利感に陶酔し、いよいよ世界無比の主観世界を深めてゆくのです。昭和十四年のノモンハン事件では関東軍がそのほとんど総力をあげてソ連の外蒙軍と戦い、その機械化による機動力と猛烈な火力のために死傷七割という、つまり十人に七人という、戦史上類のない大敗北を喫するのですが、それでもその事実を陸軍はかくしぬいて、ついに太平洋戦争の末期には世界の四十余国を相手に戦うという、妙なぐあいにまでエスカレートして行ってしまったのです。

ノモンハン事件の前、東京や新京の参謀たちはソ連をなめきっていました。「ロスケの鈍重は日露戦争以来わかりきっている。突撃すれば逃げるのだ」ということを公然という専門家がほとんどで、たまにモスクワ駐在武官をしたような連中が、「ソ連軍は日露戦争のロシア軍ではない」ということを言って警《いまし》めようとすると、「あれは恐ソ病だ」というレッテルを貼《は》り、出世コースから外されてゆくというようなかっこうでした。一つの文明国のなかでおこった事態とも思えぬような事態が、一つの原理をもってつねに存在しつづけたのです。その理由は、主として日露戦争の実態を知らしめなかったところから発しているということは、どうやらあきらかであり、いまでもそれをいうと多少の苦情が出るというのも、どうも弱ったことだとおもいます。「旅順」が地理的もしくは歴史的呼称というよりも多分に思想的磁力をもった言葉であるというのは、そういう意味でいったことです。日本人として自分の民族を愛する場から、ふたたび「旅順」が無用の思想的磁力を帯びざらんことをねがうのは、もっともなことでしょう。

（「小説現代」一九七一年五月号）

日露戦争の世界史的意義

ちょっとしたエピソードから話をはじめましょうか。

ソ連の海軍博物館というのは、たしかレニングラードにあるんですけれども、そこには〝日本海海戦〟はないんですよ。輝けるロシア海軍の歴史というものだけがその博物館にあって、世界の海戦史上最も重要な、最も大規模な海戦だった日本海海戦はブランクになっているんです。ですから、博物館にくる人に限っては、日本海海戦というのは世界史上にないわけですね。

ところが、コーカサス山脈の麓《ふもと》に小さなコサックの自治州があって、南オセット自治州と言うんです。このコサックというのは、ドン・コサックですね。人口百万ぐらいでしょうか。その首都には民族記念館があって、そこには日露戦争の戦利品などがある。これは陸戦の戦利品です。それがオセットの人々にとっては民族の誇りの支えになっている。たれに対する誇りかというと、どうやらモスクワに対する誇りらしいんです。

まあソ連だけでなくて、日本でも日露戦争というのは教科書の中にも数行しか出てこない。実際、『坂の上の雲』を書くにあたって、日露戦争の資料をできるだけ集めたんですが、それが非常に少なくて、また単一で、閉口したんですよ。単一というのは、何となくコントロールされた資料ばかりが多いという感じなんです。

で、初めから日露戦争というものを私なりに『坂の上の雲』でやり直してみるという形で調べてみると、何となくわかってくるような部分が出てきた。つまり公刊戦史というものは、日時と部隊の移動を追うのみで、一つ一つの事態についての作戦上の価値観が書かれてないんですよ。それは論功行賞にも影響があったり、生きた将軍たちにも影響があったりするから、全部塩味、砂糖味抜きにしてある。ですから、食えたものじゃない。けれども、それは日時とか部隊移動については正確ですから、それを地図の上で追ったり、いろいろの諸般の事情のもとで動かし直してみると、ああそうかというところがでてくるわけです。両軍の持っている兵力とか、火力の相違とかいうようなものも、さほど懸絶してませんから、それもわかる。

それから、どの国の戦術にも、癖というものが必ずあるわけですね。ロシアは、ロシア固有のもののほかに、フランスから学び取ったものがある。それは、わりあい煩《はん》雑《ざつ》で理屈っぽい戦術です。敵より二倍、三倍の兵力を集中して攻撃をかけるという癖がそれです。戦機をのがさずにすぐさま攻撃をかけるというものでなくて、常に兵力の十分な集中を待ってから攻撃をかける。だからチャンスをのがすところがあるんです。この戦法は、ナポレオンにおいてのみ可能だったんですね。ナポレオンという天才においてのみ可能だったのに、それがパターン化してフランス陸軍に引き継がれていたんです。それを秀才将軍たちが、特に陸軍大学校を中心に十分に学んだらしい。それがロシア軍の戦術の欠陥になっていたような感じですね。

それにくらべて、日本は、日本固有のものにプラスドイツ戦法……メッケルから学んだドイツ戦法を使ったんですね。たとえば兵力の集中を待たずに、とにかくチャンスをのがさないようにする。そして無理でも攻撃をしかける。たとえば中央を突破したり、包囲したり、比較的単純な思考形態ですけれども、その単純さがむこうにはどうもわかりにくかったらしい。そのために、日本軍の奥行きを、たとえばクロパトキンならクロパトキンは過大に評価し続けたらしいんです。それで左翼なり右翼なりに陽動的な牽《けん》制《せい》戦術をしかける日本軍の癖に、実にうまうまと乗っていくんですね。クロパトキンおよびその部下の参謀や将軍たちは、日本軍のリードにのみ乗っていったんですよ。だから、その点ではおもしろいと言えばおもしろい。しかし、これがのちに日本陸軍の最大の弱点になっていくわけですね。つまり、これさえやっていれば世界無敵である。そういうバカの一つ覚えになっていって、職業軍人のほうがそれにプラス神州不滅的な神秘性というか、その信仰の虜《とりこ》になる。そういうことになっていくんですけれども、日露戦争においてはその単純さが非常にはなやかにうまく行ったわけですね。

クロパトキンという人は、大正の初年に『満蒙《まんもう》処分論』という本を出しておりますね。内容は要するに、ロシアは満州、蒙古を取るべきであるということです。クロパトキンというのは、日露戦争以前のロシア宮廷にあっては、比較的開明派の将軍なんです。つまり、ナショナリズム、侵略主義というものの信奉者ではなく、宮廷の中にいたそういう信奉者に対する冷静な批判者であって、ウィッテなんかともそういう意味で仲がよかったんですね。あまりがめつく侵略すると、必ず国際間の軋轢《あつれき》ができて、ロシアはそれで国際的にも国内的にも滅びる、そういうことは非常に危険であるという考え方を持っていたんです。

そのクロパトキンでさえ、大局的に言えば、やはりロシアこそアジアの王たるべきであるという考え方の持主であったことが、大正初めの彼の著書でわかるわけです。

ウィッテでもそうです。だから日露戦争に反対したのであって、原則的に侵略反対でも戦争反対でもないんです。

で、クロパトキンは、その本の中で、日露戦争は前哨戦《ぜんしょうせん》にすぎないと豪語しています。かれは日露戦争では陸戦における戦争指導をして負けたわけですが、その負けをついに一生認めないですね。これはこれで立派なところがあります。クロパトキンの構想で言えば、陣地を譲ったのみであって、最終的にハルピンにおいて決戦すれば、補給線の伸びきっている日本軍、質の低下している日本軍、もうすでに砲弾不足を告げつつあった日本軍に対して、決定的な打撃を与え得るであろうという自信があった。

私もそう思います。クロパトキンに賛成です。

大山巌《いわお》も児玉源太郎もクロパトキンと同意見を持っていたことはたしかです。その同意見のもとで、大山、児玉は、戦争に勝った勝ったといって有頂天になりつつある東京の政府を常に刺激して、現地から水をかけて、早く講和をやれと言ってるんですからね。現地の総司令部から東京の政府を牽制しているわけです。世界の歴史の中で、現場の将軍たちが、しかも連戦連勝の姿で進んでいる現場の将軍たちが、政府に向ってそういう進言をし続けたということは、まずありません。逆ですね。

それはどういうことかというと、大山、児玉という人たちの感覚を説明する材料というのは無数にありますけれども、やはり一つは、自分の国家がひよわであるということを徹底的に認識して、それを常に戦略と政略の基礎にしていたということです。そしてもう一つ、国家に対する責任感がありました。つまり当時の日本は自分たちがつくったんですからね。大山は、幕末では西郷隆盛の手足になって、横浜から銃器を買って、鳥羽《とば》・伏見の戦いという一種のクーデター戦の兵器面を担当した人ですね。児玉は、一下士官として戊辰《ぼしん》戦争に従軍しておりましたしね。それから当時の首相の桂《かつら》太郎というのは、大きな目で見ればつまらない人物であったかもしれないけれども、彼も戊辰戦争に若い長州の士官として従軍した。山県有朋《やまがたありとも》にいたっては、はっきりと長州の一足軽から、吉田松陰の弟子たちの政党に属して、革命の表舞台や舞台裏で活躍した人ですね。ですから、この国家がひよわなものであるということを知っているし、それをつくったのは自分たちだという実感を体で持ってます。とにもかくにもこの薄いガラスの器にそっとさわるような、こわれものを扱うような感覚を持っていたんじゃないか。

結局、武力的な力の外交というものは自然とでき上がるんです。ところが、自分はひよわいんだというところから出てきた外交というものは本物ですね。弱者の知恵というものに、強者はかないませんよ。弱者というのは臆病《おくびょう》で、常に危機感があって、そして綱渡りのように、一歩踏みはずしたら奈落だという恐怖心を持っておりますから、この恐怖心というものが知恵を生むわけで、当時の外交家に、特にすぐれた人物がいたわけじゃないんです。小村寿太郎は偉かったというけれども、小村寿太郎だけを特に大きく評価することもできない。また特にすぐれた戦争の指導者がいたわけでもないんです。日露戦争の将軍たちで、特に英雄的な能力を持っているものをあげよと言われても、あげられません。ふつうどこの会社にもいる人たちです、いまなら。その程度の人たちが将軍です。あるいは参謀長であって、さほどのことはないんです。ですけれども、弱者の感覚が彼らをして知者たらしめたわけで、これはやっぱり考えなきゃいけないことなんじゃないか。

これとまるっきり裏腹なものが、ロシア人の持っている自己強大意識であって、ちょうどニコライ二世とその宮廷の人々というものは、ばかげたぐらいの英雄的自己肥大の虜《とりこ》になっていたんじゃないか。で、列強に対する配慮というものも彼らなりに知っておりますけれども、非常にデリカシーを欠いております。英雄的自己肥大というものの種子は、同時に強烈な劣等感から出ていて、ロシアというのは国力を伸張させる以外に自分を確立する道はないんだと思いこんでいるところがあるんですね。伝統的にあるんです。それはなぜかというと、西ヨーロッパに行けば、白人の仲間に入れてもらえるかもらえないかのスレスレである。アジアに行けば、ヨーロッパの代表者として通用する。これはドストエフスキーの言葉ですよ。ドストエフスキーでさえこう言ったんですからね。だからわれわれはアジアに行くべきである。

まあウィッテなんかは、こういう考えに対しては醒《さ》めた目を持っていました。けれども、しかし基本としてウィッテにもあるのは、ロシアというのは何をもって成立しているかというと、やはり軍事力をもって成立しているんだという、断固たる考え方でしたね。つまりロシア帝国というものは、本来成立しがたき基盤から成立しているんだ。なぜかと言えば、広大すぎる国土、その上に百種類以上の人種を持っていて、非常に内政がむずかしい。これを国家として統一せしめているものは軍事力である。つまり軍事力は対外的な意味よりも、むしろ対内的な場において大きな力を発揮するんであって、この軍事力にキズがついたりすれば国内がダメになっちゃう。具体的に言えば革命が起るという危機感がウィッテにはあったんです。つまりロシア宮廷における無邪気な国力伸張派と、自重派との差はほんの紙一重なんです。紙一重なんですけれども、基本は同じです。やはり軍事力です。

日露戦争を描いた代表的な作品というのに、有名なプリボイの『ツシマ』と、ステパーノフの書いた『旅順口』があります。これが日露戦争を舞台にした文学作品としては代表的なものですね。どちらも主人公はロシアの帝政に対して批判を持ち、かつ革命を冀望《きぼう》しているタイプの主人公が出てくるんです。ところが、実際問題として書かれているのは、ロシア的官僚機構というものがいかに無能なものか、官僚機構というのは、この場合戦争ですから軍人ですね、いかにそれが無能であるかということを、歯ぎしりしながら書いているだけのことなんです。別に戦争が人類にとってどういう問題であるかとか、人間はなぜ殺し合わなければならないかとか、あるいはある種の体制、たとえば社会主義体制というものを持てば、こういう愚劣な戦争はしないでもすむんだということなどは書いてないんです。全部ナショナリズムです。

で、ロシアのちょっと目が醒めた兵士とか、下級将校というのは、そういうあまり機能的でないロシア体制とか、ロシア軍人とか、官僚に、非常に絶望していますからね。そういう能力問題を通じての国家批判があるばかりなんです。革命前の、特に日露戦争時代の体制批判をする場合は、たいてい能力問題ですね。これはロシア人を考える上で大事なことです。いまでもロシア人の劣等感にそれがあるんですよ。官僚機構は動かないとか、システムをうまく運営させることができないというのは、いまのソ連もそうですし、それに対する腹立ちがロシア民衆にある。それが西ヨーロッパに対する劣等感になったりしていますね。

それを具体的に言えば、さていまから戦争しましょうというときには、かならず西欧的な機能性を持った秀才将軍を選ぶんです。そこがやっぱりロシアのおもしろさですね。つまりそれが陸軍のクロパトキンであり、海軍のロジェストウェンスキーであったわけです。この二人は机上戦術の秀才です。ですけれども、一軍を統括する、総《そう》帥《すい》としての人格も持ってませんし、非常に知恵に富んだ鈍重さも持ってません。つまり困難がやってきたときに、いまはじっと耐えるべきだというような、知恵の筋の通った鈍重さというものが、総帥というものには必要なんですけれども、それも持ってなくて、非常に機敏な秀才的反応を彼らは繰り返すんですね。そのために、陸海軍とも日本軍の戦略、戦術にひっかかって、自分一人で踊りをおどって自滅していくという感じがありますね。これはまさしくロシア的です。

スラブ人が自分で大帝国を持ったという歴史は、そんなに古くないんです。日本の室町時代ぐらいからでしょう。それまでは、ロシアは単なる地域であったにすぎない。キエフに小さな国があったとかなかったとかいう議論は別ですがね。大ざっぱに言えば、一つの地域であったにすぎない。あるいは「地域であったにすぎない」というのもちょっと語弊があります。モンゴル人の支配下にあっただけです。つまりジンギスカン帝国のブランチであるキプチャク汗国の支配下にあった。キプチャク汗国以前には国家はないんです。キプチャク汗国が初めて大規模な国家をつくった。そのキプチャク汗国は、おそらく一万人程度のモンゴル人が行って、何百万のロシア人を支配したんでしょう。一万人たらずのモンゴル人は、ただ戦争に強いだけで、何の文化もロシアにもたらしてないんですけれども、収奪の方法だけは心得ている。それで重税を取り立てて、払わないものは首を斬《き》るという、非常に単純な政治をしていた。そして広大な土地をモンゴル貴族が占有して、スラブ人を農奴《のうど》にしていました。そのままロマノフ王朝がモンゴル体制を引き継ぐんですからね。やや修正が入っているにしても、基本的に権力と人民の関係というのは変わっていません。ですからロシアの原型というのはキプチャク汗国だと思えばいいわけです。

まあ、話が少しそれますけれども、日本の幕末当時、十九世紀に、西欧の列強がアジア、アフリカの支配に乗り出しますね。争ってアジア、アフリカにやってくる。タイのように、王朝を中心に一種の粗型ながらも国民国家のごときものが成立しているところは、イギリスもフランスもそろりとやってきて、そこだけ残しますね。アンナンみたいなところはさっさと侵略してしまう。あそこは王朝しかなかったですから。中国も、大規模な意味において王朝しかなかった。だからどんどんやってきて蚕食《さんしょく》してしまう。そういうことから考えると、明治維新の意義がはっきりするんで、これは国民国家の成立なんだということがわかるでしょう。つまり富国強兵というのは、国民国家の目標であったかもしれないけれども、いずれにしても国民国家を曲がりなりにもつくってしまわなければダメだ。日露戦争を考えているときに、明治維新もはっきりしてきましたよ。

たとえば、幕末における日本の中で、長州がいち早く国民藩になった。国民国家になったわけです。よその藩ではとてもできないところの庶民軍が成立したわけです、奇兵隊とかその他の諸隊のように。庶民が藩を守るという不思議な現象が起った唯一《ゆいいつ》の例なんです。それで幕府と戦って勝ったわけでしょう。しかも侍のほうが弱かったわけです。つまり藩主と侍たちというのは王朝で、百姓は民草《たみくさ》ですね。徳川を含めて日本の三百諸藩みんなそうだったのに、長州だけが国民国家を成立させて、それで勝った。この長州人の体験が、明治国家の性格に非常に影響するんですね。これさえやれば、列強の侵略を防ぐことができる。こういう単純な言い方で明治維新を説くつもりはありませんけれども、たまたま『坂の上の雲』の視点から明治維新を振り返ってみたらそういうことになるわけです。

それをロシアにおいて考えてみると、これも同じじゃないか。国民国家が世界の歴史においていつ成立したかというと、フランス革命によって成立して、ナポレオンによってそれが思わざる形で国家膨張の形態をとりましたけれども、ナポレオンの強さというのは国民を率いていたからですね。これは西洋史ではっきりしている。

その後、プロシャにしても、イギリスにしても、徐々に国民国家というものの性格はかたまっていった。まあイギリスはフランスよりもうちょっと早かったかもしれません。しかしいずれにしても、アジアにおいては日本だけに国民国家が成立していて、ヨーロッパにおいてはロシアだけが王朝のみの国家で、国民国家は成立していなかったんじゃないか。それで日露戦争にそのままで突入したんじゃないか、そういう感じがありますね。

私は、海軍のことは少しも知らなかったんです。『坂の上の雲』を書き始める前の五年間というものは、海軍のことを知るために、実に滑稽《こっけい》なほどの努力をしました。陸軍については、自分がその場を少し体験したということが、やはりものごとを調べる上での自信の支えになっていましてね。どうも自信というのは、そういう自己催眠みたいなところがあって、現場を踏んだか踏まないかということで違ってくるでしょう。海軍は、あの軍艦の鉄のタラップを、靴の底で踏んで、踵《かかと》に当たるコツンとした感じを体験したことがないものですから、自分の想像の中で日本海軍をつくらざるを得なかった。これは、ずいぶん旧海軍を体験した人たちの知恵を拝借しましたけどね。海軍については、自分の体の中に海軍ができ上がるまで、四苦八苦しました。ものごとを調べるときの私の癖として、基本的なことの、しかも枝葉から調べるような癖がありまして、なぜ海軍士官の袖《そで》に金筋が入っているのかなどと聞くわけですね。すると、どうもイギリス海軍がまだ海賊であった時分に、甲板士官は袖に縄を巻いていたらしい。その縄がシンボルになったらしいと、そんなところから始めたわけですよ。

築地《つきじ》のいま国立がんセンターのある場所に兵学校ができ上がりましたときに、イギリスからダグラスという少佐を招いて、彼に政府は全部まかしたわけですね。ダグラスがくる前にも幕末には諸藩の海軍がありましたし、明治初年の政府も海軍を持っていますけれども、高級士官たちは維新生き残りの志士たちで、別に技術はもたないわけです。実際に海軍技術が組織的に入るのは、築地兵学校の成立からですね。幕末には長崎海軍操練所とかそういうものはありましたけれども、築地兵学校から見たら組織的なものじゃありません。築地の場合は、あの広大な敷地に塀がしてあるんですが、その中に入ればイギリスだったわけです。

で、薩摩《さつま》とか長州、土佐、全国諸藩の秀才たちがそこに集まってくるんですけれども、腰の朱鞘《しゆざや》を振りまわすような者もいたり、山本権兵衛《ごんべえ》とか上村彦之丞《かみむらひこのじよう》のごときは、毎日殴り合いの喧嘩をしていたというような、非常に荒っぽい野蛮人のような者が入ってくる。それに対してダグラスは、全部イギリスの紳士教育を授けたわけですね、食事のマナーから。食事はむろんフルコースだそうです。それから寝起きの仕方。それは海軍式というよりも、イギリス式だったんですね。ですから築地兵学校のあの空間にだけ、イギリスつまり異種文明が存在していたわけです。その異種文明を組み込んでいたということが重要なことで、陸軍の場合はそうではなかったんです。士官学校の場合は、多分に長州奇兵隊気分がありましたけれども、兵学校の場合は、異質の文明世界に、まったく違う文明がかみあって、そこで反応なり、あるいは馴化《じゆんか》なりの巨大な実験をしていたようなものですね。

要するに、そこにだけ海軍の技術を通じて、あるいはマナーを通じて、インタナショナルというものがあったし、具体的に海軍は世界を海上で移動しますから、そういう精神があった。そのために日本人の文明の歴史の中で、築地の兵学校は別のものになり、その伝統は、海軍が滅びるまで続いたわけですね。何かここのあたりの消息をわたしはうまく言えませんけれども、やはり「海軍文明」というものはあったのではないか。それは文化というより文明だったのじゃないか。秩序と価値観がそこに加わっていますから、文化というより文明だったのではないかと。

そういう具合にして海軍のことを考え直していって、なぜ日露戦争は勝ったのかというと、海軍の場合は勝つべくして勝ったんですね。つまり、ロシアとの衝突は避けられないという事情がはっきりするのは、日清《にっしん》戦争が終るとすぐそういう状況が出ます。それはつまりどうしようもないものだ。それでは、どうやれば少なくとも負けずにすむか。これは弱者の感覚ですよ。非常に知恵をしぼったらしい。そうすると、最も強力な軍艦を合理的な組み合わせにして対戦すれば勝つ。これは当り前のことですけれども、それでやってみたんですね。これを遂行した人というのは、はっきりと個人名で指摘できるわけです。他の場合は、その仲間たちがやったということが言えますけれども、海軍の場合は山本権兵衛です。山本権兵衛にすべて権限を委譲した西郷従道《つぐみち》です。この二人がやったと言えますね。

それはどういうことかと言いますと、まず軍艦については、速力と火力が同じもの、つまり姉妹艦主義をとったということです。これは非常にすばらしいことです。独創的ですね。姉妹艦が共同行動をする、二艦ないし三艦が同一行動することによって敵の一艦を沈めることができる。これは赤穂《あこう》浪士が三人一組で敵に当ったり、新選組もその方法をとったと同じことです。これがだいたい日本人の戦争方式です。日本人の戦争方式と言っても、戦国時代の方式じゃなくて、江戸時代の日本人が考えた喧嘩の方式ですね。ずるいと言えばずるいんですけれども、しかし勝つのはこれ以外ない。

それだと、同じ足並みじゃなかったらダメなんです。その足並みも、日清戦争の教訓によって、少々火力や防御力が弱くても、足さえ速ければ相当の働きができますということで、できるだけ優速主義というものをとる。そこで日露戦争で登場する東郷艦隊の構想ができ上がるわけですね。

第一艦隊は戦艦戦隊でしょう。〝三笠《みかさ》〟〝敷島〟〝富士〟〝朝日〟ですね。第二艦隊というのが、これまた独創的だと思います。上村艦隊ですね。これは〝出雲《いずも》〟〝浅間〟その他です。この第二艦隊というのは、のちの言葉で言う一等巡洋艦もしくは重巡洋艦であって、その思想は当時の世界海軍にはなかったんです。

巡洋艦というのはもっと軽妙なもので、もっと手軽なものだったのに、非常に強いアーマー（装甲）を備えた、戦艦に準ずるものを組織した。だから、第一艦隊がやられた場合の代用になるというようなことも考えた上でのものであり、あるいはまた第一艦隊の火力を十分補える巡洋艦隊でありもするようなものをつくった。この思想はロシアにはなかったんです。単なる巡洋艦です。日本の第二艦隊の巡洋艦は、戦艦と言ってもいいぐらいの力を、防御力といい火力といい持っていたわけです。

これをセットにして揃《そろ》えたというのは、やはり大きく評価すべきじゃないか。つまり、勝ったから評価すべきじゃないかというんじゃありません。日本人は模倣的な民族だと言われているけれども、当り前のことですね。ヨーロッパ文明も模倣によってでき上がったんで、それは少しも恥ずるにたりないんですけれども、日露戦争においては多分に独創的なものが加わっています。加わっているその中で、最も大きなものはこの構想じゃないかと思います。それが対馬《つしま》沖で大きな威力を発揮するんですが、考えられないような勝利が実現してしまったわけですね。

で、当時の艦隊運営者、それは東郷平八郎以下ですが、これは負けるとは思っていなかったんですね。つまり、あれだけの勝利があるとも思っていませんでしたが、負けるとはとても思っていなかった。つまりそれだけのものは揃えていたということが大きいんじゃないかと思うんです。僥倖《ぎようこう》を少しも期待していなかったというところですね。

ただ、鎮海湾に連合艦隊が入っていたときに、バルチック艦隊が対馬コースを取るか、それとも日本列島の太平洋沖を通って、津軽海峡ないし宗谷海峡をまわってウラジオに入ってしまうか、その二つのコースのどちらを取るかということで、非常に悩みましたね。日本中が悩んだ。もちろん鎮海湾の総司令部は、行動を一任されておりますから悩んでいた。その中で東郷さん一人だけが悩まなかったというような具合の印象なんです。しかし、秋山真之《さねゆき》は振り子のごとく動揺しておりますね。つまり待っても待ってもバルチック艦隊は現われない。太平洋に行ってしまったんじゃないか、これでは急ぎウラジオに駆けつけて、津軽海峡もしくは宗谷海峡の入口、具体的に言うと、北海道の西側の沖のある一点で待ち伏せすることをやらなきゃいけない。ですから、これは二つの道を賭けることになる。どっちかに決定してしまえばとんでもない結果を招くことになりますから、非常な博打《ばくち》ですね。その博打は国運を賭けています。その博打のために秋山真之の動揺というのはすごいですね。

むしろ司令部から遠い存在、たとえば艦隊の軽巡洋艦の司令官、その他枝葉の参謀たちのほうがわりあい動かなくて、対馬からくるのに決まっているじゃないかと考えている。島村速雄《はやお》なんか不動の人でしたね。ですけれども、島村速雄といえども、鎮海湾の連合艦隊司令部におれば、振り子のごとく動揺したんじゃないか。真之というのは、この期間の動揺のために肉体的な寿命というのを、ほとんどすりへらしていますね。あとは海軍部内でも言われているように、少し頭がおかしくなったというんですから、やはりそうじゃないか。消耗し尽くしたような感じです。だから、連合艦隊は不動の信念でバルチック艦隊を待ち受けたとは決して言えませんね。

『坂の上の雲』のどこかに書いたと思うんですけれども、昭和初年に日本の政界人たちに尊敬されていたイギリスの女性評論家がおりましてね。その人が帰国するというときに、牧野伸顕《のぶあき》ら彼女のファンの連中が、横浜のグランドホテルで送別会をしたんです。そのときに、これは牧野伸顕の『回顧録』にあるんですけれども、日本はどうなるんだろうと質問すると、「滅びるでしょう」と彼女は予言したわけです。まだ満州事変も始まってない、昭和二、三年の話です。それで一同はシュンとなっちゃった。で、その理由を聞くと、陸軍の軍人がよくない、彼らは国際的な感覚を少しも持っていない、夜郎自大《やろうじだい》である、日本のみを強いと思っている非常に不思議な存在である、本来軍人というものは愛国的な存在で、ヨーロッパの軍人もまた同じく自国の軍隊は強いと信じているけれども、しかし比較検討する場を持っている。つまりフランスの軍人は、砲兵はフランス陸軍の誇りだけれども、歩兵はドイツ陸軍より劣るとか、あるいはイギリスの軍人は、われわれは陸軍においてはヨーロッパの他の国よりも劣るかもしれないが、海軍の強大さを持っているとか。ヨーロッパ人というのはまわりによく似た水準の国家がむらがっていますから、軍人といえども比較的自分の位置なり価値なりを決めることができますね。

ところが極東の僻隅《へきぐう》で、むやみと近代化してしまった日本にあっては、軍人は夜郎自大にならざるを得ない。日本の陸軍軍人がほどこされた教育を見ていると、小学校教育においては、日露戦争の勝利を神秘的なものだとして、絶対の強者としての日本というものを教えられている。それに少しも疑いを持たずに幼年学校なり士官学校に入っていって、似たような教育を受けて国家の中枢《ちゅうすう》にやがてすわる。一度も自己の価値を振返ったことがない。こういう軍人は、いまの情勢で国家の権力を握りたがっている。握ったら最後、それは国際感覚を無視した外交なり政治なりをやるに違いない。その国際間の軋轢《あつれき》でもって日本は滅びるだろう。つまり太平洋戦争の終末までも約束したようなことを彼女は言ったわけです。およそ日露戦争を担当した人々とはまったく違う種類の人間が、昭和初年に出てきてしまっていることに気づいた外国人の一人なんですね、彼女は。

この話は、歴史というものを観ずる上で、おもしろいエピソードだと思います。日露戦争に勝ったと言っても、実際には日本海海戦に勝っただけであって、満州における陸戦は、さきに申しましたように、押し相撲にすぎなかった。クロパトキンは、単に陣地をあけて後方に移っていっただけで、彼にもしロシア宮廷がすべての権限を委譲してしまっているならば、ハルピンにおいて大決戦をやって、日本軍を叩《たた》きのめしたに違いない。そのことを大山、児玉も恐れていたということを思うと、日本海海戦で締めくくって、やっと勝利的な講和へ事態を運びこめたわけでしょう。そのことを少しも国民に戦後教えなかった。それは日本がダメになっている証拠ですね。つまり百勝百敗して国家を成立せしめたのがヨーロッパでしょう。ヨーロッパ人は敗戦によって賢くなっているわけですよ。ヨーロッパの歴史には、勝利によって利巧になった例はあまりないんです。むしろ敗れることによって、自己を見つめ直し、あるいはしまいには国家を否定していくという思想が成立していくわけですからね。

ところが日本の場合、日清戦争なんていうのはどさくさの戦争ですから、これについてはどうこうということはできませんが、日露戦争というものをよくやったことはたしかですけれども、勝ったあと非常に国家が変質していく。これは日露戦争の本質なり真相はどうであったかということについて、国家も教えなかったし、ジャーナリズムも疑おうとしなかったことに原因がある。あのころは言論がやかましく統一されているわけでもなかったし、その気になれば、戦争が終ると同時に、この戦争はどうであったかということを、客観的な冷たい目で新聞が連載することも可能だったんです。それを一度もやらなかった。そしてただ有頂天になって、その有頂天のムードの上で、日本の軍人を含めた官僚組織が新たに成立したわけです。

日露戦争以前の官僚組織というのは、高文を通ってなくても高官になることもできたし、いろんなシステムの約束ごとというのは、日露戦争後よりもずいぶんあいまいなものだったでしょう。ところが日露戦争の後にでき上がる国家体制というのは、秩序確立への道を進むべく全部用意されたわけです。用意されただけでなくて、国民教育もそういう方向に向けられて、へんな国家になった。大正期は世界的な思潮で、日本でも、国家はやわらかいものであるべきだという考え方ができ上がってくるんですけれども、それが昭和期になると、ぜんぜん違う国家思想に変っていった。そして日本国家の外政感覚も、日露戦争が勝利で終了したと同時に、遅まきながら帝国主義の仲間に入るわけです。

ただ、日露戦争をやった人々には、江戸期がつくり上げた人間の精神的な一つの美のようなものがあるでしょう。そういうものが、日露戦争をやった四十代以上の人々にはまだ残っていましたね。人間はどうすればカッコいいかという、モラルの仕組のようなものは。それが十分に継承されて、日露戦争までありました。それがなくなるんですよ。同一人物でもなくなりますよ。たとえば明石《あかし》元二郎《もとじろう》は、東京の参謀本部次長の長岡外史から百万円の金をもらってヨーロッパで工作をした人です。対露工作をした。ロシア革命の志士たちに接近した。そしてレーニンにも会ったことがある人ですが、そういう人たちから非常に好意を持たれた。というのは、その志士たちが明石の百万円を必要としたということがむろん基本的にあります。しかし一つには、明石もその人たちを尊敬したということがあるでしょうね。尊敬しなければ、抱き合うほどの仲にはなれません。特にフィンランド系の志士たちが明石を信頼して、抱き合うようにして工作を進めていったわけです。

それが日露戦争後、日韓併合になって、彼が朝鮮総督府の警察政治を全部担当したときの、朝鮮の志士たちへの弾圧の仕方というものは、巧妙狡猾《こうかつ》をきわめた。そのときの明石というのは、どう考えても、煮ても焼いても食えないという悪党です。

これは朝鮮人の立場から言うんじゃなくて、一個の人間として言うんですけれども、そこには人間的魅力とか、明石が持っていた普遍性のあるモラルというのは一つも感じられない。だから彼は人生において二回役がわりをしているわけですが、二回目はベリヤみたいな役になっているわけですよ、極端に言えば。そういうヨーロッパ時代の純真さというものが彼の身上で、彼が非常にすぐれた知謀の士であったとは思えないんです。むしろロシア革命をしている志士たちが彼に知恵を授けていったようなもので、その志士たちが彼を信頼したのは、彼の純真さと、自分たちを尊敬してくれているという気持と、その二つからのようですね。何にしても、あれだけの仕事ができた軍事スパイあるいは政略スパイはありませんね。それは、全部彼の人間的魅力と金とがさせたものだということははっきりしているようですね。ところが、朝鮮という非常に長い文明と国家形態を持ってきた国に対しては、そういう機能は作動していかなかった。それは明石だけじゃないですけどね。

ただ明治というのを、暗い時代としてとらえるか、明るい時代としてとらえるか、これはとらえ方によって違いますけれども、明治は暗い時代であったことはやはりたしかです。近代国家というものは重いものですよ。江戸時代のほとんどの日本人というのは百姓ですね。百姓というものは田を耕して年貢を納めていればしまいで、その他に何も義務はないんです。政治に参加するというようるさい義務もなければ、のんきなものです。弥生式時代からのんきだった。ところが、飢えと侵略を防ぎましょうということで近代国家が成立する。それが国民国家の形をとりますね。

そうすると、一人一人が重荷を負わなきゃならない。旅順要塞《ようさい》の厚い壁の下で屍《しかばね》の山を築かなきゃならない。黙々と死んでいく。こういうことは、近代国家の重さです。こういう善良な庶民を、戦場に引き出して、国家の安危はお前の双肩《そうけん》にあるなどと言われて、やがて死に至るということは、近代国家以前にはなかったわけです。

まあ、私が言おうとしているのは、昔はつまらん時代だったということじゃないんですね。庶民にとってはのんきな時代だった。明治期ではじめて重い時代が来たわけです。この庶民の悲鳴みたいなものを、暗さでとらえるか。それとも近代国家、国民国家は成立させざるを得なかった、それを無邪気に信仰していたのが明治人であったとしてとらえるか。その無邪気な明るさというものを、正岡子規、秋山真之、秋山好《よし》古《ふる》においてとらえてみようとしたのがこの小説で、彼らは日露戦争を経て生きていくんですね。そして彼らの人生に多少でも痕跡《こんせき》を残すのは日露戦争ですから、そのために、日露戦争という膨大な資料を調べざるを得なかったわけです。

（「文藝春秋臨時増刊」第五十巻十五号、一九七二年十一月）

歴史の不思議さ——ある元旦《がんたん》儀式の歌

徳川将軍家の大奥では、元旦に「おさざれ石」という儀式があった。

御台所《みだいどころ》は、午前四時に起床する。化粧をおえたあと、廊下に出る。廊下にはすでにもうせんが敷かれており、なかほどにタライがすえられている。そのなかに石が三つならべられている。やがて御台所がタライの前に着座すると、むこう側にすわった中《ちゅう》臈《ろう》が一礼し、

「君が代は千代に八千代にさざれ石の」

と、となえる。御台所はそれをうけて、

「いはほとなりて苔《こけ》のむすまで」

と、下の句をとなえる。そのあと中臈が御台所の手に水をそそぐ。そういう儀式のあったあと将軍家に年賀を申しのべる。

この元旦儀式は将軍家だけでなく、国持大名級の奥にもあったという。そのもとは

徳川家の創始ではなく、遠く室町幕府の典礼からひきついでいるのではないかと想像される。

明治二年（一八六九）、英国から貴賓がきた。それをもてなす場所はお浜御殿（浜離宮）ということにきまり、数人の英語のできる者が接待役になった。

ところで、貴賓がきたばあい、奏楽が必要であった。こういうばあいの奏楽のことは軍楽隊のやとい教師J・W・フェントン（英国人）が面倒をみていたが、かれは接待役の詰所へゆき、日本の国歌はなんだときいた。

薩摩《さつま》藩士原田宗助も接待役のひとりであった。かれはあわてて上司にきくべく軍務官役所へかけつけ、おりから会議中であった藩の川村純義《すみよし》をよびだし、そのわけを話すと、川村は急に怒りだし、

「歌ぐらいのことでいちいちオイに相談すっことがあるか、万事をまかすということでオハンたちを接待役にしたのではないか」

とどなりつけて会議の席へもどってしまった。川村はのちに海軍卿《きょう》になった人物である。

接待役の原田宗助は青くなったであろう。ともかく、お浜御殿へかけもどって同役

に相談した。この同役が乙骨太郎乙《おつこつたろういつ》である。乙骨は旧幕臣で、徳川家が静岡にうつされてからもそれに従い、徳川家立の沼津兵学校で英語をおしえていた。その英語の技能を買われて、接待役を命ぜられている。乙骨は旧幕臣だけに大奥のしきたりを多少知っており、ふと「おさざれ石」の儀式をおもいだし、こういうのはどうか、と言い、歌詞を口ずさんでみた。薩摩の原田は大いにおどろき「その歌詞ならわしのくにの琵琶歌の中にもある」と手をうって賛成し、なにぶん火急のときであるだけにフェントンをよび、原田みずからがそれを琵琶歌のふしでうたってみせた。フェントンはこの奇態なふしまわしにおどろいたらしいが、とにかく多少の手なおしをして楽譜にとり、当日の間にあわせた。

君が代うんぬんというのは類似の歌が『古今集』にもある。また今様にもあれば、筑紫流《つくしりゆう》の箏曲《そうきよく》や薩摩琵琶歌にもあるところをみれば、この歌は「めでためでたの若松さま」と同様、古くはその家々のことほぎのためにうたわれていて流布《るふ》していたものであろう。

国歌「君が代」が誕生するについてのはなしは諸説あり、たとえばフェントンからいわれた軍楽伝習生顕川吉次郎が当時の砲兵隊長大山巌《いわお》に告げ、大山は同藩の野津鎮《のづしず》雄《お》や大迫貞清《おおさこさだきよ》にはかって薩摩琵琶歌のなかからこの歌詞をえらびフェントンに示したともいい、これが通説になっている。おそらく火急のおりだからいくつもの経路で人が動いたのであろう。しかしモトのモトは、右のはなしがどうやらほんとうらしい。

この原田宗助というひとはこのあと明治四年、東郷平八郎らとともに英国に留学し、造兵技術をまなび、最後は海軍造兵総監などになっている。この原田が後輩の沢鑑之《さわかんの》丞《じょう》（のち海軍技術中将）に話し、沢がこれを書きとめている。

「しかしおれのうたったふしとは、だいぶちがっている」

と、原田はいったという。たしかに原田がうたってフェントンが譜にとった「初期君が代」はどうも間のびがして威厳がなかった。そういう理由で、政府ではのち海軍やといのドイツ人エッケルトに相談したり、雅楽の音律を入れたりして改訂した。それが、明治十三年である。

もっともその時分の日本人の多くはこの国歌をきいたこともなかったし、国歌があるということすら知る者もすくなかった。なぜならば国歌が実務上必要であったのは遠洋航海として他国を訪問する機会の多い海軍であり、げんに海軍がおもにつかっていた。祝祭日につかうようになったのは明治二十六年からである。

とにかく筆者にとって原田宗助のはなしがおかしかったのは、戊辰《ぼしん》戦争の砲煙がやっとしずまって新都へ諸藩兵があつまったころ、つまり川村純義にとって多忙なとき、そういう相談をもちかけられて「歌ぐらいのことでいちいちオイに相談すっことがあるか」と下僚を一かつし、その一かつからこの歌が起源を発しているということである。いまひとつおかしいのはこの歌がもとはといえば徳川家の大奥の儀式の歌であり、旧幕臣である乙骨太郎乙がそれから発想して提案したのに「君が代」起源説の通説では大山巌などが大きく正面に登場して、徳川大奥の元旦儀式や乙骨という要素がまったく消されてしまっているということである。このことは、歴史というものの奇妙さについて、きわめて暗示的な課題をふくんでいるようにおもわれる。

（「毎日新聞」一九六九年一月六日夕刊）

第三部

書生の兄貴

子規は、大まじめな人であった。が、どこか可笑《おか》しい。

幸い、友人の漱石《そうせき》が、保証してくれている。漱石は人間における、そのあたりの受信能力が鋭敏で、ひそかに子規をおかしがり、おかしい分量だけの愛を感じていた。

子規といふ奴《やつ》は、よく人のものを直したり批評したがる奴であつた。僕が俳句を作つたといつて見せると、すぐ改作したり○をつけたりしてよこす。それから又漢詩を作つたといつて見せると、其《それ》を直してよこす。（高浜虚子『正岡子規』）

右は、子規の死後、漱石が虚子に語った談話である。右の引用には談話なりに起承転結があるのだが、転の部分を紹介する前に、子規と英語についてふれておかねばならない。

子規は、英語がにが手だった。おそらく当時の松山中学にはいい英語教師がいなかったせいでもあったのだろう。明治十六年、十六歳、中退を決意し「松山中学只虚《ただ》名」うんぬんの漢詩をのこして上京する。ほぼ一カ年、神田の受験予備校（共立学校）で下準備をし、べつに自信はなかったが「落第の積りで戯《たはむ》れに」東京大学予備門を受験した。

この間《かん》のことは子規の『墨汁一滴』にある。試験場で問題がくばられてきたのを一見すると「五問程ある英文の中で自分に読めるのは殆《ほと》ど無い」。わずかにわかる単語を頼りに、こじつけの訳をした。どうやら、jurist か lawyer であったろうが、ともかくそういう単語がわからないまま苦しんでいると、おなじ松山出身のとなりの男が「ホーカン」とささやいてくれた。法官のつもりだったのだろうが、子規の耳には幇《ほう》間《かん》ときこえ、そこでタイコモチがどうこうした、といったふうに答案を書いた。それでも合格したのだから、他の科目がよかったのにちがいない。

在学中、数学の講義も教科書も英語だった。このため、数学そのものよりも英語がわからなくて、一年落第した。またドイツ人教師による歴史の講義も英語だったから、子規はもう講義にさえ出なくなった。あれやこれやで最後まで英語がたたって、結局、文科大学国文科の第三年目に退学した。

一方、同窓の漱石は英文学を専攻し、ときに英詩もつくっていた。そこで、前記漱石の談話の〝転〟の部分になる。以下、前記漱石の談話のつづきである。

……又僕が英詩の真似《まね》をして作つて見せると、奴、判《わか》らぬ癖に、ヴェリー・グードなど、批評をしてよこす。

俳句も、そうであった。

子規が二十五歳、おなじ松山の後輩の虚子が十八歳のとき、虚子が手紙のはしに発句《ほっ》《く》(俳句)を書いておくと、子規は、頼まれもせぬのにマルをつけたり、改作したりして送りかえしてきたという。

子規の二十五歳の段階では、かれの後年の俳句論の萌芽《ほうが》もないときで、要するに俳句がわかっていなかった。このおかしさについて虚子は、右の『正岡子規』のなかで、「……考へて見ると、子規は俳句が判つてから師表となつたのではなく、俳句の判らぬうちから師表になつたのだ」という。

虚子はこのことによって子規を褒《ほ》めもくさしもしていない。私どもとしては、子規には固有にそういうユーモラスなところがあったということを、かれをとらえる上で、まず感覚として用意しておく必要がある。

子規のもう一つのおかしみは、生涯書生だったことである。

このことは、時代と無縁ではない。

幕末は、書生の時代だった。長州の書生団が藩政を牛耳《ぎゅうじ》り、天下の書生を煽動《せんどう》し、糾合し、ついに幕府によって藩が滅ぼされそうになったところへ、ほとんど奇跡のように薩摩《さつま》という諸藩最強の藩が長州書生団と攻守同盟を結んだために、起死回生を得たばかりか、うそのようなあっけなさで明治維新が成立した。

このために、明治期にもさまざまに形を変えて書生文化の余熱がのこった(政治史の上ではこの書生文化は、昭和期の青年将校の政治化という現象にじかにつながる。決して手ばなしで評価すべきものではない)。

子規を中心に、根岸の小さな子規の借家で成立した書生のサロンは、兄貴株の子規がよかったために、日本文化の重要な部分をうごかすもとになった。

当初の書生どもは、主として松山の旧家中《かちゅう》の子弟だった。子規も、虚子を清サンとよび、碧梧桐《へきごとう》を秉公《へいこう》とか秉サンなどとよんでいた。かれら松山衆も、この兄貴分の在世中、

「ノボさん（升《のぼる》。子規の通称）」

とよんでいて、たがいに格別な敬語はつかわなかった。

たとえば、みずから子規の門人としていた内藤鳴雪《めいせつ》は弘化《こうか》四年（一八四七）のうまれで、子規とは二十年も年長だった。幕末においてすでに松山藩の漢学の若き代表者だったし、明治後は県の県官をつとめ、また文部省にも在籍した。明治になっても書生のあいだでは〝松山藩〟はつづいていて、旧藩主久松家の金でもって東京に常盤会《ときわかい》寄宿舎というものができており、旧藩の子弟で東京に遊学する者はここに入る。安い賄料《まかないりよう》で生活できただけでなく、学資の補助もうけることができた。学徳第一等と目《もく》せられた鳴雪は、久松家の委嘱で十年ばかりそこの監督をつとめた。

その鳴雪翁《おう》が、学生として入ってきた子規に師事してしまったのである。子規が、根岸の子規庵《あん》で病いを養うようになってからも、翁は病床をとりまいての集まりには他用がないかぎり参加し、子規の死までそのはなしをきくことをよろこんだ。

子規の名が高くなるにつれ、根岸の子規庵のつどいに松山衆以外の者もふえるようになり、書生の寄合《よりあい》といった空気に、べつの色あいがでてきた。たとえば元治元年（一八六四）うまれで子規より三つ上の歌人伊藤左千夫《さちお》が入ると、子規に対して関東風の折目ただしい礼をとり、子規を「先生」とよんだ。俳句をやっていた津軽出身の佐藤紅緑《こうろく》も同様だった。

のちに高野山の管長になる和田不可得《ふかとく》は子規よりも九つ下で、哲学館在学中の学生であった。かれも子規を「先生」とよんだ。ただ不可得は兵庫県という西方の出身だけに、左千夫のように師に対して謹直ではなく、のちに「自由主義の子規居士《こじ》」を書いたように、子規庵の上下のなさをよろこぶふうがあった。

居士を囲んでゐる時の空気は、師弟といふのではなく、友人同志といふうち解け合つたもので、高く止まられる態度が少しも無い。これは普通の人には出来ない処《ところ》で、会した者は十五銭の弁当を注文して――酒を取る者等はゐなかつた――食べ乍《なが》ら教へを聞いた。(「自由主義の子規居士」)

子規の生涯は、三十五年しかなかった。病床にある最後の七、八年で、子規は子規そのものを確立し、日本の文芸思想の基礎的な部分に徹底的な変革をあたえた。このことは子規らしい陽性の使命感から出ていて、私欲という夾雑物《きょうざつぶつ》はほとんどみられない。欲望というのは、食欲だけであった。なみはずれた胃腸の丈夫さが、その肉体を奇跡のように維持した。

私は、若いころ、俳句・短歌がよくわからず、子規といえばその晩年の散文だけを愛した。物や事を、えぐりとった肉塊の質や目方を量《はか》るようにしてつかみつつ、その表現には虚飾や冗漫がない。措辞《そじ》や文脈に生きた人間そのままの体温と膚質の湿りを感じさせるという文章は、べつの見方でいえば、漱石の文章とともに近代日本語の第一期の完成をなしたともいえる。

そういう大仕事が、書生によってなされたということで、理非を越えたいたいたしさと、永遠の兄貴分といった人間的情趣を私どもに感じさせるのである。

「文章には、山がないといけんぞな」

と、子規が言いだしたのは、死の二年前で、幾度か喀血《かっけつ》し、背に穴がいくつもあいて膿漏《のうろう》がたえまなく、激痛のために「最早《もはや》生存の必要なしと迄《まで》思ひつめ」（大原恒徳あての書簡）ている時期だった。

それまでの明治期のごく一般的な文章というのは、いくつかの見本を下敷にして、共有度の高い古典の修辞を挿入しつつ、いわば仏壇の彫刻のように装飾的だった。子規のいう「山」とは、筆者が言おうとするところのもの、というほどの意味で、主題《テーマ》とか動機《モチーフ》とかといった概念が、それに近い。

自分が言おうとすること——山——に考えが集中されている場合、装飾的な定型の形容詞をならべているいとまがない。さらには表現以前に事や物をよく把握し、表現するにあたっては、言語が喚起する読み手の想像力を過信せず、むしろ読み手の想像力の負担をできるだけ軽くせねばならない。つまりは、写実的でなければならない。写実こそ西洋の近代を興《おこ》したものであり、写実精神の薄さこそ東洋を滞頓《たいとん》させたもとだ、という意味のことを子規は言う。

が、子規はこれについて多弁な説明を設けず、

「山」

という名称をいうだけで、仲間の書生たちに手わたした。また、一時期、枕頭《ちんとう》で作文の会をひらいた。その会の名も、内容むきだしの「山会《やまかい》」とした。ふつうの教養人からみればアホらしいような会だし、会の名だが、子規におけるかれ自身の知的感覚が、鳴るようにあらわれている。

さらには、子規は自分の生存時間と競争していた。かれ自身が開創した美学をひとびとの背という背に負わせるべくいらだっていた。この切迫の感情が、山という簡切な用語になり、山会という、伝統的な雅趣を避けた即物的名称になったのにちがいない。ともかくもこの根岸における書生の寄合《よりあい》が、日本における堅牢《けんろう》な叙事文の風を興

すことになる。「山」などと子規が大まじめで口にしている情景を想像すると、おかしみがわいてきて、そのつど子規への愛情が増してしまう。

（『新潮日本文学アルバム21・正岡子規』新潮社、一九八六年一月）

松山の子規、東京の漱石

漱石の『坊っちゃん』は大変な名作ですね。コロンブスの卵みたいな小説です。書かれてしまえば、ああこういう形式の小説もあるのだなと思わせる。もっとも、名作ではありますが、ずいぶんと伊予松山の人をばかにした小説でもあります。

しかし、松山の人はけっこう喜んでいますね。坊っちゃん列車とか、坊っちゃん団子とか、松山は何かにつけて坊っちゃんです。自分たちがばかにされているのを喜ぶというのは、なかなかしたたかなユーモアの精神です。

漱石は江戸っ子でした。

漱石の時代の江戸っ子は、田舎を実に嫌いました。

徳川時代が長かったからですね。

江戸には都会センス、都会の美意識が育ちました。やはり三百年近くも実質的な首都だったわけですから、人間の言動、服装、たたずまいといったものに非常にうるさい所になった。野暮とか粋とか、そういうことばかりを言って、江戸っ子は暮らしてきました。

学問は三百諸侯が、つまり田舎が受け持ちました。お侍が勉強すると、町人百姓がまねをして学問をする。いい藩になると、精密時計のような学問文化を残しています。

しかし、漱石は別ですね。

江戸っ子ですが、学問もできる。

洗練された人のセンスから滑稽を感じて、『坊っちゃん』を書いた。

それを松山の人が喜んでいるのは、非常に高級な感じがします。漱石も松山の人も、かなりいい線をいっています。

それにしても松山の人は遠慮が深いですね。

例えば松山の人は、「漱石、子規」と言う人が多い。近ごろは「子規、漱石」と言う人も増えてきたようですが、これまでは土地の者である子規を漱石の一段下に置いてきた。

もっとも、子規自身がそうでした。

漱石は大学生のころに、子規を訪ねて松山に来ています。

お母さんの八重さんに漱石を紹介するとき、子規は言います。

「この夏目という人はあしと違って偉い人だ」

漱石は学生のころから、貫禄がありました。姿勢がよくて、座っていてもこれは違う人物だという雰囲気があった。子規は大学をずっこけて落第していますからね。子規自身が同級生の漱石を非常に誇りにしていた。そう考えると、「漱石、子規」でもいいことになります。

もっとも、私は子規が好きなのです。

子規の話をどう話そうかと考えていると、どこから考えても子規のことが大好きだと思うばかりです。

子規記念博物館という個人の名前を冠した博物館ができて、めでたい気分でいっぱいであります。

ですから単なる順番の問題かもしれませんが、せめて土地の人ぐらいは「子規、漱石」と呼んであげてほしいと申し上げたいのです。

子規が革命の精神で思った「写生」

私は子規の散文が好きです。

子規と漱石の二人の功績は大きいですね。われわれ日本人のため、「散文」というものをつくってくれた。まず文章における社会学といった、そんな話からいたします。

散文とは何でしょうか。

よく私は若い人に聞かれるとき、肉屋さんの店先に鉤《かぎ》で吊るされている牛肉の話をします。

なかなか美しいものですが、散文とは詠嘆するものではありません。

その牛肉に五本の指を突きたて、かたまりをつかみだし、テーブルの上に載せるのが散文です。

牛肉をつかみだす握力、筋肉の動き、緊張、気迫、やりとげる精神力。

それらすべてが文体になる。最後にどんとテーブルに置くのは客観化するということです。

日本の散文は遅れていました。

詩歌は『万葉集』があります。子規は否定しましたが、『古今集』も『新古今集』もあります。最近は見直されつつあるそうですね。

つまり歌の場合、平安時代や鎌倉時代に絶頂期を迎えたことになります。

俳句にしても、芭蕉、蕪村によって絶頂期を迎えている。

ところが散文の場合、紫式部にしても、『源氏物語』は別にして、それほど驚くべきものではありません。

清少納言の場合も、散文といっても一種の述懐であり、さっきの牛肉のようなリアリズムではありません。

江戸時代には散文がそれなりに完成しました。だいたい随筆その他が、日本ほど残っている国はないかもしれません。

中国だと、政治論文が多かった。ヨーロッパの二、三の優れた国にはその現象がありますが、江戸時代のような例は少ないだろうと思います。庄屋の隠居が書く、軽い身分の侍も書き、坊さんも書く。書き手は実に多いのです。

ところが明治維新という文化革命が起こり、一瞬で江戸散文は消え、明治人たちは新しい散文をつくりあげなくてはならなくなった。

散文はだれでも参加できる言葉で書かれなくてはなりません。花鳥風月もとらえられる。もし子規なら自分の健康について論じられます。花鳥風月もとらえられる。もし子規が病気でなかったなら、他の社会の状態を報告することもできたと思います。政治も経済も論じられる。

漱石の散文もそうですね。

ただ漱石の文章は子規に比べれば、同時代人にとってはやや難しかったかもしれません。

子規は同時代人にとっていちばんやさしい、わかりやすい文章をつくりあげた。二人の天才が相互に影響を与えながら青春を送り、しかも友人であり続けた。二人で文章日本語をつくりあげてくれた。

もっとも、こういうことはなかなか後続がないものなのです。

文章というのは社会的な道具ですから、共通化しなくてはならない。

その共通化に、その後七十年も八十年もかかっています。

文章日本語が完成したのは、明治から百年近くなろうとしていたころでした。私は昭和三十年代の終わりぐらいだろうと思います。

このころになると、どの小説家も似たような文章になってきています。

どの小説も作者の名前をはずすと、だれの作品なのか当たりにくい。それはめでたいことなんです。

それでもおれは自分の文体をつくりあげる、と明治の文学者がやったようにつくりあげているといえば、大江健三郎さんぐらいのものですね。やはり伊予は、そういう人を生む土地なのかもしれません。

さて、どうして散文の話から始めたかというと、私はときどき子規の名前の上につく「俳聖」という文字が、身震いするほど嫌いなのです。

たしかに子規は俳句と短歌の刷新をしました。自分の仕事は、日本人の伝統的な文芸に新しい命を吹き込んで後世に譲り渡す仕事だと、だれに頼まれたわけでもなくて、そう考えた。

俳句などはほとんど顧みられていなかった。夜店に行くと、いくらでも値段の安い手書きの句集が売られていました。隠居の文芸でしたね。

子規は軽んじられていた手書きの句集を買い集め、自分で分類して、書き直しました。それらの俳句を新しい美学で見直した。

短歌もそうですね。この当時の人たちは、『古今』や『新古今』の系譜を引く短歌をご挨拶がわりに詠んでいただけだったんですが、それらに否定に近い評価をした。

そして『万葉集』を前面に押し出した。いまなら『万葉集』はだれでも知っていますが、当時はそんなものは古い時代の田舎の歌だろうと思われていた。国学者には『万葉集』の研究をしている人もいましたが、ほとんど無視されていた。その『万葉集』を美学的に優れたものだと評価した。

おかげで俳句も短歌も全部よみがえり、日本人の重要な文芸として継承されている。しかしそれだからといって、まるで宮本武蔵が剣の達人と呼ばれるように、「俳聖」と呼ばれてしまうのでは、子規が可哀想であります。

子規は書生のまま、三十五歳で亡くなりました。

脊椎カリエスのため、苦しい病床に七年間もいました。背中にいくつもの穴があき、包帯替えのときには泣きわめくような痛さでした。

そういう悲運のなかにあり、嘆くこともなかった。そして、それほどの悲愴感もありません。自分の命はだいたいこれだけなのだと、きわめて冷静に分析しています。

町を歩いていて小遣いがなくなってきて、あと二十五円ぐらいしか残っていない。その二十五円で何ができるか。それが子規にとって肝心でした。

俳句や短歌の革新であり、散文をつくりあげることでした。

命との競争でやるべきことをすべてやった。人間として、正岡子規ほど勇気のある人はちょっといないのではないかと、私は思うのです。

写生という言葉は子規の始めた言葉です。しかし、非常に安易な言葉として使われてきましたね。

私は大正十二年（一九二三）生まれですが、そのころの絵の授業を子規が見たら、びっくりしたかもしれません。だれか上手な絵かきさんが描いたりんごの絵を、そっくりに写すことが絵画教育でした。りんごならりんごをそばに置いて描くのではありませんでした。

これは物を見ない絵ですね。

正岡子規が明治にあれほどのことをやっているのに、昭和初年の小学校の絵画教育はそれだけ遅れていた。

たまたま私の先生はそれだけではなくて、私たちを外に連れていってくれた。そのへんのものを写生しろと。

ですから私は、外に出てさっと描くのが写生なんだと、子供のときに理解したんですが、もちろん子規の言う写生はそんなものではありません。

子規は言っています。

「写生というものは、江戸時代にはなかった。写生とは、物をありのままに見ることである。われわれは物をありのままに見ることが、きわめて少ない民族だ。だから日本はだめなんだ」

身を震わすような革命の精神で思った言葉が写生なのです。

ありのままに物を見れば、必ず具合の悪いことも起きる。怖いことですね。だから観念のほうが先にいく。

明治維新のイデオロギーといえば「尊王攘夷」でした。幕末にヨーロッパ人やアメリカ人がやってきたとき、はねかえすためには将軍ではだめだということになった。架空の一点をつくる必要が出てきました。

架空の一点とは天皇のことですね。

京都にいて、何世紀もの間、政治的な実力を持たなかった人を、尊王攘夷の観念にあてはめ、あとはシュプレヒコールを繰り返した。

その観念主義の癖が、明治以降の日本を覆いました。

大正末期や昭和初期、マルクス青年や学者がたくさん現れました。私から見れば水戸史学の裏返しのようなマルキシズムでした。

彼らは日本の歴史を素直に見ていませんでした。

伊予松山は十五万石であります。

マルキシズムの日本史でみれば、殿様の久松さんは大地主ということになりますが、それを松山の人に聞けば、こんな答えが返ってきます。

「いや、久松の殿様は租税を徴収する権利を持っているけど、地主ではない。地主は百姓であり、町人だ」

これは松山の人ならだれもが知っていることなのです。

例えばロシアの場合は、もう少し簡単な社会構造になっていました。ほとんどの農民が農奴であり、地面にしばりつけられていました。地主は貴族です。貴族がカネに困れば農地を売りますが、その場合は農奴ごと売る。農奴六千人が乗っかっている土地だと、高く売れることになる。

自由農民もいましたが、ほとんどが農奴と貴族でできあがっている社会です。ロシア皇帝のロマノフ家は貴族全体の代表者でした。

つまり貴族を追い払えば、貴族はすなわち地主ですから、これで革命ができあがる。きわめて二元的な社会でした。

中国もそうでした。毛沢東政権ができあがる寸前の中国は、大多数の人民は小作人でした。人口の一割ほどの地主が、ひどい場合には生殺与奪の権まで持っていました。昭和十年代、二十年代初めの話ですよ。地主が勝手に農奴の裁判までしていた。それならば地主を追っ払えば、革命が完成する。

日本ではこうはいきません。

侍は土地を持ちません。ちゃんとした松山藩の侍が農地を私有しているというのは、恥ずかしいことでした。

侍は租税を徴収し、行政をするというのが江戸の封建制でした。

そんなことは調べればすぐにわかることなのです。しかし、日本の多くの左翼運動家は非常におおざっぱに日本史をとらえてきた。こういうことで左翼運動は衰退したのではないか。つまり足元がしっかりしていなかった。

正岡子規の言う写生の精神がなかったということになります。学者、知識人も「牛肉」をどんと置かず、観念であいまいに過ごしてきたのでしょう。

写生の精神は、昭和史にはほとんどありません。

実際に国家を運営した軍人に、まるでリアリズムはありませんでした。

ただ試験の成績がいいだけの人が陸軍大臣となる。偉い参謀肩章をつけた軍人が肩で風を切り、政治に参加し、クーデターを起こす。昭和十四年（一九三九）にノモンハン事件で大敗した二年後、世界中を相手に戦争を起こしています。

これは阿呆ですね。

自分の観念にフィルターを、目玉に霧をかけ、物を見ようとしない。そういう文化が長く続いてきた社会であります。

子規の言う写生の精神とは、俳句や文章における写生ではありません。

日本文化における深刻な劣等性を思い、それを解決する方法として写生を提示した。この写生の精神さえあれば、日本の文芸はなんとかなる。日本人の精神はしゃんとする。日本文化は立派なものになると、子規は思い続けた。子規は自分自身を客観化できる人でした。これが大事なのです。自分は見えにくいものです。だれでも我にとらわれていますし、自分がかわいい。自分には点数をつけたくないものです。しかし子規には見えた。自分の胃袋、心臓の働き、頭脳や性質、自分とは何かが実によく見えた。

子規が輝いた時期は病床の七年

子規の『墨汁一滴』とか『仰臥漫録《ぎょうがまんろく》』『病牀六尺《びょうしょうろくしゃく》』をぜひお読みください。楽しい、実に愉快な本です。その中に、自分は泣き虫だったという文章があります。いじめられっ子だったようですね。

押せばすぐに泣くので、いじめっ子が寄ってくる。わあわあ泣きながら家に帰っていく。

するとと妹の律さんは気の強い人ですから、飛んでいって石をぶつけてきたりする。兄貴思いは律の一生のテーマとなったのですが、ちっちゃい妹に救われて、情けない兄貴であると、実に正直に書いています。

ところが昔は灸《やいと》というものがありました。

このころは薬のない時代でしたから、病気になったら終《しま》いでした。ですから灸は健康のためにするものでした。病気にならないように、子供も毎月、灸をした。

これは熱いものでした。

どこの家の子も毎月泣くわけです。

子規をいじめているガキ大将も、灸のためにわんわん泣いた。ところが子規は泣いたことがない。自分は弱虫でどうしようもないけれど、そういう痛さや熱さは我慢できる性質だと書いています。

人間はどこに勇気があるのか、どこが弱点でどこが人より強いのか。その組み合わせは人によって違うものですが、子規は自分の組み合わせをよく知っていた。

『墨汁一滴』はいつ読んでも新鮮です。都会と田舎をテーマにした随筆がありますね。

田舎の子供に比べて手先の不器用な都会の子供や、「筍」が「竹の子」と知らない東京の奥さんが登場します。

さらに漱石のことも書いています。

当時の漱石はまだ有名ではなく、牛込あたりに住んでいる友人として登場していま す。

いまは大変な都市ですが、そのころの牛込にはたくさん田んぼがあった。

漱石の家の周りも田んぼだらけで、二人は青々とした田んぼを見ながら、散歩をしています。

漱石は町っ子です。稲を見てこう言います。

「これに米がなるとは知らなかった」

稲を知らなかったんですね。

子規は言います。

都会の人間は、どうも彼のようなところがあるらしい。そこへいくと、われわれ田舎の者は、草鞋《わらじ》から味噌から何でもつくってきたし、よく知っている。

これは結論のない随筆なんです。

都会と田舎のどちらがいいというのではなくて、それぞれを描写している。そして最近は東京の風が田舎にもおよんでいるのは、ちょっと困るといった雰囲気の随筆でした。

子規は自分の暮らしの手ざわりの中から、リアリズムをつくりあげた。いちばん頭が冴えていた、輝いていた時期は、病床の七年間でした。寝たきりです。部屋からちょっとした庭を見たり、塀の向こうを見たりすることだけが、彼の天と地のすべてでした。そこから全世界、全宇宙を写しあげていこうとする人だった。

子規を長く生かし、ほうぼうを歩き回らせたかったですね。もっとおもしろい文学者になったかもしれない。リアリズムとは何かを、もっとわれわれに教えてくれたかもしれない。

しかし天はそれだけの寿命を彼には与えなかった。

子規の継承の仕方を間違えますと、俳句と短歌だけになってしまいます。子規の写生の心を、言った言葉を深刻に受け止めていただきたい。われわれの日常の暮らし、世界を見る目、自分自身を見る目をお考えください。自分の寿命を見る目だって、違ってきます。もう寿命は二、三年だからおれは何もしないとか、そんなことは言わないほうがいいですね。

自分の寿命があと三分あるなら、三分の仕事をしたほうがいい。

子規はそういう人でした。

そういうことこそわれわれは継承したいものですね。

（一九八一年四月四日　松山市立子規記念博物館　子規記念博物館開館記念講演
協力＝ＮＨＫ）

（『司馬遼太郎全講演 第1巻』朝日新聞社、二〇〇〇年七月）

普仏戦争

日本にとっては遠いヨーロッパでおこった戦争だが、普仏戦争（一八七〇〜七一）ほど、ひとの国同士のさわぎながら、日本に影響の大きかった事件はない。

それより以前、幕末の日本にとって、フランスは富国強兵のモデルのようなものであった。徳川慶喜《よしのぶ》をはじめ、開明的な幕臣、たとえば小栗上野介忠順《おぐりこうずけのすけただまさ》や栗本鋤雲《くりもとじょうん》などのフランスへのあこがれは、いま考えるといじらしいほどのものである。

ときにフランスは、ナポレオン三世の第二帝政期にあり、ナポレオン三世という、このいんちきくさい、世間師のにおいのする敏腕家が、その治世二十年のあいだにフランスをして「世界の銀行」といわれるほどの産業国家に仕立てあげてしまった。そのころが、日本の幕末である。

幕府がフランスに魅力を感じたのも当然であろう。幕府はナポレオン三世の寵臣《ちょうしん》のひとりである駐日公使レオン・ロッシュをまるで政治顧問のように信頼し、ロッシュも幕府瓦解《がかい》までこれを自分の政府のように愛着をもった。小栗ら幕府の急進的な改革派は、同時代の最大の偉人はナポレオン三世であると信じた。

「将軍も、わが国の皇帝をまねるべきです」

と、ロッシュはしきりに教えたらしい形跡がある。三世は大ナポレオンのおいといういうだけのきわめて薄弱な政治的根拠を手品のたねにし、大の没落後、フランスは何度も革命的な政変の歴史をへているにもかかわらず、二月革命のどさくさのなかから皇帝という時代遅れの地位をつくりあげてしまった。

「ですから」

と、ロッシュはいったであろう。

「フランスでもその奇蹟《きせき》はあったのです。それに徳川将軍という大看板は決して時代遅れではありません。ただ大改革をすべきです。将軍のもとでヨーロッパ風の郡県制度にしてしまうことです。それにはいまの大名から領地をとりあげ、貴族にして江戸にあつめてしまう。薩摩《さつま》、長州、土佐、あるいは越前《えちぜん》などはそれに反対するでしょう。それらは片っぱしから討伐することです。その討伐に必要とあれば、フランスの陸海軍の一部を貸してあげてもよろしい。また幕府軍をフランス化するための資金も、フランスが貸してあげます」

この構想が、小栗らの幕府救済案になり、慶喜も多分にこれにかたむいた。勝海舟がこのような幕府のゆきかたに対し、幕臣ながら日本的見地という点（幕臣の論理としては飛躍しているが）から危険を感じ、小栗らからみれば裏切り行為――つまり薩長の革命勢力をあおるという――大胆な個人活動をすることによって、結果的には倒幕に手だすけした。

おもしろいことに、倒幕勢力の連中は、ナポレオン三世に対して小栗らがもっているような英雄的印象をもっていない。西郷隆盛はナポレオン一世とワシントンを崇拝し、坂本竜馬はワシントンをもって革命家のモデルのようにおもっていた。要するに、第二帝政のフランスの政体にきわめて薄い関心しかもっていないあたりに、幕府内の自己改革派と見くらべて、対照のおもしろさがある。ただしフランス陸軍は強いというそういう固定観念だけは、親幕・反幕をとわず、この当時の日本の知識層一般にあった。

これが明治になり、普仏戦争でのフランスの敗北とナポレオン三世の失脚によってがらりとかわるのだが、かわるまでにすこし話がある。

幕府はたおれたが、維新政府は当然ながら、その陸軍の方式は旧幕方式をひきついだ。フランス式である。軍服もフランスまがいのものであり、旧幕府がやとっていたフランス人教師を新政府はひきつぎ、それだけではなく明治五年にはあらたに戦術教育のため参謀中佐マルクリー以下十数人の教師団を招聘《しょうへい》するほどにフランスに頼った。士官養成機関もすべて仏式であった。

ところが、日本の明治三年に普仏戦争がおこった。

普魯西《プロシャ》（ドイツ）陸軍は、天才的な作戦家でありさらには独創的な軍隊組織の創始者でもあるモルトケを頂点とし、参謀本部制度という他国に類のない作戦頭脳の中軸をもち、つねにフランスを仮想敵国として軍隊を練磨していた。日本はこの国の陸軍についてはほとんど関心も知識もなかったが、当の相手のナポレオン三世の対普知識もあまいものであったらしい。プロシャの宰相のビスマルクがさまざまの手でフランスを挑発し、ナポレオン三世はついその手に乗り、景気よく宣戦布告した。ひとつにはこのころには三世皇帝の政治的寿命がそろそろ尽きはじめており、外征をすることによって国民の関心を外にむけようとしたこともあったが、なによりも彼がフランス陸軍の精強さについての信者であることだった。当然、勝つとおもった。

ところが宣戦布告とともに、国境で足ぶみするようにして待ちに待っていたプロシャ軍がどっと侵入し、各地で仏軍をやぶり、開戦わずか一カ月後には仏軍主力をメッツの要塞《ようさい》に包囲した。さらにはセダン要塞をかこみ、ついに八万五千のフランス将兵を降伏させた。そのセダンにおける降伏者のなかにナポレオン三世が入っていた。開戦後二カ月もたたぬあいだのことであり、第二帝政はここでおわるのだが、パリではその二日後に共和政府が出来、なおも抗戦した。プロシャ軍はさらに進んで十日後にそのパリを包囲した。ここに、百数十日にわたる有名なパリ籠城《ろうじょう》がはじまるのだが、この籠城中のパリに、日本人もいた。ほとんどが留学生であった。

薩摩人前田正名《まさな》もそのひとりである。坂本竜馬が長崎で亀山《かめやま》社中、のちの海援隊という私設海軍兼貿易商社のようなものをやっていたころ、大株主は、五千両の出資をした越前福井藩と、船を出資した薩摩藩、それに長州藩だった。薩長は犬猿の仲だったが、竜馬の「海軍会社」においては、薩長はその秘密同盟以前から一つ仲間になっている。やがて薩長戦争がおこったころ、薩摩から三人の連絡者が長崎の竜馬のもとにきた。そのうちの一人が、前田正名であった。前田は藩の医官の子ではじめ弘庵といったが、医者をいやがって名を正名とあらため、藩の奔走家《ほんそうか》のうしろにくっついては使い走りをしていた。

長崎では短い期間、竜馬の走り使いをした。齢《とし》は十六で、竜馬は、このひたいのせまい薩摩の少年藩士を仔犬《こいぬ》のように可愛《かわい》がり、「のう、前田のニイサンよ」といちいち呼びながら海外のホラばなしなどをしてやったらしく、正名は自分の生涯のうちこのひとからうけた影響がもっとも大きい、といった。竜馬は、この前田正名をふくむ三人の薩摩藩士を、対幕戦のまっただなかの長州へ使いにやった。かれらは小倉まで行ったが、関門海峡は幕府艦隊に封鎖されていて渡し舟が出ない。前田は、

「俺《おい》はこの潮にとびこんで流れてゆく。死骸《しがい》になって長州海岸に打ちあげられても使いの役目は果たしたことになる」

といってきかなかったというから、この少年の性格の一面が、ほぼわかるような気がする。

この行動家は、すでに洋学の勉強をしていて、なにがなんでも海外へゆきたかった。竜馬にそれをいうと、竜馬は賛成したが、「しかし前田のニイサン、幕府が倒れんかぎり、お前《まん》のような身分の者は行けけんぜよ」と、からかったりした。その竜馬がやがて死ぬ。ほどなく維新政権が成立し、そのあと前田は東京へゆき、同藩の大久保利通《としみち》にたのみ入った。大久保はその希望をかなえてやった。やがて前田は横浜を発《た》つが、それが明治二年のことだから、明治後最初の留学生のひとりだろう。

パリへゆき、日本通のモンブラン伯爵《はくしやく》のもとに寄宿してまず言葉をならった。その

うち普仏戦争がおこったのである。

前田正名がパリについたころはノイローゼの気味だったらしい。ちょうど未開人がとほうもない大文明のなかにまぎれこんだようなもので、それも当人は自分が未開人だと思っていなかっただけに、日本がいかに未開であるかということを思うと、絶望感におち入った。日本にいる連中は、なあに十年もすれば追っつける、といっていたし、前田もそうおもっていた。

パリには、旧幕府の留学生もいた。瓦解とともに帰った者もあるし、そのまま新政府の留学生にきりかえられた者もある。どの者も一様に陰惨な表情をしていた。旧幕時代、パリの下宿で腹を切って死んだ留学生が二人もあったというはなしを前田はかれらからきかされたが、原因は、町で人種差別をされたからだという。人種差別をうけたといって自殺をするような民族がどこにあるであろう。前田は、この名誉心がつよく、ことがあれば身がもたぬほどに神経を緊張させてしまう日本人というものに、同種族ながら異常なものを感じた。

前田もむろん、その連中とかわらない。かれは他の連中と同様、フランス人というものを畏怖《いふ》するあまり、憎悪《ぞうお》した。フランスびいきになる者など、一人もいなかった。ひいきになることはかれらの偉大さに屈伏することである、とこのまだ侍であったことの抜けぬかれとその同一体験者たちは信じこんでいた。前田正名も表情が陰惨になった一人であったであろう。

そのフランスが、プロシャという、日本人が二流国だとおもっていた新興国に、史上空前の大敗北をとげたのである。これほど前田正名や、パリの日本人留学生の心を痛快にした事件はなかった。かれらは痛快がるあまり、プロシャに対して実像以上の巨大さを感じたし、自分が厄介になっているフランスを実像以上に卑小にみようとした。フランスというのがどういう精神とその精神の歴史でもって成立しているかということはかれらに理解しにくく、理解する心のゆとりもなかったが、戦争の勝敗というこの明快なことだけは理解できる。その採点表からフランスを解釈しようとした。

「国民としてはじつにくだらない連中である」

と、前田は帰国後も語った。

前田ら日本人留学生がおどろいたのは、ナポレオン三世がセダン要塞で敵の捕虜になったというこの衝撃的な報道に対し、フランス人は靴を川におとしたほどのおどろきも感ぜず、すぐかわりの靴として共和政府をつくったことであった。フランス人はさっそく皇帝の妃《きさき》をパリから追い、妃はただ一人の女官をつれ、二人の下僕に介添えされてベルギーへ逃亡した。

前田正名や他の留学生たちは、フランスの政治史にほとんど通じておらず、この現象を、日本の徳川将軍なり、藩主なり、または天皇なりにおきかえて解釈した。

「日本ならば、主君のため城を枕《まくら》に討死するところだ。やはりフランス人は禽獣《きんじゅう》である」

禽獣であるとおもいたかったのは、前田正名らのそれまでの憂鬱《ゆううつ》は、人種差別をうけるということだけでなく、かれら自身、自分の人種的能力に疑問をもち、フランスの繁栄と文明が、その優越した人種的能力によるものであり、逆に日本人の頭脳は劣等で基本的にその能力に欠けていると思うようになっていたことに根ざしている。こんどは逆に、禽獣と見たかった。

「かれらの繁栄は、国民一般の能力によるものではない。よくよくみればかれらの伝統的な習性として天才を尊敬するところがあり、ときたま出る天才たちがものを発明したり、あたらしい考えをひらいたりすると、それをみなが寄ってたかって応援して育てる。この文明と繁栄はそういうことでできあがっているだけであり、他は禽獣である」

禽獣であるという前田の理由は、皇帝に対して忠勇義烈ではない、ということだけなのだが、かれにとって笑いごとではないであろう。この一事のみが、この日本人をあわれな劣等感からすくいだす唯一《ゆいいつ》の救い綱になっていた。

九月二十一日には、二十歳から六十歳までの者で、市民兵が組織された。前田正名も応募した。籠城八十日目になると、市民はねずみの肉まで食うようになった。そのねずみの肉も容易に手に入らず、買えば一フランもした。日本の一分金《ぶきん》一枚という高さである。百日目になると、さらに窮乏した。前田は馬の蹄《ひづめ》を煮だした汁を買って、やっと飢えをしのいだ。

かれはずばぬけて勇敢な市民兵だった。勇敢であるということ以外に、日本人たる者がフランス人に対して優越しうる場所はなく、この時代、フランスでも日本でも、戦いにあってはこのこと一つが人間の価値をきめた。前田正名は日本人としても小男で、それが長い銃を背負い、とびきり長いサーベルをひきずって駈《か》けまわる姿はなんとも珍妙であったが、前田は大まじめだった。勇敢であることをみせるために郊外の戦場のそれも最前線までとびだし、プロシャ兵の顔の見えるところまで前進した。ひとつにはフランスを破ったドイツ人というものを見たかったからでもあった。あまり敵地に近づくために、

「あのシナ人はスパイではないか」

とうたがわれ、警察の留置場にたたきこまれたこともあった。前田正名は、留置場

でも、勇敢な市民兵として昂然《こうぜん》としていた。戦争が日本人に国際的な自信をもたせてきたという明治の国民心理の歴史が、この男の個人のなかで象徴化されているようでもあった。

そのころ、別な場所で、市民兵にこそ加わらなかったが、前田正名とよく似た心理的経験をした者に芸州藩出身の陸軍少佐渡《わたり》正元という人物がいる。渡はフランスの陸軍士官学校に留学中であったが、籠城中の正規兵、市民兵の臆病《おくびよう》さを見て、それを軽蔑《けいべつ》することによって自分を一挙に立てなおすことができた。

「巴里《パリ》府人は虚飾をもっぱらとし、言語を巧みにすれど内に報国の赤心《せきしん》なく、常に国事を罵《ののし》れども危急に蒞《のぞ》んでその国を顧みざるがごとし」

と、罵倒《ばとう》している。

当然この明治三年の在パリ日本人たちはフランス人の政治意識の複雑さを理解する素養はもっていなかった。王制、帝制、ブルジョワ共和制、そしてやがては、パリ・コミューンにつづくプロレタリアートの課題などを、現場にいながら後世の史家の百分ノ一も知っていなかった。むろん知らないということが、この現場人たちの無智《むち》をあらわすものでは決してない。いうまでもないことである。

戊辰戦争で奥州征伐に従軍した長州人桂太郎は、この明治三年は二十歳をすこし出たばかりの青年であった。かれはフランスの士官学校に留学を命ぜられ、まずロンドンに着いたとき、フランスの大敗北を知った。さらにパリはプロシャ軍によって包囲中で、途中が大混雑しているという。ともかくもベルリンまで行ってみた。いよいよ渡仏の不可能であることを知り、プロシャ陸軍をまなぶことにした。これによって桂太郎は軍人ドイツ派の最初の人になったが、この留学さきの変更は、かれの留学が戊辰の賞典禄《ろく》を質《しち》においての私費だったため、かれ自身の判断によった。この桂が三年後に帰国し、山県有朋《やまがたありとも》を説いて兵制をフランス式からドイツ式に転換せしめることを献策し、やがて容《い》れられ、日本陸軍は青から黄になるほどの模様がえをし、兵制、戦術、操典にいたるまでことごとくドイツ式になり、この式によって、日清《にっしん》、日露役を経た。

明治の草創期の軍人というのはおもしろいが、軍人が官僚になった昭和期の軍人の頭脳は、明治人よりもはるかに老化していた。かれらはなおもドイツ的軍事思考法をほとんど神聖視し、ついには同盟まで結び、運命を共にした。秩序老化期の官僚軍人のおろかさというのは、たとえば昭和十八年三月三日、陸軍の軍務局長佐藤賢了《けんりょう》が、衆議院の決算委員会でぶった答弁にもあらわれている。昭和十八年といえば対米戦の

様相が悪化しはじめているころだが、この日本軍部の実力者は、

「大体、米国将校ノ戦略戦術ノ知識ハ非常ニトボシイノデス。幼稚デアリマス」

と説き、なぜ幼稚かというと「アメリカの高級将校はフランスの陸軍大学を出た者が多い（どうも実証性にとぼしい）からであります」

と言い、そこへゆくとドイツ戦術はりっぱである、だから日本戦術はりっぱである、という意味のことを大まじめで礼讃《らいさん》している。なんとかの一つおぼえというが、国の秩序が老化し、やがてつぶれる時期ともなると、人間のあたまもここまでぼけてくるものらしい。


（「オール讀物」一九六九年十月号）

近代化の推進者　明治天皇

この対談は「文藝春秋」一九七四年二月号にて行われた山崎正和をホストとする歴代天皇をめぐる連続対談のひとつである。（編集部）

随一の政治的天皇

山崎　明治天皇は、この人がいなかったら日本の近代化はなかった、と考えてもいい方で、同時に歴代天皇の中でももっともヨーロッパや中国の皇帝に近い人だとされていますね。つまり政治家としての面のつよい方だった。ところが江戸時代の天皇は自ら精神的権威に満足して政治の表面には出ないことになっていた。そうするとどの辺から天皇家の周辺には政治家の自覚が出てきたんでしょう。

司馬　さあ、むずかしいな。明治天皇には、いわれているほどに個人としての裁決権があったでしょうか。話はポンと飛びますが、奈良朝で中国の国家体制を真似ましたね。しかし致命的な点でモデルの中国にないものが日本におかれた。太政官《だじょうかん》という政治の最高機関です。中国では皇帝そのものが太政官にあたりますから、それがありません。その太政官を維新でもって復活しますね。政治上の最終責任を、あくまでも太政官の最高者である三条太政大臣がとる。その上に明治天皇が、空気のクッションをおいて統治というより君臨している。まあ、そんなことですけれども、気質や人格の政治への反映は、たしかに明治天皇においてはあったでしょうね。いずれにしても明治の先帝である孝明天皇にははっきりとこれがありましたね。例の石清水《いわしみず》参り以外、御所の外には一度も出たことがないという世間の情報から遮断された立場にありながら、ペリー来航に際してはヒステリー気味に攘夷《じょうい》の態度を示す。多分に気質的なものですけれど。

山崎　これはもうはっきりと政治の血がたぎっている。

司馬　ペリーがきたということは、孝明天皇は絵師の描いたもので知るようですね。それによるとペリーは牛のような顔をしている。こんな穢《けが》れた者に日本の土を踏ませてはならんというのが攘夷の根本思想ですね。つまり天皇家というのは神道そのものであって、たとえばお坊さんが御所の中に入ることすら、ありえない。その神道を中心とした清浄な日本が穢されるとあっては皇祖皇霊に対して顔が立たない、というわけで、ヒステリー状態になったんでしょうか。

山崎　そういう非常に痩せた神道イズムに天皇家が追い込まれていったのは、いつからでしょう。室町時代にはまだ宮中に念仏宗が入っていますね。あのころは天皇家が衰微していたとはいえ、三条西実隆とか一条兼良《かねら》とかいう文化人の公家《くげ》も側近にいたし、豊かな文化的伝統に支えられていたような気がするんです。江戸時代に入ってからも後水尾天皇のころは烏丸光広などがいて、もうちょっとふくよかな文化が宮中にあったように思う。

司馬　そうですね。後水尾天皇が幕府と衝突したあと、幕府が改めてつくり上げた御所の雰囲気がちょっと変わったような気もしますね。

山崎　そしてそのへんから天皇の教養が痩せてきた、という感じがします。

司馬　それは痩せたでしょう。生の人間に接しない人間が、教養がふくよかになるはずがない。たとえば孝明天皇が日常接していたのは女官たちだけで、公家にはほとんど公的な場以外では接触がなかったようですね。面白い話があるんです。近衛さんがたまたま天皇家のお酒を飲んだ。そしたらお酢みたいなひどい酒だったんですよ。というのは、幕府がきめた皇室の禄高というのは、公家の家禄をふくめて五万石しかありませんから、天皇はつましい生活を強いられていたんですね。御所出入りの魚屋、八百屋は残りものを入れる。ついでながら孝明天皇はシャケの切身がお好きで、塩ジャケの皮まで食べて、骨はまた焼いてお吸物にすることを女官にいいつけていたらしいですね。酒も伏見から入れるんですがお酢のようなお酒だった。ところが近衛さんは偶然の機会にこれを知って、以後、自分の領地の伊丹から出る剣菱を献上したところ、酒というものはこんなにうまいものか、といわれたという。このくらい公家からも遠ざかった閉鎖された生活を、孝明天皇は送らされて――天然自然のように――いたわけですよ。

幕末の皇室

山崎　いずれにしても江戸時代の初期から天皇の教養が痩せはじめた、ということになりますね。私はこれと天皇の政治への指向が目覚めてくるのと、無関係ではないような気がするんです。宝暦・天明期といえば朝廷の外では江戸文化の頂点をなす時代ですが、このとき桃園天皇をめぐって宝暦事件というのがありましたね。

司馬　竹内式部という学者が天皇に接近して国学と武道を教えたので、幕府に弾圧された事件ですね。

山崎　あれがもし室町時代なら、狂歌やら浮世絵やら時代の文化がたっぷり朝廷に流れこんで、あんなイデオロギー的な教育のはいりこむ余地はなかったという気がする。それに、あの事件を見ていますと、天皇は元来精神的権威の中心なんだろうけれど、まわりにいた公家には政治的関心の強いのがまま いて、これが歴史を攪乱《かくらん》しているような気もしますね。

司馬　まったくです。

山崎　そしてこの天皇家がはっきりと政治的機能を見せるようになるのは、さっきお話の出た孝明天皇のときで、結局ペリー来航を頂点とする外圧がきっかけということになります。そこで別な面から天皇が政治にかかわっていった経過をみたいんですが、もしこのとき、幕府が外交のことについて朝廷に伺いを立てることをしなかったら、いくら孝明天皇のはげしい気質とか、教養の限界があったにしても、あれだけつよい攘夷ヒステリーの発言もなかったろうし、朝廷のまわりに急速に改革派が集まることもなかったんじゃないかと私は思うんですが、どうでしょう。なぜ幕府は勝手に、攘夷にしろ、開国にしろ推し進めることをしなかったのか。

司馬　そこがむずかしいところですね。結局、いま竹内式部のお話がでましたが、宝暦以後、尊王思想が普遍的に拡がったことは、大きな要素でしょうね。平田国学は庄屋階級・町人階級、水戸学は武家階級に浸透して、これらが戦後でいえば「デモクラシー」といったような意味での流行度の高い思想になっていきましたからね。そうすると日本の本当の持主は京都にいる人だ、といったことが幕末以前からもう常識になりつつある。その中では幕府の高官もその常識の外に立ちにくく、外交問題は国家存亡の重大問題であるから、やはり潜在的な主権者と思想的にはされている天皇に相談しておきたい、われわれは政治を任されているだけである、という気持ちになってしまうんですね。家康はそうは思っておりませんでしたよ。たとえば新井白石もそうは思っておりません。白石などは天皇は山城だけの人だとしている。時代が下って、自然にそうなったんでしょうね。

幕末の日本にやってきた欧米人は日本という国は国家学的に見てどういう国なんだろうと関心があったようです。ペリーは江戸の将軍を皇帝と思っていた。咸臨丸《かんりん》がアメリカにいったときも、アメリカ人は「日本の皇帝の使いがやってきた」という印象でした。フランス人もだいたい似たような見方でしたね。ところが文久年間になりますと、イギリス人が――例のアーネスト・サトウですが――じつは皇帝は京都にいる天皇である。江戸の将軍はその権威の代行者にすぎない、ということをいい出すんですね。これはやがて「英国策論」というサトウのエッセイになって、それが翻訳されて幕末の有志たちに読まれてしまうのです。まあサトウのそれは、井伊大老の時代よりあとですけれど、ともかく尊王思想というものが、ごく普遍的な常識になっていて、井伊直弼《なおすけ》のような強烈な個性の人は別として、ふつうの老中たちは、とくに外交問題などは、京都にお伺いをたてた方が無難であると考えるようになるんでしょうね。

山崎　江戸時代を通じて、幕府も少しずつ天皇に対する御料地をふやしたり、五万石以上の大名に天皇御料を献納するように命じたりして、後水尾天皇のときに天皇家を完全に押え込んだ段階からみれば、少しずつ後退していたわけですね。そして幕府と朝廷の一種の押し合いへし合いの一つが先ほどの宝暦事件だったんでしょうね。

司馬　だと思います。宝暦事件を頭に入れてあとの現象を考えなければいけないかもしれませんね。

山崎　幕府というのは気が弱ってくると、京都の天皇のことが気になってきたんでしょうね。

司馬　気の弱りというのはいいなあ（笑）。話は明治天皇からますます遠くなりますが、日本人には古来京都への滞在的求心性みたいなものがありますね。平安時代に

『新撰姓氏録《しんせんしょうじろく》』という本が朝廷の編纂《へんさん》でできましたが、これによると当たり前の話ですが日本人の氏素姓はさまざまです。そのなかには帰化人の子孫ももちろん何割かいました。ところが源平争乱時代になったらあれだけいたいろいろの氏姓がどこにいったかと思われるほどで、要するにみんな源平藤橘《げんぺいとうきつ》のうちのどれかということになってしまった。みんな自分は桓武《かんむ》天皇の子孫だとか村上天皇の子孫だとか言い出すわけですね。だいたいにおいてこれはインチキですよ。北条氏は平氏、足利氏は源氏、戦国時代になると津軽氏が藤原氏を名乗るでしょう。東北のはずれにいて津軽氏が藤原氏を名乗るなんておかしいですよ。北九州の島にいる松浦氏が、ばかばかしくも源氏の家系図をつくっていて、それから種子島氏は平氏ですね。とにかく村長以上で源平藤橘でないものはないと思うんですよ。

山崎　一人だけ例外がありますね。豊臣氏。

司馬　あれはまさか自分があんなに偉くなるとは思わなかったから、事前につくっておかなかったのですね。いずれにしても源平藤橘を名乗るということは、おれは津軽にいるけれども、あるいは種子島にいるけれども京都にいる天皇にこれだけ近いんだということの表現ですね。しまいには琉球まで源氏でしょう。流罪になった為朝の子孫というわけで、だからいまでもわりあいいい家の人は〝朝〟がついていますね。

山崎　屋良朝苗さん（笑）。

司馬　要するに日本人の心は求心的に京都に向かっていた。徳川幕府も源氏である以上は天皇とおれとは無縁のものであって、おれこそが日本国王であるなんて言えないわけですね。京都が日本の持ち主らしいということは日本人は何となくみんな知っていたんじゃないかと思いますね。

山崎　ところで明治天皇に入るまえにもう一つお聞きしたいんですが、幕末の野心的な公家といえばやはり岩倉でしょうかね。

司馬　そうですね。彼の権謀術数をみていると、まったく公家的でない公家という感じで、ちょっとゴロツキのようなセンスをもっている。彼はもともと堀川という下級公家の家に生まれて、岩倉へは養子にいったんですが、そのときのエピソードがおもしろい。そのころ公家の子弟は御所の中の学習院で古典を勉強するんですが、岩倉は一向講義をまじめにきかず、あるとき、中御門経之という悪童をさそって、紙の将棋盤で将棋をやろうとした。さすがに中御門が「いま先生が講義中じゃないか」というと「あんな字句のこまかい解釈なんか、われわれには必要ない。われわれは政治家になるんだから大綱さえ知っていればいいんだ」と言ったんですね。それが先生にも聞えて、これは相当面白い奴になるかもしれん、というわけで、子供のない岩倉家にどうか、ということになったらしい。それからいよいよ岩倉家にいくとき、先生が名前をえらんでくれたんですが、漢字に書くととても読めないような名前なので、「こんなむずかしい漢字で、みんなが覚えますか。私のはみんなが読めて書けるようにして下さい」といって、それであの具視ができたといいます。後年の岩倉の面目躍如ですね。

天皇は決定せず

山崎　本当に公家らしくない、バイタリティのある男ですね。岩倉の孝明天皇毒殺説というのがありますね。つまり孝明天皇は攘夷論者ではあったが倒幕論者ではない。しかし、いまや外圧に耐える統一国家をつくるためには倒幕しか手がない時代にさしかかっている。孝明天皇が生きていればこの倒幕運動が進まないというわけで、政治的奸智に長《た》けた岩倉一味が殺したとする話ですがね。

司馬　ぼくは奇談奇説を、ことさらに我慢に我慢をかさねて信じないようにして、物事のシンをみたいというへんな癖があるものですから、このことについても、孝明天皇の病状経過はちゃんと残っているし、岩倉はそのとき京都郊外の岩倉村にいて、みずから宮中で指揮をとる場所にいなかった。そこで毒殺なんかあり得ない、と思っていますが、歴史というものは面白いものですな。いま考えてみると孝明天皇は死ぬべきときに死んだ、まるで殺されたごとくに死んだという感じがしますね。これは否めません。孝明天皇がいては薩長による奇想天外な回天作業はできないんですからね。

山崎　そこで十六歳の幼帝が登場する。

司馬　そうです。そして鳥羽伏見のあと最初の宮中の会議——小御所会議——という大へんカラクリめいた会議が、この幼帝を擁して小御所でひらかれるわけですね。ここで一挙に倒幕を決定しようというのが薩摩の大久保と組んだ岩倉でしょう。これに対して統一新政府は必要だが、幕府はこれまで功績があったのだから徳川慶喜《よしのぶ》を追討すべきでない、というのが中立派の土佐の山内容堂で、容堂ははじめから大演説をぶつつもりですから大酒を飲んできて、「薩長と岩倉は幼帝を擁して権柄を私しようとしている」と食い下がります。これはいわば正論ですから、岩倉も「御前ですぞ、言葉をつつしみなさい」と一喝するが受身にならざるを得ない。

ところが政治というものは面白いですね。会議が休憩に入って、再開されると、容堂はだまってしまうんですよ。休憩中に「容堂なんか匕首《あいくち》で黙らせてしまえばいい」とささやかれているのを聴いてしまうんです。そんなところで刺されたら政治家として汚名を残すことになる、というわけで沈黙してしまう。そこで会議は岩倉と大久保の思惑通りに進行する。これが明治初めの最も大きな政治現象だと思いますが、ここで面白いのは、明治帝はその間御簾《みす》の中にちゃんといるんですよ。しかしただの一度も発言はない。これは非常に象徴的なことで、山崎さんははじめ明治天皇はヨーロッパの皇帝にいちばん近い天皇だとおっしゃったが、それでもまだ大分へだたりがあるような気がしますね。

山崎　なるほど。日本の天皇は明治天皇ですら自分では決定しない。

司馬　天皇自身が物事を決めた例といえば、大分あとの話になりますが、乃木将軍が日露戦争から凱旋《がいせん》してきて、「乃木は天皇の兵隊を多数死なせているから、あるいは自殺するかもしれない」と風評が立ったときに、「いや、自分には考えがあるんだ」といって、紙に「学習院院長」と書いたという話がある。この種の決定ぐらいはあるいはしたかもしれませんが、重要な決定は何一つしなかったのではないかな。

山崎　まあ明治憲法が当時のドイツ帝国憲法を模したものだということで、明治天皇がよくドイツ皇帝と比較されたりしますけれどもね、実質はかなり違う。

司馬　そうなんです。その憲法にしても、たしかに草案はドイツの憲法学者のシュタインのものですが、それは伊藤博文たちがかなり日本に合ったように修正しているはずですからね。私このあいだベトナムにいきましたとき、日本大使館の一等書記官の青木さんという人に「自分は『坂の上の雲』に出てくる青木の曾孫です」と自己紹介されましてね、びっくりしたことがあるんです。青木さんの曾祖父の青木周蔵という人はドイツ公使として非常に名前のあった人ですがね、ドイツから任を終えて帰国したら東京の町をうろうろしている人間が股引《ももひ》きだの半纏《はんてん》などを着ているので、明治天皇に「ああいうものはみんな洋服に着替えさせないと日本は文明国になりません」と直訴しようとしたんです。

ところが日本の制度では天皇が何か決めるということはありえない。明治天皇も困ってしまわれて、伊藤博文に「青木はドイツかぶれしていて、自分をカイゼルか何かと勘違いしている」といって差しもどすんですね。あとで青木はこれを聞いて「日本は何と野蛮な国だ」といったとかいうんですが、青木周蔵のいかにも明治的なドイツかぶれはともかく、つまりこれが、ドイツ皇帝と日本の天皇との、制度としての非常な違いがよくわかる挿話だと思いますですね。

山崎　なるほど。しかし、それにしても天皇の質がいくらか変わったのは事実なので、それについて私は明治六年に象徴的な事件があったような気がするんです。まずこの年に、日本の農業を実際に支配していた太陰暦をやめて世界に普遍的な太陽暦が採用される。同時に五節句というものを廃して、かわりに紀元節、天長節を制定する。このへんが面白いと思うんですが、本来の天皇というものは、太陰暦、五節句の精神に繋《つな》がるものでしょう。しかし日本が近代国家になるためには、世界の普遍的原理にしたがわなければならないので、これを切り捨てて太陽暦を採用し、西洋流の記念日をもうけたわけですが、この記念日というのが奇《く》しくも日本皇室の万世一系を証明するためのもの、つまり国粋主義的なものになってしまった。言いかえると、国粋主義はむしろ日本の国際化の産物だったといえなくもない。

時期ははっきり覚えていませんが、そして、いまお話の青木周蔵の件とどうつながるかわかりませんが、やはりこのころ服制改革の詔勅というものが出ているんですね。その詔勅いわく、古来日本人は洋服のようなものを着ていた。なるほど神武天皇の絵はズボンのようなものをはいていましたね。そこで本来の日本精神にもどり、国民みな洋服を着るべし、というわけです。ここでも普遍化することと国粋化することが重なり合っています。あまりこの詔勅は役立ったとは思いませんが、いまでもその詔勅の写しが銀座のある洋服屋のウインドーに飾ってありますよ。

司馬　これは面白いな。つづいて明治七年に台湾征伐がありますが、これも象徴的だと思います。これはいわば大久保にとっていやな征韓論を、大久保が鎮静させるための代替効果を狙ってのものでしたでしょう。つまり西郷が下野してしまったので、全国三百万の士族が緊張してこれを見守っている。一方、士族たちの支持を得ていない新政府は危かったでしょうね。そこで琉球人が生蕃に殺されたということを口実に、征韓ほどの景気のいいことじゃないが、似たようなことはできるんだぞということを示すために、清国政府に断わらずに軍隊を派遣したわけです。指揮官は西郷従道《つぐみち》で、兵隊は一部が徴兵の兵士、大部分は鹿児島、熊本から志願した士族たち。

このときに、ちょっと考えられないことですけれども、国民にも外国公館の連中にもまったく知らさないで内密に出発しようとした。ところが英国公使のパークスはこれを知って、海賊行為だというわけで横槍を入れるんです。日本政府も格好がつかなくなって、一旦出発を停止させようとする。そのとき西郷従道がいったのは「おいどんは詔勅を持っている」ということです。そして独断出航してしまう。

山崎　そのあたりから軍の独走というものが始まるんですかねえ。

司馬　まだあるんです。当時は山県が陸軍卿ですよ。彼は卿ではあるが、政治を決定する太政官の参議ではない。これは木戸が長州以来の伝統で、政治を軍事に先行させる鉄則を守ろうとしたからですね。軍人が政権を握ったらえらいことになると思っているから山県をなかなか参議にしない。それはいいんですが、山県にしてみれば台湾征伐という重大問題を、軍の責任者である自分に相談せずにやったというので、大久保に食ってかかるんです。山県のいうことは技術的には正しいのであって、日本の軍隊はまだ外征できる軍隊ではない。士族の壮丁を名分のない台湾征伐に使ってしまったら、もし清国と本格的な戦争をするときにこの連中がいうことをききませんぞ、というわけです。このとき大久保がいったことは、やがて山県にも影響を与え、日本国家全体に影響を及ぼすと思うんですが、要するに「いうことをきかんとか何とかいうが、いざとなれば天皇の命令一下でまとまるんだ」という言葉なんです。

つまりそれまで天皇というものは軍隊に作動していなかった。たとえば、西郷隆盛は陸軍大将で近衛都督で参議、つまり天皇の直参《じきさん》でしたね、これは征韓論に破れて下野したわけですが、そのとき彼は天皇に挨拶することもなく鹿児島に帰っているんですよ。西郷において天皇は観念の上では君主だったかもしれないが、生活体験上ではやはり島津家が君主だった。そしてこれを伝えきいた薩摩の近衛下士官も軍帽を兵営の池に投げ捨てて、鹿児島に向かった。帽子の赤いラシャが池を真赤にしたといいますね。これが明治六年、つまり軍隊が天皇などを無視している。そして明治七年になると、もういま御紹介した大久保の一言があるわけです。どうもこのへんが天皇制国家の成立といっていいような気がしますね。

統帥権の発祥

山崎　そうして山県がこの大久保の言葉に着想を得て統帥《とうすい》権の独立を考え出すわけですね。

司馬　そう見るほうが自然だと思います。山県は軍隊を「天皇の軍隊」にすることによって、軍事の素人の政治家から切り離そうとした。だから参謀本部の原型のようなものを早くもその年につくっています。参謀本部は天皇の幕僚ですから、これによって軍は軍政（陸軍省）からも他の政治からも独立したものになりました。皮肉なもので、のちにこれが日本を不幸におとし入れることになりますね。

山崎　ある意味でいえば、その「天皇の軍隊」をはっきり形にしたのが西南戦争ですね。

司馬　まったくそうですね。

山崎　「抜刀隊の歌」というのは、何しろはっきりと官軍つまり天皇の軍隊に正義があるということを歌ったわけですからね。これは初期の「宮さん宮さん」とは少し違う。

司馬　なるほど、違いますね。

山崎　ちょっと前後しますが、その前に天皇の各地巡幸があるでしょう。このときに行った先の民草は天皇に非常に感動している。あれは何でしょう。天皇崇拝が庶民にまだ根づいているとは思われないんですが、宣伝がうまかったんでしょうね。

司馬　あれはこういうことがあるんじゃないですか。日光例幣使《れいへいし》というのが江戸時代にあって、毎年公家の勅使が家康の霊に参詣《さんけい》にいったでしょう。その公家が宿場で使った残り湯は、病気に効くといってもらいにくる人が多かったんです。そういう公家の残り湯信仰というものがもともとあって、その親玉である天皇にまでそれがおよんだのじゃないか。戦後でも本願寺の法主《ほっす》などが地方にいくと、残り湯をもらいたがる。しかし天台宗の管長が行っても臨済宗の管長がいってもだれも残り湯をもらいたがらない。なぜかというと、本願寺の法主は公家の門跡《もんぜき》になっているからでしょうね。つまり公家への信仰が土着にはあったということでしょうか。つまらん信仰だと思うけれど。ともかくどうも、残り湯の信仰というのは大きいと思いますよ。そうだとすると、この土着信仰はかなり天皇制国家の成立に役立っていますね。新政府の宣伝などよりこっちの方がよっぽどつよい。

山崎　なるほど、これは面白いですよ。というのは天皇の巡幸で民草の反応がとくに著しく出ているのは、北陸など本願寺の門徒の地盤なんです。

司馬　ははあ、そうか。

山崎　一説には、たとえば高岡などは幕府側でしたから、明治になって逆に天皇に忠誠を誓ったのだといいますが、そうすると高岡あたりの大へんな歓迎ぶりが説明できない。

司馬　やっぱり北陸門徒の方が、門跡や公家への尊敬があるからすんなり理解できるのでしょうね。とすると門徒のすくない東北、九州はつらかったんじゃないかな。

山崎　そうでしょうね。

司馬　たしかに江戸時代では、庶民がやるお蔭まいりというのは伊勢までであって京都ははずしてあるし、大名も京都を通過してはいけないといわれていましたね。だから京都というのは何か触れてはいけないような一面もあった。だけど一方で、ちょっとした藩は京都に長く藩邸を置いてますね。そして、たとえば元禄時代、赤穂の京都留守居役小野寺十内秀和の仕事といえば、御所ではさいきんこれこれしかじかの着物がはやっているというようなことを、播州および江戸藩邸に知らせる役なんですよ。ファッション情報の伝達役ですな。国許《くにもと》でも江戸でもへんな流行おくれのものを着ていたら、奥方なりお女中たちは他藩のものに笑われるから、一生懸命にファッション情報を送った。お公家さんの使い残りの湯が薬になるというのもそうだし、京都というところは日本の中で特殊なシンボル的位置を持っておりましたな。

山崎　ところで西郷が西南戦争で死ぬと、大久保もすぐ暗殺されますね。維新後わずか十数年ですが、もし大久保がもう少し生きていたらというのは、つまらん空想ですかね。

司馬　大久保が生きていたら、山県のような小粒が、精神のいじけた天皇制国家をつくるようなことはなかったと思います。大久保は物事については、つねに普遍性を考える傾向のあった人物でしたから、こんな特殊な国はつくらなかったと思いますよ。同じ天皇という問題をとりあげても、統帥権による軍の独走ということは許さなかった、と思いますね。

山崎　実は私はそれをいいたかったんです。

司馬　大久保だったら、山県のような、ああいうチャチなものはつくらなかったと思います。大久保は普遍性を考える人物でしたから、よその国にも通用するような国家をつくったと思いますね。統帥権の問題なんていうのは、それをつくった山県が生きているあいだは、山県自身が官僚の親玉だし、軍政、軍令の最高責任者でしたから統帥権はむしろいい意味で作動しえたわけですよ。ところが彼が死ぬと、大正の末、いわゆる軍縮時代に入ったときに、参謀本部や軍令部は、政治家たちが軍縮を口にするのは統帥権干犯だと言い出すんですよ。つまり山県はあとになると大へんな問題になるものをつくっておきながら、それを自分の肉体でその穴ボコを押えつけていたんですな。当然自分の肉体が死んだら、その穴ボコからヘンなものが生えてきて独立していくわけです。大久保が生きていたら山県のようなことはしなかったろうというのは、賛成ですね。

山崎　もっとも山県に同情していえば制度というものはいつの時代でもそういうものでしょうがね。

司馬　それはそうだ。

山崎　火事場で梯子《はしご》を組むような国づくりをやっていたときでもあるし、あぶなっかしい制度をこしらえておいてそれを政治家の肉体が押える、というのはまったくそうだったんでしょうね。

日清戦争は革命の輸出

山崎　そこで日清、日露となるわけですが、日清戦争はまず日本にとって止《や》むを得ない戦争だったでしょうね。

司馬　フランス革命のあとほどではないけれども、明治の新生期にはひとびとのあいだに、明治維新の輸出という気概はあったようですな。連合艦隊司令長官の伊東祐亨《すけゆき》が敵将の丁汝昌《ていじょしょう》を威海衛に追い込んだとき、「あなたはそこで死んだりせずに、私どもがあなたの身柄を引きとって、あなたの国の情勢が変わったときに帰してあげますから、そのときあなたは日本のように中国を近代化しなさい」と堂々たる漢文の文書を送っているんです。それでも丁汝昌は毒を仰いで死にますが、これは革命をなしとげた国がどこでもやる、革命の輸出の思想ですね。

しかし明治天皇に即していえば、やはり日露戦争の方が大きいですね。やはり戦争を決断するのは大へんなことだった。というのは日露の対決というのは江戸中期からのことでね。そのころからシベリア、沿海州まで来ていたロシアについて、林子平とか蒲生君平などの海防論者は「怖るべし」というようなことをいっている。幕末になるとますます「赤蝦夷の南下」が脅威になってくる。明治になってからの西郷の征韓論なども、何も朝鮮を侵略したいというわけでなくて、韓国を説得して同盟化し、ロシアに備えようというものだったと思います。もっともこれは西郷個人のことで、かれの征韓論に昂奮した多くの人は、単なる侵略論ですけれども。

山崎　日清戦争も結局中国そのものというより、ロシアの脅威に立ち向かったものですね。

司馬　江戸中期以来、幕閣をふくめて、おびやかしつづけていた対露恐怖の歴史がありますでしょう。そういうロシアの東漸という、どうしようもない国家生理ともいうべき運動が、日本人を、ロシア人が想像もしていなかったほどにヒステリックにさせて、結局日露戦争に踏み切らなければしようがないという情勢になったのでしょうか。しかし伊藤などの元老は、ロシアなんかと戦争したら負けるにきまっていると反対する。開戦論は少壮軍人と少壮官僚ですね。

山崎　それと朝日新聞の池辺三山。「万《よろず》朝報」は開戦論で、これを退社した幸徳秋水は非戦論。

司馬　渋沢栄一で代表されるような財界人も戦争反対でしょう。そういう中ですから明治天皇も困られたでしょうなあ。何度も会議をやって、上がってきた開戦案を何度も突き返している。もう一度考え直してくれというわけですね。ただし、その間、自分の意見はさしはさまない。これは前にも申したように、天皇というのは明治天皇といえども意見をいわないんですね。

佐々木高行日記によると明治天皇は英雄的な天皇みたいですがね。佐々木高行があんなものを書くから明治天皇が西洋的な雰囲気になってしまうんですよ。佐々木高行というのは土佐派の人間でね、明治以後、薩長派によって他の多くの土佐人とともに宮中に押し込められた人物なんです。宮中というのは元来権力と関係ないところですからね。ところが佐々木にしてみればまさにそこが気に入らないところで、その恨みで明治天皇がいかにも政治に影響があったような雰囲気で日記を書いたんですな。

山崎　ただ明治天皇の個性が明治のムードをつくったということはありますね。元勲たちではムードまではつくれない。

司馬　それはまったくそうです。あの空の抜けるような青さに似た時代感覚は、明治天皇の人柄とは無縁のものではないでしょうね。人間としても面白い人だったでしょうね。あの人の好きな人は、山岡鉄舟、元田永孚《えいふ》、西郷隆盛、乃木希典《まれすけ》で、きらいなのは山県有朋、黒田清隆です。要するに男性的な人物が好きだったようですね。それからなかなかのユーモリストで、英国帰りの蜂須賀茂韶《もちあき》侯爵が宮中に伺候して、明治天皇があらわれる前に、菊の御紋の入った煙草を五、六本ポケットに失敬したことがある。明治天皇は出てこられてからこれに気がついて「さすがは蜂須賀小六の子孫じゃのう」といわれるんですね。蜂須賀小六が泥棒だというのは『太閤記』の知識ですよ。『太閤記』という下世話なものを知っているというのも、オヤオヤという感じがする。

西郷隆盛が元気だったころ、明治天皇は西郷と一しょに地方巡幸で薩摩に行っているんです。

山崎 そのときのお召艦の艦長が伊東祐亨なんですね。

司馬 さっきの丁汝昌に勧告した。……船が鹿児島湾に入りますと、天皇と西郷が艀《はしけ》にのりかえて桟橋に行くんですが、困ったことに出迎えが来ていない。何かの手違いだと思われるんですが、西郷は一種の政治的緊張を強いられるんです。というのは当時薩摩は保守と革新の二派に分かれていまして、革新派の大将の大久保利通派は東京にいて、いま鹿児島にいるのは保守派の大将、島津久光なんです。これはもともと明治維新絶対反対論者だし、日本最大の保守派といってもいい人物で、革命の原動力でありながら自分が置きざりにされたというわけで、チョン髷《まげ》は切らず、宮中に洋服が入ったときに建白書を出して洋服はいかんといった人物です。この人物がいてしかも参事（のち県令）はその子分の大山綱良ですね。明治天皇がこられることは伝達されていますから迎えが出てないのは何かの手違いだと思うんですが、何しろこうした薩摩の内部の対立がありますから西郷としては気が気でないわけです。そこでカーッときた西郷は思わず艀に持ち込んでいた西瓜《すいか》——喉《のど》が渇いたときに明治天皇に差し上げようと思って持ってきた西瓜をコブシで割って、天皇にもすすめずにかぶりつきはじめたというのですな。その姿がおかしくてしようがなかったと、明治天皇は晩年にいたるまで西郷の話が出るたびに、この話をしたようです。これは政治的状況をのみ込んで初めてユーモアになる話ですね。

それからなかなか思いやりのある人でね、西南戦争の現場にたまたま大演習があって行ったとき、田原坂《たばるざか》を通って「もののふの攻め戦ひし田原坂松も老木となりにけるかな」という歌を鉛筆で書いて藤波という侍従に「乃木に渡しておけ」と言うんです。つまりここで自分の好きな西郷が敗れ、官軍の一連隊長の乃木は軍旗をとられた。西郷はもはやないが、乃木は軍旗のことを苦にしている、これで慰めてやれ、ということでしょう。この種の愛情はふつう帝王にはないものでしょう。やはり明治天皇という人は宮中の生まれであるけれども、人間の世の中に通じていてふつうの人と同じセンスがあった。こういう雰囲気というものが時代を覆っていたからこそ、明治天皇がなくなったとき、ロンドンタイムスが「日本はこれでおしまいだ」といったんでしょうか。

日本的平等意識の成立

山崎　そこで思い出しますが、日本の宮廷社会というのはしばしば硬直しているんですが、トップに立つ天皇だけは、ちょっと例外みたいなところがありますね。

司馬　つまり一種の公家離れがね。

山崎　公家の体質でありながら公家離れしているところがある。それがある意味でいうと天皇制というものにある種のバイタリティをあたえていますね。

司馬　そうかもしれませんね。

山崎　明治天皇は一生を通して環境が激変するでしょう。十六歳までは女に囲まれたまるで『源氏物語』の世界、それからは山岡鉄舟のような人を相手に相撲をさせられたかと思うと、フロックコートを着せられる窮屈な世界。そして自分が人間的感情を寄せた人間同士のあいだに政治的葛藤があって、西郷が殺され、大久保が殺され、その他たくさんの暗殺を見送らなければならないのですが、それでいて人間的感情を失うことはなかった、というのは相当なものですね。

司馬　明治天皇は日本の王のなかで、一ばんいい筋を持った人ですね。どうも明治天皇というのは役に立たない存在のようにされていたけれども、実は非常に役に立っていたという雰囲気を感じさせるエピソードがあるんですよ。これは柄の悪いエピソードで、そういう意味では少々話すのを憚《はばか》るんですけれども、明治天皇の死後、宮中で伊藤と山県が話しているところに大正天皇がチマチマと歩いてこられたとき、「次の人がこれだから困るよね」と二人で言いあったというんです。大正天皇の評価というのはわれわれの知っている通りですね。字は非常にお上手だったようだけど、並みの能力に欠けるところがあった。「これだから困る」というのは、明治天皇の持っている背骨みたいなものが明治時代をつくった、ということの逆な証明になるわけですね。伊藤、山県はたしかに明治政府をつくったが、彼らはムードまではつくれなかったでしょうからね。

山崎　ふり返ってみますと、「天皇」というものの中身は、いわば空というか虚というか、つまり力でもなく、論理ですらないものでしょう。そこへいくと中国の皇帝というものは実ですね。

司馬　そうです。

山崎　つまり何か剛直な思想がそこにあるわけでしょう。それは文明のすみずみに至るまで一つの主張をする実体ですね。たとえば中国皇帝がいるかぎり鉄道を敷くことができない、というものでしょう。日本の天皇はそこのところが虚であったおかげで、この虚だけ守って、あとは全部日本の文化現象を入れ替えることができたわけですね。先ほども申し上げましたように、太陰暦に象徴されるものを切り捨てて、天長節という人為的なものを導入した。このことによって何かしら日本人の感受性は失われたとは思うんです。その結果、われわれは今日もなにがしか悩んでいる。しかしそういうものの、われわれはそのかわり、文化の現象を犠牲にして文明と国家とを手に入れたわけです。中国の場合はすみずみの文化に至るまで力と論理でできていた。そのためにいかなる部分も切り捨てられない。そこで中国の近代化は日本より苦しいということになりましたね。

司馬　中国のたとえば清の康熙《こうき》、雍正《ようせい》、乾隆《けんりゆう》などという皇帝なんかは、自分で官僚の親玉として立案書にまで朱を入れた人ですからね。だからたいへん多忙な実ですね。日本の天皇はそういうことをしない。たしかに虚であったですね。

ところで日本に、階級社会が明治大正の末期まであったようにいわれますが、実際どの程度階級というものがあったのか、本当の貴族というものが日本にあったのか、私はこれを信じません。日本は対流のいい国なんです。そしてその理由は、日本史の中の天皇を考えることで少し分かる面があるんじゃないでしょうか。

たとえば天保庄屋同盟というものが土佐にあったんです。庄屋が集まって密議しまして、藩の役人に百姓の中まで踏み込ませないようにするために、お互いでつくったいわば誓約書ですね。その第一条に、土地の上は山内家のものであるが、土地の下は天皇家のものである、ということをいっている。

山崎 その時期にはっきり「天皇」といっているんですか。

司馬 そうです。そのときにはもう天皇という思想は庄屋階級にまで及んでおりますからね。これは日本的な条件下での平等思想の現れとみていいのではないですか。殿様の山内家が何だ、たかが掛川から来た余所者《よそもの》じゃないか、土佐はおれらのものだ、というわけですが、ヨーロッパ思想ではないから「おれらのもの」という言葉にはならんわけですよ。そこで、当時の土佐の先進的な庄屋たちがギリギリに考えたのは、天皇というものを一つ置いたら、殿さまだって自分たちだって同じだ、ということなんですね。この思想は日本人一般の思想で、これが混乱してきた日本の近代化の過程で、何とか悪い方向に社会を進ませなかった力になったんじゃないかと思いますね。

明治になってからは、帝国大学を出れば貧民の子でも出世できる道が開かれていた。陸軍士官学校に入れば大将にだってなれる社会でしたね。これは世界でもめずらしい平等主義というべきで、日露戦争のときバルチック艦隊の水兵たちが日本の士官はかならずしも貴族でないということを聞かされて、それは嘘だ、平民が士官になれるはずがない、と訝《いぶか》ったというんです。近代化の過程における天皇の役割について、この天皇意識という虚を設定して平等意識を成立させたという幕末の気分を考えないと、ちょっと明治がわからないし、社会が進化したあとで、つまり国民における住民性が拡大されるようになったいまのようないい時代になってから、過去をふり返るとき、つい見誤りやすい点だと思いますね。

山崎 日本が近代化するために、たまたまうまい仕掛けがあったということですね。

司馬 その仕掛けが、こんどは悪く作動するようになったのは、やはり日露戦争に勝ってからですね。以後、ろくなことがない（笑）。つまり西洋ならフランス革命で成立した国民国家を、速成的に日本でつくる上で大いに作動した。ところが人間の重要な一面である住民性というものが、土佐の天保庄屋同盟で芽生えながら、それを伸ばす機能としては作動しなかった。昭和四十年代になってから、公害問題でやっとおれたちは住民なんだということに目覚めるのですから、わが日本社会もまだまだ前途遼遠ですなあ（笑）。

それにしても、今日は疲れました。なぜかというと、私は日本の歴史を見たり感じたりする時に、天皇という存在や制度を、あえて枠外において、または鈍《にぶ》くしか感じずにやってきて、いまでもその方がよりはっきりと現実が見えると思っています。そういう私が、明治天皇だけを話題にとりあげるのは、ずいぶんと気の重いことでしたよ。

山崎　それは、それは、お疲れさまでした。

（「文藝春秋」一九七四年二月号）

日本人の二十世紀

二十世紀の開幕早々、日本はロシアの南下を防ぐという戦争（日露戦争）を経験しました。そのことを『坂の上の雲』という小説に書いたことがあります。地球の中の一角にある島国におこった、不思議な心の物語として書きました。

主人公の一人は、病人でした。俳句・短歌に〝写生〟という多分に体験的、やや写真的なリアリズムを導入して革新した正岡子規です。子規と中学以来の同窓で、文学青年仲間だった秋山真之《さねゆき》がもう一人の主人公です。真之は海軍に入り、東進してくるロシア艦隊を一艦残らず日本海で沈めるという、不可能にちかい課題を命ぜられる役割を果たさねばならないことになります。

もう一人の主人公は、真之の兄の好古《よしふる》でした。かれは陸戦において、世界最強のコサック騎兵を防ぐという課題をあたえられ、結局は機関銃を導入することによって——騎兵の古典的美学からいえば邪道だったでしょうし、好古自身、好んでそれをやったわけではないのですが——解決します。

三人とも戊辰《ぼしん》戦争のときの〝賊軍〟とされた伊予松山藩の出身でした。松山城下が〝官軍〟の土佐藩兵に進駐されていたときが、人生の最初の環境でした。

江戸時代の日本人は、蒸気船ももたず、騎兵ももちませんでした。明治維新は幕末の夜郎《やろう》自大《じだい》的な〝尊皇攘夷《じょうい》〟の終焉《しゅうえん》でありました。同時に開国という、ときに卑屈なほどのリアリズムの開幕でもありました。そういう現実の中にあって、十九世紀後半の明治人は、どの時代の日本人よりも現実的でした。たとえば、海軍には世界史的に戦術はなく、軍艦と軍艦の叩《たた》きあいだとされてきたのを、真之は右の至上課題を果たすためにこれに戦術を加えるというユニークなことをせざるをえませんでしたし、好古は勝ちがたい敵に対して火力で戦うというあたらしい現実を持ちこまざるをえませんでした。

後でまた言いますが、この戦争を境にして、日本人は十九世紀後半に自家製で身につけたリアリズムを失ってしまったのではないかという気がしないでもありません。日本海海戦でロシアの旗艦「スワロフ」が燃え上がって舵《かじ》をこわし、ぐるぐると回り始めたときに、日露戦争のすべてがおわるのですが、しかしそこから国民の思考が地に着かない、つまり時代はそこから悪くなっていったように思います。その後の、あるいはいまの日本の諸問題に連なっていくことだと思うのです。

アメリカのポーツマスで小村寿太郎《こむらじゅたろう》とロシアのウィッテとが日露の和平交渉をするものの、双方条件が合わない。ロシアは譲らない。樺太《からふと》をよこせ、賠償金を出せと日本側は言う。再びロシア側は、そんな譲歩は必要ない、もう一ぺんやるならやるぞ、いくらでも陸軍の力はあるぞ、と。それに対し、結局はルーズヴェルトの仲裁で、食卓の上にシャケの一匹でものせたらどうだ——シャケは樺太のことですが——その程度の条件で折り合った。

ところが戦勝の報道によって国民の頭がおかしくなっていました。賠償金を取らなかったではないかと反発して、日比谷公会堂に集まり国民大会を開き、交番を焼き打ちしたりする。当時、徳富蘇峰《そほう》が社長をしていた国民新聞も焼き打ちに遭《あ》う。蘇峰は政府の内部事情に詳しく、〝戦争を終わらせることで精いっぱいなんだ〟ということをよく知っていましたから、国民新聞の論調は小村の講和会議に賛成にまわり、結果、社屋を焼き打ちされた。

日比谷公会堂は安っぽくて可燃性の高いナショナリズムで燃え上がってしまいました。〝国民〟の名を冠《かん》した大会は、〝人民〟や〝国民〟をぬけぬけと代表することじたい、いかにいかがわしいものかを教えています。

この大会あたりから日本は曲がっていきます。要するに、この大会はカネを取れという趣旨であって、「政府は弱腰《よわごし》だ」「もっと賠償金を取れ」と叫ぶ。しかし、もっと取れと言っても、国家対国家が軍事的に衝突しているというリアリズムがあります。いまかろうじて勝ちの形勢ではあっても、もう一カ月続いたら、満洲《まんしゅう》における日本軍は大敗していたでしょう。

ロシア側は奉天敗戦後、引き下がって陣を立て直し、訓練を受けて輸送されてくる兵員を待ち、弾薬を充実させています。そのときに平野に展開した日本軍はほとんど撃つ砲弾がなくなっている。訓練された正規将校は極めて少なくなり、活《い》きのいい現役兵は極端に減っていました。

日本国の通弊《つうへい》というのは、為政者が手の内――とくに弱点――を国民に明かす修辞というか、さらにいえば勇気に乏しいことですね。この傾向は、ずっとのちまでつづきます。日露戦争の終末期にも、日本は紙一重《ひとえ》で負ける、という手の内を、政府は明かしませんでした。明かせばロシアを利する、と考えたのでしょう。

戦争のことを好んで話しているのではありません。日本の二十世紀が戦争で開幕したことと、戦争がその国のわずかな長所と大きな短所をレントゲン写真のように映し出してくれるからです。

たとえば第一次大戦で、陸軍の輸送用の車輛《しゃりょう》や戦車などの兵器、また軍艦が石油で動くようになります。石油を他から輸入するしかない大正時代の日本は、正直に手の内を明かして、列強なみの陸海軍はもてない、他から侵入をうけた場合のみの戦力にきりかえると、そう言うべきなのに、おくびにも洩《も》らさず、昭和になって、軍備上の根底的な弱点を押しかくして、かえって軍部を中心にファナティシズムをはびこらせました。不正直というのは、国をほろぼすほどの力があるのです。

日露戦争がなぜおこったのかは教科書に任せるとして、基本的には朝鮮半島問題をめぐる国際紛争でした。

朝鮮半島については、当時の日本の国防論では地理的な形態としてわが列島の脇腹《わきばら》に突きつけられた刃《やいば》だと思っていた。その朝鮮に対し、すでに洋務運動に目覚め近代化しつつある清《しん》国が、宗主国としていろいろ介入し始めた。日本はこれが怖かったのです。そして日清戦争をおこす。日本の勝利で、清朝は一応朝鮮から手を引きました。そこへ、真空地帯に空気が入ってくるようにしてロシアが朝鮮に入ってくる。ロシアは、まるで新天地を見出《みいだ》したかのごとき振る舞いで、それがやはり日本にとって恐怖でした。結局ロシアを追っ払うためにいろいろなプロセスを経《へ》たあと戦争になってしまう。

いまから思えば、その後の日本の近代は、朝鮮半島を意識し過ぎたがために、基本的な過《あやま》ちを犯していくことになります。この二十世紀初頭に、朝鮮半島などうち捨てておけばよかったという意見もあり得ます。海軍力さえ充実しておけば、朝鮮半島がロシアになったところで、そんなにおそろしい刃ではなかったかもしれない。しかし、当時の人間の地政学的感覚は、いまでは想像できないのですが、もう怖くて怖くてしようがなかった。ここを思いやってやらないと明治というのはわかりにくい。

たとえば日露戦争をしないという選択肢もあり得たと思います。しかし、ではロシアがずるずると朝鮮半島に進出し、日本の眼の前まで来て、ついに日本に及んでもなお我慢――戦争をしないこと――ができるものなのか。もし我慢すれば国民的元気というものがなくなるのではないか。これがなくなると、国家は消滅してしまうのではないか――いまなら消滅してもいいという考え方があり得るでしょうが、当時は国民国家を持って三十余年経《た》ったばかりなのです。

新品の国民だけに、自分と国家のかかわり以外に自分を考えにくかった。だから明治の状況では、日露戦争は祖国防衛戦争だったといえるでしょう。

欧露から回航されてくるロシア艦隊を、伊藤正徳さんの表現を借りると、パーフェクト・ゲームでもって残らず沈めねば日本は戦争そのものを失うのです。数艦でも生き残ると、当時ロシアの租借地だった旅順《りょじゅん》やウラジオストックに逃げ込まれ、日本海を走りまわって通商破壊に出てこられる。となると、大陸に派遣している陸軍が干上げられてしまう。

さきに世界史的に、海軍に戦術なし、といいましたが、アメリカのニューポートの海軍大学校で海軍戦史を講義していたアルフレッド・T・マハンという退役大佐が、海軍戦略・戦術を考えていたことは、よく知られていました。真之が大尉《たいい》時代にワシントン公使館に駐在したとき、マハンを二度たずねています。真之が望んでいたものが得られたとは思えません。

右は十九世紀末で、二十世紀になってから真之は瀬戸内海の能島《のしま》水軍の古い兵術書を読みます。小笠原《おがさわら》という旧大名の蔵《くら》にあった古書だといいます。

「ずいぶん古い本を読んでいるな」

と、真之は友人にからかわれました。当時は読書といえば洋書の時代だったことを思うべきでしょう。真之は、「白砂糖は黒砂糖からつくられるのだ」といったといいます。発明の原点というべき指摘だと思います。

武士の時代を矢に譬《たと》えれば、名目上は、明治元年で武士の時代は終わったものの、二十世紀初頭まではまだ矢は飛びつづけていたように思います。その最後の段階で日露戦争がおこった。このことが日本にとって幸いでした。

当時は、武士の時代の気分がまだのこっていた。たとえば戦争期間中、旅順が最大の問題でしたが、最後には、この武士的なリアリズムによって、日本は危機を打開していったように思います。

当時、旅順港にロシアの旅順艦隊が入っていました。その港外に日本艦隊の一部が待ち伏せして挑発しましたが、ロシア側はやがてやってくる自国のバルチック艦隊と合流するつもりですから、その挑発に乗りません。日本としては、この旅順を陸側からおとさざるを得なかった。

ですから当初、旅順攻撃は日本陸軍の作戦プランの中には入っていませんでした。開戦直前になって、急遽《きゆうきよ》旅順の問題がおこり、海軍の要求で第三軍をつくり、要塞《ようさい》攻撃を命じるのです。そしてご承知のように、乃木希典《のぎまれすけ》さんを軍司令官に、ドイツ留学の経験のある伊地知《いぢち》参謀長の組み合わせで旅順攻撃を始める。これが惨憺《さんたん》たる失敗でした。死者一万余という大損害を出しながら、要塞にカスリ傷も負わせることができずに戦況がつづいていく。

その敗因の決定的な一つは、伊地知参謀長が陸軍の面子《メンツ》によって、海軍から申し出のあった軍艦砲の支援は要《い》らないと言ったことでした。海軍は二等巡洋艦を一つ裸にして、砲術士官をつけて、大砲すべてを提供しようとしたのです。これを第三軍は拒否しました。要塞攻撃は大砲でやらなくてはしようがないのに、野砲程度の支援であとは肉弾攻撃あるのみという、とても考えられないような愚策をやったのです。

もうひとつ、いかに第三軍が火力を軽視していたかということで象徴的なのは、乃木さんは、金州《きんしゅうじょう》城及び旅順で初めて敵の機関銃の音を聞いたことでもわかります。当時世界一の日本軍の装備には機関銃がないとされていました。ところがおなじ陸軍でも、当時世界一の騎兵といわれたコサックを相手に、さきにふれたように、騎兵の長の秋山好古がすでにこっそり機関銃を手に入れていたのです。秋山は、サン・シールのフランスの士官学校に留学して、ヨーロッパの正規の教育を受けた騎兵将校、騎兵の元締《もとじめ》として満洲の戦場に出る。騎兵の理想としては、日露騎兵同士の大会戦をしたかったのでしょうが、それでは槍《やり》を伸ばす手の長いコサック騎兵には敵《かな》わず、日本騎兵はかならず負ける。

そこでかれが考えぬいた対コサック戦術は、陸軍省に頼んで機関銃を装備し、コサック兵が大襲撃してくると、騎兵でありながらみんな馬から下りて、馬は後方にやり、インディアンの襲撃を防ぐ幌馬車《ほろばしゃ》隊のようにして機関銃でなんとか凌《しの》いでいくというものでした。それしか手はなく、しかも辛うじて防ぎ得た程度でしたが、負けなかった。

この「負けない」という秋山好古の発想のすべては合理主義に基づいていて、そこには太平洋戦争で蔓延《まんえん》した肉弾攻撃といった精神主義というのは微塵《みじん》もありませんでした。戦争とは兵器と兵器の戦いであるという平凡な原則を、海軍も陸軍もみな知っていたわけです。ただ旅順に配置された第三軍だけは、兵器の戦いだという考え方が少し薄かったようです。

しかし戦局末期において、三浦半島の観音崎《かんのんざき》に何門も据《す》えてあった、東京湾防衛のための海岸砲を旅順にもっていく。絶対移動不可能といわれた大砲を、児玉源太郎がむりやり二〇三高地の麓《ふもと》までひきずっていって、砲撃した。これで旅順はおちたのです。児玉源太郎は歩兵科出身であり、大砲の専門家でもないがゆえに、素人《しろうと》の合理性から決断できたのでしょう。

日露戦争を戦った陸海軍人は、明治人がもつ一種の合理主義と健全さと、日本風にアレンジされたピューリタニズムとをあわせもっていました。

また、外交面でもおなじことがいえます。

二十世紀初頭の日本の責任者たちは、自虐《じぎゃく》的なほど自己の弱さについては、計量しぬいています。

弱さについての認識と計量が、よき――すくなくとも懸命な――外交を生むのかもしれません。

金子堅太《けんた》郎《ろう》という、明治維新を十五歳で、福岡城下でむかえた人がいます。同藩出身の司法省役人を頼って書生として住みこんだ人です。明治初年の役人には旧幕の旗本の風《ふう》がのこっていて、金子は旦那《だんな》の登庁のときは、若党のように挟箱《はさみばこ》をかついでお供をしたといいます。

留学してハーバード大学に学びました。たまたま日露戦争時代のアメリカ大統領になるセオドア・ルーズヴェルトと同学でした。たったそれだけの縁で、金子が政府に命ぜられて対米工作をするのです。

戦争の継続中、ここぞというところで、アメリカが割って入る。日本にとって虫のいい話ですが、列強にとっても、日本が自滅するより無限のロシアの南下をふせいだほうがいい。ロシアがすでに旅順・大連《だいれん》を租借して黄海を制しているばかりか、〝満洲〟に軍隊と建設資本を投下して自国領同然にしているほうが、〝力の均衡〟からみて危険だったわけですから。〝満洲〟の野戦軍の総司令官として出征する大山巌《いわお》も、"軍配（アメリカの仲介）のこと、よろしく"と言いのこして出かけています。"勝ちがたい戦争だが、外交によってなんとか歯止めをする〟という土俵ぎわの覚悟と自分の弱みを、軍自身が、手の内を十分に明かしていたのです。もっとも新聞に書かれることはありませんでしたが。

政治家も軍人もたがいに手の内を見せあっていたということが、昭和とちがうところですね。昭和の軍部というのは、自分の弱みという弱みを、極大から極小まで軍機という秘密主義でつつんで、軍そのものと国家を神秘的な虚像にしていましたから。

昭和初期の日本人の意識を知る上で象徴的なのは、一九三九年（昭和十四）のノモンハン事件かもしれません。

事の発端《ほったん》は、ソ連側の外蒙《がいもう》軍が満洲国との国境線のハルハ川を越えたということでした。関東軍はこの形式上の小事件を過大に考え、現地に駐屯していた第二十三師団に命じて撃退させた。ところが外蒙軍にソ連軍が加わって反撃してきただけでなく、ソ連軍は火力や戦車団を集中的に増強しました。ソ連の圧倒的な火力と機械力の前に、須見《すみ》新一郎という連隊長（大佐）は、わが軍の装備を〝元亀天正《げんきてんしょう》（織田信長の時代）のように感じた〟と、はるかな後年、私に話してくれたことがあります。

ソ連が重厚な兵力をこの正面に集中したのも、スターリンの対欧戦略によるものでした。スターリンとしては欧州に専念するためにとりあえず東方の不安をとりのぞくということから出たものでした。これに対し、関東軍には戦略という感覚はなく、しばしば〝越境〟するソ蒙兵に対し、見せしめとして痛打をあたえておくという程度が、当初の発想でした。面子《メンツ》、威信の保持。

ソ連の第三次攻撃のときは第二十三師団は壊滅同然に陥《おちい》り、師団司令部の幕舎が孤立しました。師団の高級軍医だった人の回想記に、万策尽きた師団長の小松原道太郎中将が幕舎のなかで、〝日本の兵隊さんは強いときいているから何とかなるだろう〟とつぶやいたといわれています。現場のプロが、最後のたのみの綱は、おそらく小学校のとき先生からきいた日露戦争の兵士のはなしだったというのは、悲惨なことです。

昭和初年からの軍事的膨脹が、国際関係論的なリアリズムにも立たず、自国の薄弱な軍事力についての認識にも立たず、単に時勢の勢いという魔術的なものに動かされてきて、それが一場のファナティシズムであったことを、満洲国西部の蒙古草原で孤立することによってこの元駐ソ武官だった中将は気づかされるのです。それにしても、日露戦争での初等教育用の美談が最後の支えになったというのは、幻想の時代の悲哀というしかありません。

昭和初年の狂気は、昭和六年（一九三一）、関東軍一部参謀の独走と謀略によってひきおこされた満洲事変によって出発します。ノモンハンと同様、出先機関が勝手におこした戦争を、やむなく東京が追認するかたちで、国家を冒険へと駆りたてたのです。ノモンハンより八年前のことで、日本国という機械は、あきらかに狂気によって歯車が組みかえられようとし、げんにそのとおりになりました。

〝満洲国〟を独立させ、やがて長城線の内部の華北《かほく》五省に対し、〝満洲国〟に似た政権をつくろうとし、中国の反発をうけ、ついには日中戦争に拡大しました。

このように、国内機関（いわゆる軍部）によって積みあげられてゆく積木《つみき》が、時代の気分の肯定をうけなかったとはいえず、批判や冷静な意見は、つねに小声でした。歴代の内閣は、国家の運営に万全の責任を持つという権能と威厳をうしなっており、関東軍の独走に対し、この幻影のような積木を追認したり、糊塗《こと》したりするだけでした。軍部の〝謀略〟は多分に子供じみていましたが、それを亡国の遊びだというふうに根底から批判しつくすという意見が大展開されたということは、なかったのです。

ひとつには、日本の知識人の教養に、軍事知識という課目がなかったということもあるでしょう。世界環境のなかにおける日本の軍事力という場からみても、日本軍が持っている自己認識（ノモンハンにおける須見大佐や小松原中将の述懐を参照）は、おかしいと思うべきだったのです。昭和十年代には、軍部の気分に乗ることが——幻想を共有することが——愛国だと思われるようになったのは、知性の敗北などと戦後の論評者は言いますが、知性という抽象的なことよりも、具体的には、世間のひとびと——ノモンハンの小松原中将までふくめて——が軍事という具体性のなかから、内外を見ようとしなかったからでしょう。

〝子供〟が積んでゆく積木を、いいトシをした大人たちが感心したり、当惑したりしながら、賛美したり追認したりするうちに、戦争の規模は拡大して、仏印《ふついん》（ヴェトナムなど）に進駐し、そのことによって、ヨーロッパの既得権に挑戦することになります。〝大東亜共栄圏〟などとは、むろん美名です。自国を亡《ほろ》ぼす可能性の高い賭《か》けを、アジア諸国のために行うという酔狂な——つまり身を殺して仁を為《な》すような——国家思想は、日本をふくめて過去においてどの国ももったことがありません。かといって、当時の人達は、日本が帝国主義とは思っていなかったのです。このあたり、じつにあいまいに考えていました。考えを深めようにも、事態が事態を生んで、そのころはたれもが多忙でした。いまからみれば滑稽《こっけい》だし、自他の死者たちのことを思うと、心がいたみます。

その積木が、「ハル・ノート」によって、自壊か、積木の継続かをせまられたのです。それは太平洋戦争開戦（一九四一年十二月八日）の前の月の二十六日に提示されました。

アメリカは、一九三一年以降十年間の日本の中国大陸（当然ながら〝満洲《まんしゅう》〟をふくむ）でのいっさいの行動を否定し、擁立した政権はこれを認めず、大陸から兵をひけ、という。

「じゃ、そうしよう」

といえば、日本という国家はつぶれたでしょう。昭和初年以来、異常な膨脹についての政府説明を信じてきた国民は、国家そのものを信じなくなります。軍は反乱をおこして、政府要人を殺すでしょう。だけでなく、より異常な極右政権をつくり、対米戦をやるでしょう。

「ハル・ノート」は、対日最後通牒《つうちょう》とみてよく、事実上の果し状でした。当時の国家間のことは、戦後のやくざ映画に似ていますな。

そのころのアメリカの新聞読者からみれば、日本は中国をいじめるとほうもない悪者ですが、日本の新聞読者からみれば、日中戦争は〝聖戦〟でしたし、アメリカは憎むべき大悪党だったことになります。四年後の敗戦によって、日本国民は、日本そのものが、日本史に類を見ない非日本的な勢力によって〝占領〟されていたことに気づくのですが、一九四一年当時は、政府を信じていました。

明治後の日本人ほど政府を信じてきた国民はいないに相違ありません。すくなくとも明治二十年代以後、日本政府は、国民に信じられることによって成立していました。明治二十年代以後の日本人は、じつに国家や政府を信用していました。国家や政府が過ちをおかすことはないとどこかで信じていました。これが近代化が遂げられた最大の理由だと思います。その日本近代の国民的な習性を、軍部その他の勢力が、うまく利用して亡国に追いこんで行ったのです。むろん、軍部としても、それが愛国だと思っていたのですが。

かつて「文藝春秋」で、瀬島龍三さんと対談をしたことがありました（昭和四十九年一月号）。瀬島さんは、大本営参謀として大東亜戦争のプランをつくった人です。その中で、「『作戦要務令』に、兵力は分散させてはいけないと書いてありますが、あの戦争というのは、太平洋の島々に兵隊を少しずつ送って、敵が来るのを待っていただけじゃないですか」と言ったら、「司馬さん、それはひどい、それはひどい」とおっしゃっていた。

さきに、第一次大戦によって陸海軍が石油で動くようになってから、日本の陸海軍そのものが半ば以上虚構になった、という意味のことを言いました。

むろん、そのことは、陸軍も海軍も、だまっていた。やがて昭和になって、陸軍が、石油もないのに旺盛《おうせい》な対外行動をおこす。それが累積《るいせき》して歴代内閣が処理できないほどの大事態になり、事態だけが独り走りする。ついにアメリカをひき出してしまう。

それで、日本は戦争構想を樹《た》てる。何よりも石油です。勝つための作戦よりも、まず一路走って石油の産地をおさえる。古今、こういう戦争があったでしょうか。

日本の海軍は、全艦隊が数カ月走るだけで備蓄がなくなるという程度にしか石油をもっていません。軍艦は動かなければ、単に鉄のかたまりです。

南方進出作戦——大東亜戦争の作戦構想——の真の目的は、戦争継続のために不可欠な石油を得るためでした。蘭領インドネシアのボルネオやスマトラなどの油田をおさえることにありました。

その油田地帯にコンパスの芯《しん》をすえて円をえがけば、広大な作戦圏になる。たとえばフィリピンにはアメリカの要塞《ようさい》があるから、産油地を守るためにそこを攻撃する。むろん、英国の軍港のシンガポールも、またその周辺にあるニューギニアやジャワもおさえねばならず、サイパンにも兵隊を送る。

それらを総称して、大東亜共栄圏ととなえました。日本史上、ただ一度だけ打ち上げた世界構想でした。多分に幻想であるだけに――リアリズムが稀薄《きはく》なだけに――華麗でもあり、人を酔わせるものがありました。

石油戦略という核心の部分は、むろん隠され、多くの別なことばにつつまれて窺《うかが》うことができません。この構造を裏づけるに十分な経済力も戦力も日本にないということまで、さまざまなことばによっておおいかくされ、人々に輝かしい気分をもたせたのです。敗戦の日に、佐々木邦《くに》というユーモア作家が「雲の峰日本の夢は崩れたり」という俳句をつくりましたが、この間《かん》の消息が想像できます。

なにしろ、いまでもこの幻想を持続している人がいます。この幻想のもとにそこに参加して生死した数百万の人々の青春も死霊も、浮かばれない、という気持があるからでしょう。しかし、自己を正確に認識するというリアリズムは、ほとんどの場合、自分が手負《てお》いになるのです。大変な勇気が要ります。この勇気こそ死者たちへの魂鎮《たましず》めへの道だと思うしかありません。

あの戦争は、多くの他民族に禍害を与えました。領地をとるつもりはなかったとはいえ、以上にのべた理由で、侵略戦争でした。ただ当時、日本が宣戦布告したのは米英仏蘭であって、その諸領土のなかの油田を奪おうとし、また英国のシンガポール、米国のコレヒドールなどの要塞を攻撃したのです。この点では欧米との戦いだと当時の日本人は思っていました。

しかし土地に現実にいるのは土地の人々であって、その人々が、日本軍の作戦によってひどい目にあいました。

あの戦争が結果として戦後の東南アジア諸国の独立の触媒をなした、といわれますが、たしかにそうであっても、作戦の真意は以上のべたように石油の獲得にあり、獲得したものを防衛するために周辺の米英の要塞攻撃をし、さらには諸方に軍事拠点を置いただけです。真に植民地を解放するという聖者のような思想から出たものなら、まず朝鮮・台湾を解放していなければならないのです。

ともかくも開戦のとき、後世、日本の子孫が人類に対して十字架を背負うことになる深刻な思慮などはありませんでした。昭和初年以来の非現実は、ここに極まったのです。

地域への迷惑も、子孫へのつけもなにも考えず、ただひたすらに目の前の油だけが目的でした。そこから付属してくる種々の大問題は少しも考えませんでした。数学のよく出来るいわば数学のおたくのような少年が、仮の一点を設けて、ここで一つ数式をつくっておけば全部解答ができるというような感覚で、産油国にコンパスの芯を置いて円を描いたということではないでしょうか。こんな国家行動は、世界史にあったでしょうか。

そのために陸軍の兵力は分散され、海軍にいたっては、艦隊決戦思想から、輸送護衛の兵力というぐあいに役割がかわりました。結果として、諸々の戦闘に伴う海戦はありましたが、連合艦隊の本質は輸送艦隊に過ぎませんでした。

二十世紀は仮想敵国をつくって自分の軍備を整える時代でしたから、日本陸軍はソ連、海軍はアメリカを仮想敵国としていました。日本海軍の図上演習ではアメリカ連合艦隊はフィリピン沖からやってくることになっており、日本の連合艦隊は対馬《つしま》沖で待ち伏せることになっています。

日本海海戦のときにバルチック艦隊がやってきたコースとまったく同じでした。勝者というものは、自分がかつて勝った経験しか思考の基礎にしない、だから間違うという教訓がここにもありました。結局、海軍大学校では、日本海海戦という型だけを一所懸命研究していて、しかしながら肝心の戦争が蓋《ふた》を開けたら、石油が出るボルネオ、スマトラに芯を置いてのとりとめもなくひろい戦場ができ上がっている。要は、数学の答案としては立派でも、軍事的リアリズムは全くなかったのです。

人間というのははかないもので、自分の経験したところからべつな方向へ飛躍するというのは、困難なようですね。とくに国家という集団になるとそうです。

軍事にかぎっていうと、日本は第一次大戦を実戦として経ていなかったことが、二十世紀の世界の軍事思想から遅れたということになるでしょう。欧州の戦場には、日本からは観戦武官で行った人がいる程度で、日本陸軍は、第一次大戦を経ない装備のまま――ほとんど日露戦争のときの実態のまま――太平洋戦争へと突入する。太平洋戦争で使われた小銃は、日露戦争末期に使用されたのと同じ三八《さんぱち》式歩兵銃でした。

第一次大戦の特徴をあげれば、火力の増大と、くりかえしいうように兵員物資の輸送がガソリンで行われるようになったことです。一般に海軍の軍艦は石炭から重油で航行するようになって速力を増し、航続距離も飛躍的に延びた。陸軍も、徒歩の移動、馬力から、トラックによる輸送になって、移動と集結がはやくなった。さらに戦車が出現し、陸戦の主役になる。こうした軍事技術的変革に日本は対応できませんでした。むろんフランスのルノーから戦車の試作品を買って研究をし、日本式の戦車をつくりだし、二度ばかりモデルチェンジをしました。またノモンハンのときも、一部輜重《しちょう》は馬からトラックになってもいました。ノモンハンのときの自動車部隊は、気の毒なことに、戦場からの死体輸送が主たる実務になっていましたが、いずれも微々たるものでした。

どうして大正のある時期に、日本はもう戦争できない、専守防衛の国である、ということが言えなかったのでしょう。言えば敵が攻めてくるというような時代でもなかったし、たとえべつな国際環境にあっても、敵はおいそれと攻めてくるものではありません。軍人の威厳にかかわることでもない。そのような勇気ある態度こそ、窺《うかが》う者を怖《おそ》れさせるのですから。

陸軍省や海軍省の省益がそれをさせなかったのでしょうね。官吏としての職業的利害と職業的面子《メンツ》が、しだいに自分の足もとから現実感覚をうしなわせ、精神主義に陥っていったのでしょう。物事が合理的に考えられなくなった。この傾向は、昭和四年、昭和恐慌《きょうこう》のパニック以降さらに顕著になり、それが太平洋戦争の敗戦までつづいていきます。

昭和四年（一九二九）のニューヨークの株式恐慌にはじまる昭和恐慌は、世界も日本も大変でした。日本では東北農民が、不作につづく不作で娘を売るという話が昭和の青年将校の救国思想を刺激したと言われていますけれども、東京に出稼ぎに来た人が、もう職がなくて帰るのに、遠い故郷まで鉄道線路を歩いて帰るという人が多かったというほどの不況でした。いまの不況とは全く較《くら》べものにならないものでした。

そういう異常事態のなかで、関東州（中国遼東《りようとう》半島における租借地）にいた関東軍という軍の出先機関が、謀略的な軍事行動をおこした。それを東京の参謀本部が追認したというのも、ほとんど〝死に体〟だった経済状況からのあがきともうけとれなくはありません。結果として、一国だけの不況脱出を遂《と》げられたかのごとき印象はありました。満洲事変のことです。

まさかこの事件が太平洋戦争までつながるとは思ってもいなかったでしょう。満洲はむろん中華民国の領土ですけれども、もともとここはモンゴル人やトゥングース人たちの、あるいは旧清国《しんこく》人たちの故郷ではないかというような曖昧《あいまい》なところにつけいって満洲を独立させた。そうすれば、いまの閉塞《へいそく》した局面が打開できるのではないか、この暗雲たれこめた不況に穴をあけられるのではないかと思いこんで事変を仕掛けた。すでにリアリズムを超え、空想の時代になっていました。

昭和九年頃になると、イギリスからアウタルキー（自給自足）論という変な、妖言《ようげん》としか言いようのない提案が出てくる。大英帝国の領土内では英国製品しか流通させないという議論でした。これにヒットラーも影響を受け、日本の軍部や取り巻き連中、及び右翼ジャーナリストも刺激されていく。そこから自前の植民地ほしさに、昭和十五年の〝大東亜新秩序〟構想につながっていく。しかしもっと重要なのは、大正末年から昭和初年にかけて疑似的な普遍思想、すなわちイデオロギーがひろがり始めたことです。具体的にいえば、「右翼」と「左翼」が出てきた途端に、明治からの資産だったはずのリアリズムが、大きく足をすくわれたといえるでしょう。

「右翼」といっても、もとからそうした思想があったというわけではありません。大正末年に「左翼」が生まれ、その反作用として「右翼」が生まれたのです。「左翼」とは、もともと十八世紀末のフランス国民議会の席が、議長席からみて左にジャコバン党がすわっていたからということですが、日本語としての左翼、右翼は、明治時代にはありません。

左翼思想とは、いわば疑似的普遍性をもった信仰であって、国家や民族を超えてこの疑似的普遍性に奉仕せよということでしょう。日本の左翼はその成立の瞬間から日本史をとらえる点でリアリズムを失っていました。そうすると、左翼の反作用として出てきた右翼も同時にリアリズムを失っています。二十世紀のソ連崩壊までのあいだ、我々を非常に惑《まど》わしたのはこの左右のイデオロギーでした。明治の漱石《そうせき》や子規たちが幸いにして知らずにすんだ思想的行動形態でした。

いま不況になっても、凄惨《せいさん》な目に遭《あ》った経験からイデオロギーにすがろうと考えている人はたれもいない。ロシア革命から七十年を経て、ようやく左右の空《から》さわぎからの夢が醒《さ》めたようです。

ともかくも右翼にしても左翼にしても、かんじんの自国認識という点ではネジ切りが粗《あら》くて、フタと現実があわないものでした。昭和初年の左翼のことを〝水戸学派（朱子学）的〟という人がありますが、朱子学もイデオロギーで、戦前の日本史教科書もまた、濃厚に朱子学的でした。昭和初年の右翼思想も、当然ながら、朱子学そのものです。日本にあっては左右同根と言いたくなる印象があります。

日本史については、昭和初年の左翼は、わざとなのかどうか、あいまいに、強《し》いてまちがってとらえていました。たとえば講座派でも労農派でも、日本史の捉《とら》え方として、江戸時代の百姓は帝政ロシアの農奴《のうど》、大名は帝政ロシアの地主（貴族）だというふうに勝手に当てはめて理解していました。基本としてそういう理解の仕方でした。

おそらく日露戦争に参加した指導者には、社会科学的な知識はなかったでしょうが、大名というのは単に租税徴収権を持っているだけの存在で、統治する義務は負うものの、つねに財政は窮迫《きゅうはく》していたし非常に気の毒な人たちだった、というような正確な理解をしていたはずです。

しかし左翼は、東京の都市労働者も、イギリスの産業革命以後のプロレタリアートとして見る。こうしたフィルターでしか日本史を見ないがために、ありのままの日本史は存在し得なかったのです。そうした歴史観に、右翼は、やはり朱子学的基盤の上に立って強烈に反発する。昭和はこの双方幻覚のような二つのイデオロギー抗争で開幕しました。

二十世紀が開幕したときに、日本は現実感覚に富んだやり方でもって日露戦争に勝った。結果としてロシアはソ連になり、イデオロギーの国になった。そのイデオロギーがこんどは日本に影響して左翼を生み、その左翼の反作用として右翼を生み、いよいよ現実感覚を失わせたということが言えるでしょう。

日露戦争が終わったあと、明治四十一年に、夏目漱石が『三四郎』を書きます。ご承知のように、この小説は、三四郎が大学生になるために熊本から東京へ出て行く姿を描いている。晴れて上京し、明治国家建設の中核的な機関だった東京帝国大学に入学し、広田先生に出会います。

車中、この神主のような広田先生に出会った三四郎がなにげなく「日本はどうなるんでしょうか」と訊《き》くと、先生は「亡《ほろ》びるね」と答える。この台詞《せりふ》が日露戦争のあとの明治四十年ごろの日本像をよくあらわしています。

日比谷公会堂の焼き打ちという愚かな騒ぎの果てに日露戦争も終わり、政府は大変な債務を抱え、また庶民にとっては戦後の不況が直撃していた時代です。しかし人々の意識は、戦争に勝って一流の国になったつもりでいる、この意識が、どの国にもない滑稽《こっけい》さだと漱石は思っている。そういう諸相がすべて集約されて、広田先生の「亡びるね」という台詞になる。それから太平洋戦争の敗戦までわずか約三十有余年です。広田先生がいったとおりに、亡びたんです。国家といっても、はかないものですね。

明治のリアリズムは、正岡子規の写生主義を生んだことで、文化としては大きな収穫があります。ただ写生主義は、その借家は間口《まぐち》は何間《げん》で、玄関は明るいか暗いか、小庭には鶏頭《けいとう》が何本あるか、座敷の藤の花房は畳の上にとどいているかどうか、というリアリズムにとどまって、つぎの社会（大正時代）の思想的基盤になるほどの力はありませんでした。

大正ブルジョワジー、大正デモクラシー、大正ロマンティシズムといった言葉はありましたが、大正リアリズムとは言わないでしょう。どうも日本の文化風土のなかには、リアリズムは根づかなかった感じがします。

たとえば絵画思想で、夏目漱石の時代には、リアリズム絵画が日本画でも洋画でも成立していました。ところが大正に入ると、アールヌーボーの影響を受けて、竹久夢二に代表されるような画風が主流になる。リアリズムから離れたちょっとデコラティブな甘いロマンティシズムが大正の絵画思想でしょう。それが大正末年から昭和の初めにかけて、一挙にフォービスム、さらにフォービスムからもっと突き進んだものになってしまう。結局、絵画の世界では厳格なリアリズムはもう一つ育ち足りずにおわりました。

文学思想においても、自然主義が出てくる。明治末年の徳田秋声が自然主義こそ文学の核だと主張した。自然主義ではなかった漱石や鷗外《おうがい》はこの用語のあいまいさを感じつつも、ややおびえたり、反発を感じたりします。

さらに一歩進んで、この自然主義に次いで大正九年ごろにはじまる私小説が、日本の近代文学を特徴づけます。

ちょっと余談から言いますが、人が農村から都市に出てくるためには、都市が要求する技術――たとえば大工・左官、工場での技術、あるいは帳簿の技術、教員免状、商人としての資本――などを持っていなければなりませんし、ふつうの人々は、そのことを百も承知しています。

小説を書こうとする人だけが、わざと――ほとんど実験的に――素手《すで》でやってきて、無職、無収入に近いのに、借金をしたり、女をつくったり、子を産んだりして、自虐《じぎやく》的な生活をしてみせる。庶民の現実から離れた曲芸のようなことをして、その暮らしを世間に報告する。葛西善蔵《かさいぜんぞう》の「湖畔手記」や「子をつれて」が代表的なものでした。そういうものが都市の現実ではないということは、庶民のほうがよく知っています。私小説の現実感覚は、社会や国家に対して現実という場からの凄味《すごみ》を利《き》かせるというふうにはならず、人間の課題について万人に粛然たる思いをさせるというようにはなりませんでした。

なんだか、西洋人の観念には、神という絶対の存在――つまり比類なき唯一《ゆいいつ》のウソ――があるように思いますね。古来、神学は、ありもしない絶対（神）を、ある、ある、という哲学的論証を重ねつつ、論理と修辞と叙述を発達させてきた観があります。神学の時代がおわって近代小説がはじまったとき、大文字のGodをあつかうように、ごく自然に大文字のFictionをあつかって、この絶対虚構は、ある、ある、と糸巻に糸をまきつけるようにして展開してきたような気がします。

「日本は、明治以来、西洋のものを何でも入れてきましたが、文学だけは入れませんでしたね」

と、アメリカの日本学者アール・マイナーさんから、明るい皮肉をこめて言われたことがあります。日本は、God の国でなく、小文字の gods の国のようですね。志賀直哉の小説を私は好きですが、城崎《きのさき》や尾道《おのみち》などを転々とする志賀さん――いや時任《ときとう》謙作――が、その文学以上に作者の人間を透きとおらせていって、ついに神（小文字）の神遊びのような印象にまでなる。西洋人には志賀文学は退屈かもしれませんが、日本人には、透けてゆく神をみるような愉《たの》しみを覚えさせるのです。しかし、国家や社会に怖れを感じさせるような、どすのきいたリアリズムというわけにはいきません。

雑誌「文藝春秋」は大正十二年の創刊でしたね。大衆化社会という、いまある悪いこともいいことも、ある種の豊かさに伴う現象は大正時代に全部出ていると思います。「文藝春秋」もその一つであることが面白いですね。先行の「白樺《しらかば》」が芸術青年のもの、「中央公論」が知識階級のものとすれば、「文藝春秋」の読者は、時代の影響なのか、ずいぶん幅が広い。菊池寛が、表現はすこしちがいますが、社会の実務についている多数者――たとえば村役場の書記というような人達――に読んでほしいと言ったように思います。

菊池寛と、アメリカで興《おこ》ったプラグマティズムとの関係を説く説がありますが、面白いですね。

大正のあいだは、第一次大戦の好況もあり、政府は懐《ふとこ》ろが豊かになって、旧制高校や外国語学校をはじめ、高等農林、高等工業、高等商業といったカレッジがたくさんつくられた。明治時代にできた私立大学も、大正になって大学令による大学になった。ともかくも、大正時代というのは、学問や教養といったものが大衆化される社会の基礎がつくられた時代でした。

ニコライ・I・コンラド（一八九一〜一九七〇）は、ペテルブルクの大学の日本語科でネフスキー（ニコライ、ソ連の東洋学者、一八九二〜一九四五）と一緒だったといいます。コンラドは、大正三年（一九一四）東京大学に留学して、やがて世界的な日本学者になるのですが、

「もし自由にどの国のどの時代にもゆけるとすれば、日本の大正時代にゆきたい」

と言っていたそうですね。大正時代の東京には夢があって自由でありながら人々が孤立しておらず、しかもロマンティックな気分もあったのでしょう。厳格なリアリズムの精神がなくても、帝政ロシアからの留学生にとっては楽しかったのにちがいありません。

私が出た外国語の学校も、大正末年にできました。校歌に、〝もはやこの世に戦火はない、世界と共存する時代がはじまったのだ〟という意味のことがうたわれていま

す。いまの時代とおなじです。しかし昭和になると様相がかわり、平和どころか、私はその学校の在学中に兵営に入りました。大正時代の平和謳歌《おうか》というものは、よほどふわふわしたものだったんでしょうね。

大正教養主義の代表的な存在だった和辻《わつじ》哲郎さんは、太平洋戦争が開始された時、ずいぶんよろこんでいます。

和辻さん、軍事知識をもっていなかったのでしょう。和辻さんだけでなく明治以後の知識人はみなそうですね。明治人の場合、たとえば伊藤博文は、元老として日露戦争に反対していたのですが、開戦ときまったとき、悲痛な表情で〝むかし（幕末）にもどって自分も銃をとって戦う〟といったそうです。ロシア兵の上陸を予想していたのです。昭和の知識人たちが太平洋戦争勃発《ぼっぱつ》のとき、雪崩《なだれ》をうって戦争を賛美することになったのは、思想の転換ということではなくて、教養の一課目であるはずの軍事知識に乏しかっただけのことでしょう。

まだ武士の出身者がたくさんいた明治十年、西南戦争の戦火が上がっているときに、東京の新聞で、薩摩《さつま》人が強いといっても、そんなものは野蛮ということじゃないか、と書いている記事があります。当時でさえ、文明とは、軍事を伴わない、なにか光輝く、天使がいるような天国のようなものらしいという気分があったのだと思います。

つまり、リアリズムの希薄さです。

戦後は、軍事に触れるだけでも具合が悪いという細菌恐怖症のような気分がずっとつづいています。現実をきちっと認識しない平和論は、かえっておそろしいですね。

中国の場合は古くから、たとえば科挙の試験に通った人が軍を率いる総司令官になります。ですから、士大夫《したいふ》は『孫子』の兵法ぐらいを読んでなくては具合悪いことになる。どこの国でもそれが知識人の常識なのに、日本だけは、戦後、軍事はいかんというような議論ばかりしてきたでしょう。どうも日本のインテリの風潮として、藤原定家のいう「紅旗征戎《こうきせいじゅう》はわがことにあらず」と万事六朝《りくちょう》風であって、軍事そのものを忌《い》み嫌う傾向があります。

隋《ずい》・唐帝国以前の六朝時代は、中国史では珍しく軍事を卑《いや》しみ政治も卑しむ、そして清談を好み、風流を最も尊しとする知識人の朝廷でした。奈良朝以前、百済《くだら》経由で日本に入ってきた中国文化は、多分に六朝のものでした。この風《ふう》は、平安朝の公家《くげ》文化に遺伝しています。

ともかくも、明治・大正のインテリが軍事を別世界のことだと思いこんできたのが、昭和になって軍部の独走という非リアリズムを許したのだと思います。

私は東京の道を歩きながらいつも思うことがあります。それは、どこのオフィスビル、どんな場所でも暖房や冷房がゆきとどき快適に過ごせますが、この空調のためのエネルギーは、一つのビルで何万トンの大型客船を年中航海させているエネルギーに匹敵するほど大きいものでしょう。東京だけでも何十万という会社がそれをやっているのですから、日本全体ではものすごい数になる。その総和がいまの日本ですから、日本という国家は巨大なエネルギーを消費しながら、航海していることは間違いない。エネルギーが石炭から石油に替わったときに国家の方角を間違った、と先に指摘しましたが、いま現在も、巨大エネルギーを使いながら、日本はずっと航海をつづけているわけです。

むろん、この世に魔法があって、私どもがいっせいに昔の幕藩体制にもどれたら、そういうエネルギーは要らずにすみます。江戸時代は、人も世の中もただ存在するだけでよかったんです。おコメをつくって食べて、子供を産んで、それでお家も田地も安泰という時代でした。

近代国家というのは、明治の日本もそうだったのですが、航海しているんです。芯《しん》の疲れることですが、もう歴史がそのように選択してしまったんです。

日本が国家目標を失ったとき、どうしたわけか、いつも江戸回帰という現象がおこってきます。たとえば敗戦のときに、徳川夢声は、「もう日本はたいそうなことは考えずに、極東の小さな島国としてひっそり生きていこう」という趣旨のことを言いましたが、かれのような賢者でも、江戸回帰を考えた。いまの日本にもそうした主張が出てきています。

しかし我々はもはや江戸時代のお百姓さんには戻れない。徳川夢声に象徴されるような江戸回帰にはもう逃げこめない。いったん明治元年に国家として出航してしまった以上、我々は常に次なる目標を考えなければいけない。いま我々の足もとを見ると、結局、物をつくって売って国を航海させているわけですから、やはりお得意さん大事という精神、このリアリズムだけが、日本を世界に繋《つな》ぎとめる唯一の精神だと思えてなりません。

アフリカの僻地《へきち》の人々までがお得意さんです。その代表的な存在がアメリカやECとすれば、かれらの立場も要求もかなりわかってくるのではないでしょうか。ところが日本の対応は、そうしたよき商人の伝統に反するような非常にまずいやり方でしかない。もっとお得意さん大事という精神を呼び覚ますべきでしょう。

日本は商人国家、などとわりあい自虐的に語られますが、歴史的に日本の商人は十分に魂の入った存在でした。

その商人国家のリアリズムに基づいて、日本にとって困難の多い国際問題の交渉のなかで、その状況、状況で自らを慰め、相手に訴えるレトリックを生み出すべきです。ウルグアイ・ラウンドでも、当事国に日本の立場を説明するときに、ウイットとユーモア、華やいだレトリックをどうしてもっと展開しないのでしょうか。

私の脳裡《のうり》には商人の理想的なイメージとして、江戸時代の商人にして学者、思想家だった山片蟠桃《やまがたばんとう》や富永仲基《とみながなかもと》、商人にしてすぐれた対露外交をやった高田屋嘉兵衛《かへえ》などが去来します。かれらは、武士以上に倫理のふとい背骨がありましたし、武士のつまらない官僚主義はもっていませんでした。武士以上に剛直でした。

あるいは外交のみならず内政の問題もレトリックで対応できるはずです。お客さん大事ということでいえば、政府にとって国民はいつでも税金を払ってくれるお得意さんですから、政府のレトリックも工夫すべきでしょう。消費税の問題にしても、魅力的なレトリックで説明してほしいものですね。

歴史のなかの商人像をあれこれ考えてゆくと、勝海舟などまったく商人的発想ですね。むろん、商人という語感につきまとう軽薄さはありませんでした。かれにとって出藍《しゅつらん》の弟子だった坂本龍馬をふくめてです。

（「文藝春秋」一九九四年四月号）

解説　「坂の上」から見通した風景

関川夏央

一九四五年一月、大岡昇平はフィリピン中部のミンドロ島でアメリカ軍の捕虜になった。マラリアの高熱を発し、敗走する友軍にも見捨てられた三十五歳の老孤兵は、最後の力を振り絞って自殺を試みた。しかし日本軍の手榴弾の質の低劣さが彼を救った。そして無意識のまま米軍に「捉《つか》まった」。

フィリピン戦線に投入された日本兵の七八パーセント、四十六万五千人が死んだ。とくにミンドロ、レイテを含む中部方面での消耗率は九七パーセントにも達した。まさに地獄の戦場であった。

大岡昇平は、捕虜として約一年間を収容所ですごした。文字通り死中に活を得た捕虜たちは、収容所暮らしのうちに一日二千七百キロカロリーという、戦争末期から終戦直後の日本の配給の倍もある米軍「給与」で太り、やがて退屈のあまり演芸大会に情熱を燃やした。大岡昇平は求めに応じて通俗な物語を書き飛ばした。その手書きの回覧雑誌は人気を博し、彼は収容所内の「流行作家」となった。自分は戦後二十年の「堕落」を俘虜の身で先取りしたのだ、と大岡昇平は自嘲した。

四五年八月十日の夜、収容所の空を曳光弾が飛び違った。米軍が演出したその真昼の明るさは、日本のポツダム宣言受諾を祝賀する花火であった。日本の敗戦は、フィリピンでは四日半ほど早かった。

「私はひとりになった。静かに涙が溢れてきた」

大岡昇平は、その夜の思いを『俘虜記』にしるした。

「私は蠟燭《ろうそく》を吹き消し、暗闇に坐って、涙が自然に頰に伝うに任せた」

「では祖国は敗けてしまったのだ。偉大であった明治の先人たちの仕事を、三代目が台無しにしてしまったのである」「あの狂人共がもういない日本ではすべてが合理的に、望めれば民主的に行われるだろうが、我々は何ごとにつけ、小さく小さくなるであろう」

大岡昇平は四六年一月はじめ、復員した。捕虜たちをフィリピンへ迎えにきたボロ船の船腹には、かすれかけた文字で「信濃丸」とあった。

「信濃丸」は日露戦争の最後の山、日本海海戦に先立って東シナ海を哨戒した船団中の一隻で、一九〇五年五月、バルト海リバウ軍港からはるばる地球を三分の二周して回航してきたバルチック艦隊の船影を最初に発見、有名な「敵艦見ユ」の無電を打った栄光の船であった。そのあまりの老いかたに大岡昇平は歴史の残酷さを思わずにはいられなかった。

祖国に帰った大岡昇平はその月のうちに小林秀雄を訪ねた。小林は戦場体験を書くよう大岡に勧めた。彼はまず第一章「捉《つか》まるまで」を書き、完本『俘虜記』を刊行したのは五二年であった。

戦車隊小隊長であった司馬遼太郎は、佐々木邦が「雲の峰日本の夢は崩れたり」と詠んだ四五年八月十五日の敗戦を、栃木県佐野で迎えた。

彼が指揮して朝鮮経由で運んできた軽戦車の装甲は、ヤスリをかければ削れる軟弱さであった。おなじ軽戦車でも、以前の形式のものはヤスリの歯がまったく立たなかった。鋼材は底を尽き、技術はますます軽視され、自分のような学徒上がりの見習い士官が消耗品の小隊長とは、と司馬遼太郎は情けなく思った。

情けなさのとどめは、参謀本部将校の発言であった。防衛隊の責任者が、佐野に出張してきていた参謀本部将校に、内地決戦となれば道路は避難民で埋まり、逆方向の海岸部に向かう戦車の行動は阻害される、その場合の善処方はいかに、と尋ねた。すると参謀は一瞬の沈黙ののち、轢《ひ》き殺して行け、と答えたという。

この話を聞いて、物資や人材の欠乏だけではない、軍隊は国民を守るためにあるというモラルと常識が崩れていると実感した司馬遼太郎は、日本の敗戦を確信した。ついで、このようなモラルと常識の崩れはいつに端を発したのか、という根源的な疑問にとらえられた。近代日本は最初からダメなのか、それともあるときからダメになったのか、それを知りたいという願いが、司馬遼太郎の幕末から西南戦争までをえがいた諸作品、および『坂の上の雲』の根源的な動機であった。

彼がその四十代をほとんどすべて費やし、「フィクションを自らに禁じ」て歴史史料を読み込むことのみで、日露戦争とそれに先立つ時代をえがこうとした長編小説『坂の上の雲』は、日本近代文学の稜線の高峰として完成したが、まずそれが書かれた時期に注目したい。

産経新聞紙上での連載は一九六八年四月に始まり、七二年八月に終ったが、その時期は、いわゆる学生大衆の「反乱」の最盛期とぴったり重なっている。「左翼」信仰が青年層に浸透し、その実践的行動が学生大衆を中心に盛んに行われた時代であった。しかし実際は、高度経済成長によって生活水準は日々向上するのに、自分たちの生きる態度と知力はそれに遠く見合っていないと感じる青年たちの焦慮の表現としての騒乱であった。情緒的動機に導かれた集団行動であった。

七一年頃から青年大衆の政治運動が衰退に向かうと、分立した「党派」は逆に尖鋭化した。戦前と同じく、左翼イデオロギーは「水戸学」の裏返しのようで、その精神主義と原理主義の混淆は別党派の小異への攻撃となり、やがて殺し合いに発展した。そういう時期、祖国防衛戦争と位置づけた日露戦争の物語を発表すれば、左翼テロを誘いかねない危険さえ考えられたが、司馬遼太郎はためらわなかった。彼は、その温厚な印象にそむいて戦闘的な作家であった。

江戸封建制を「アジア的停滞」の典型と見、農民を「農奴」と規定した歴史観が「常識」であった当時、教科書には、日露戦争は日本帝国主義と侵略戦争の端緒であったと書かれたのは、歴史事象をマルクス主義的理論にあてはめた結果にすぎなかった。実証はどこにもなかった。

現実には左翼テロは起きなかった。歴史に興味を抱かず、ただ「理論」にのみ興味があった「左傾青年」は、その一方で、司馬遼太郎作品のテレビドラマ化である『新選組血風録』『燃えよ剣』を好んだ。典型的な「反革命集団」である新選組の物語に当時の左傾青年が感情移入したとは矛盾だが、鉄の組織をつくり上げることを明白な目的とした「青春」に惹かれたのであろう。すなわち彼らは「左翼」ではなかった。未熟な「常識人」にすぎなかった。それでもこの時代、日露戦争を肯定的に分析した小説を発表することは、並の勇気、並の才能にはできなかった。

日露戦争は、極東に露骨な膨張欲をしめすロシアが朝鮮を飲み込んで日本海に制海権を確立し、ロシアの内海化してしまう恐怖から発した。戦場がヨーロッパ・ロシアから遠く離れた満洲、黄海、日本海に想定され、ロシアが兵站に苦労することを計算に入れても、当時世界最大の陸軍国相手では、国力の限りを尽くしても日本に四分の勝ち目しかなかった。それを作戦と兵の練度で五分まで、「広報」と敵の背後攪乱工作によって六分まで持って行く。それが若い「国民国家」日本の戦略であった。

そのためには「世界大戦」化は絶対に避けなければならなかった。「世界世論」が審判となる二国間戦争にとどめることが絶対の条件であったが、当時の世界最強海軍国と結んだ日英同盟がその環境を整備した。それは、極東に利権と海軍基地をうかがう第三国（フランス、ドイツ）がロシア側に立って参戦する場合、英国も日本側で参戦すると約した軍事同盟であった。

全世界の「海上警察」を自認した英国だが、その国力にも陰りが見え、戦艦、装甲巡洋艦合わせて約五十隻を世界の海に遊弋させておくことが負担となっていた。艦隊維持には膨大な費用がかかるのである。かりに極東海域を日本に任せ、ロシア、フランス、ドイツを牽制できるなら、これに越したことはない。日英同盟は英国の好意によるものではなかった。苦しい国家財政事情の中で日本が、戦艦六隻、装甲巡洋艦六隻の艦隊を整えた結果もたらされたのである。

近代戦争の本質は鉄と血の大量浪費であった。同時に「広報戦」でもあることを日本の戦争指導者たちはよく承知していた。二国間戦争である以上、判定勝ちを狙うのが正道だが、その判定者は世界世論であった。それゆえ日本軍は、戦場においてはハーグ陸戦法規を遵守し、また第三国の観戦武官と外国新聞記者の便宜をはかって世界世論を有利に導こうとした。加えて反ロシア勢力の支援を欧州で行った。

判定者の代表で、かつ仲介者を兼ねるのは、有力な新興国アメリカしかないと見越した日本は、開戦前から細いコネを頼りにアメリカ合衆国大統領に接近した。

すでにそれ以前の一八九八年、キューバを主戦場として勃発した米西戦争には観戦武官を派遣して、精密な戦況調査を行った。陸軍の観戦武官は、一九〇〇年の北清事変（義和団事件）に際し八カ国連合軍の中心人物となる柴五郎中佐で、海軍は米国留学中の秋山真之少佐であった。

スペイン海軍の基地、サンティアゴ・デ・クーバ軍港の地形は旅順港とよく似ていた。湾口深く引きこもったスペイン艦隊を外海に誘い出すため、米陸軍は背後の高地から軍港を攻撃したが、それも旅順要塞攻略戦の先行例となった。たまらず脱出したスペイン艦隊を米艦隊は港外で捕捉、砲戦で圧勝した。秋山真之は戦闘後のスペイン艦の着弾痕を数え、命中弾と有効弾の比率を精密に計算した。

戦争には欠かせないそのようなリアリズムを語る試みが『坂の上の雲』であった。その史料として当初想定されたのは軍の『日露戦史』であったが、浩瀚《こうかん》な見かけを裏切ってまったく役に立たなかった。勝ち戦の記録の常で、戦功を強調して欲しい指揮官と、失敗を隠蔽したい指揮官が執筆者に圧力をかけたからである。そして、谷寿夫元中将が書いた、より正確な『機密日露戦史』はまだ公刊以前であった。『日露戦史』の本文を捨てた司馬遼太郎は、そこに付された五百枚にもおよぶ地図に注目した。

戦況地図には戦後の指揮官の恣意はおよんでいない。それを丹念に読み解くことで作戦と戦場の実情を知ろうとした。『坂の上の雲』は「地図の文学化」という前人未到の仕事の成果であった。それは、日本近代文学を愛しながらも、「私」の「内面」を書くという「私小説」になじめず、また熱に浮かされたような集団の力と、それを生み出す核である「ナショナリズム」をはじめとする「イデオロギー」を警戒し嫌悪した司馬遼太郎だからこそ持てた視線であった。「あたらしい文学」であった。

新聞記者時代の彼は、全国を空撮して、その写真をもとに日本を語るという企画を考えたことがあった。あまりに費用がかかるために実現しなかったが、それは複雑な地形を持つ日本が、いわば「谷神幸《こくしんさき》わう」国であり、深い谷ごとに独特の文化を生んで本然的に多様であるという考えの実証企画であった。のちに『街道をゆく』で実現されることになるそのような方法は昭和戦前からの「歴史的常識」、江戸時代とその封建制を「アジア的停滞」とする見方への強い疑いから発していた。

司馬遼太郎はこう考えた。

江戸幕藩体制とは、全国二百六十余藩の緩やかな連合体の上に、最強の大名である徳川家が乗った体制で、「中央集権」とは正反対のシステムであり、各藩による地域分立こそが日本の「多様性」をもたらした。たしかに寄生階層となった武士を養う負担は大きく、保守志向が先例尊重傾向をもたらして形式主義をはびこらせはしたものの、十七世紀中盤以降の商業・流通・為替の発達は、「信用」というあらたな道徳と「価値の計量化」という基準をもたらした。農民は「農奴」などではなかった。欧州のそれより自由度は高く、大名は土地の所有者ではなく課税権を握っている存在にすぎなかった。つねづね「反封建」を高唱する中国や朝鮮の最大の問題は、逆に成熟した封建制を持てなかったことにあるのではないか――

正岡子規の仕事に興味を持った司馬遼太郎はあるとき松山を訪ね、子規生地の近くに秋山好古、真之兄弟の生家があると知った。官途を事実上断たれた戊辰戦争の賊藩（反革命藩）からは優秀な軍人と文学者が多数出て明治文化の世界史的特性をなしたが、そんな時代精神を体現するような三人が、ひとつの町内出身であったことに司馬遼太郎は強い刺激を受けた。それこそ「封建」の果実、すなわち旧藩と「町内」文化のたまものではないかという考えが、やがて『坂の上の雲』の発想を導いた。

さらにのち鹿児島を歩いたとき、甲突川《こうつきがわ》下流、七十六戸の下級武士の町、下加治屋町から西郷兄弟、大久保、大山、東郷ら維新革命の英傑のほとんどが出ていることに気づいて、「郷中」文化の濃厚さに圧倒される思いを味わった。そこに「若衆宿」など南方文化（「相撲部屋」などもそうだろう）の色濃い影響を読み取り、やがて西南戦争を「南方古俗」の北方文化への反乱と見る『翔ぶが如く』が書かれた。

「藩文化」の多様さへの驚きを執筆動機としたそれらの作品もまた、日本列島を俯瞰する「地図の文学化」であった。そこに情緒ではなく、ものごとを計量化する精神、すなわち大阪的リアリズムを貫いて完成させたのである。

弱者の自己認識を怠らず最善の準備を行った日本は、強国ロシアに挑んで辛勝した。バルチック艦隊の提督が、安全度の高い宗谷海峡を通過する航路を選ばず、最短距離でのウラジオストク入港をもくろんで対馬海峡に向かったのは僥倖であった。しかしそれも日本海軍の周到な準備が呼び寄せたともいえた。

日本海海戦自体は世界海戦史上最高の完勝で終った。しかしそれでも日本陸軍が、限りなく退却をつづけるかのようなロシア軍に奉天以北まで引き込まれたなら、残余国力から見て勝ち目はなかった。そのことを軍・政府ともに強く認識していたから、樺太南部の割譲だけで講和を成立させたのである。

しかし、講和直後の一九〇五年九月五日、日比谷公園に集った群集は「講和反対、戦争継続」を叫んで熱狂し、暴徒化した。多くの人命を犠牲にして、また重税に耐えぬいた末の戦勝なのに賠償金を得られず、本来日本領であった南樺太の割譲だけで終ることに不満な大衆と、それを扇動した新聞は「バイカル湖を日本領土にするまで戦え」と主張した。戦争の正確な計量化を怠り、民族主義の高まりに集団で身をまかせたとき、日本は一九四五年につづく滅びの道を歩みはじめたのである。まことに「成功は失敗の母」であった。

日比谷暴動について司馬遼太郎は書く。

「日比谷公会堂は安っぽくて可燃性の高いナショナリズムで燃え上がってしまいました。〝国民〟の名を冠《かん》した大会は、〝人民〟や〝国民〟をぬけぬけと代表することじたい、いかにいかがわしいものかを教えています」（「日本人の二十世紀」）

司馬遼太郎の批判は、いわゆる「六〇年安保」の大衆行動にも向けられていた。さらにはその少しのちの、共産圏とアメリカからの武器援助でベトナム戦争を戦う南北ベトナムへの痛烈な批判にも通じた。

「自分でつくった兵器で戦っているかぎりはかならずその戦争に終末期がくる。しかしながらベトナム人のばかばかしさは、それをもつことなく敵味方とも他国から、それも無料で際限なく送られてくる兵器で戦ってきたということなのである」

「（大国はよくない）しかしそれ以上によくないのは、こういう環境に自分を追いこんでしまったベトナム人自身であるということを世界中の人類が、人類の名において彼らに鞭を打たなければどう仕様もない」（『人間の集団について』）

一九七三年にベトナムの土を踏んで、こういう発言をする作家は、まさに孤立を恐れぬ人、時流に抗する人であった。それほどに作家は、「ナショナリズム」と「集団の熱狂」を警戒・嫌悪していたのである。

『坂の上の雲』のラスト近く、日本海の戦場で「三笠」艦上にあった秋山真之参謀中佐は、燃え盛りながら沈む「スワロフ」を眺めながら、ひとつの時代の終りを思った。その瞬間こそが明治日本の、また国民国家日本の「坂の頂上」であった。空に浮かぶ一朶の白い雲はすでに消えていた。彼が頂上から遠く見はるかしたのは、二十世紀の殺伐たる光景であった。ある時代をつくった精神はせいぜい三十年しか続かないのである。

「火事場で梯子《はしご》を組むような国づくりをやっていた」（山崎正和）明治の精神の主調色は、果断と拙速であった。

司馬遼太郎は語る。

「（明治を）暗い時代としてとらえるか、明るい時代としてとらえるか、これはとらえ方によって違いますけれども、明治は暗い時代であったことはやはりたしかです。近代国家というものは重いものですよ」（「日露戦争の世界史的意義」）

しかし司馬遼太郎は、江戸期の農民は、はるかに呑気だっただろうと語りつつ、「あの空の抜けるような青さに似た時代感覚」（「近代化の推進者　明治天皇」）と「明治」を形容しもするのである。

明治の時代精神は、健気さと慎重さでもあった。また「試験における平等」であった。それが徹底した結果、平民上がりの将校が指揮する軍隊をつくってヨーロッパの軍隊、ことに貴族しか将校になれぬロシア軍の兵隊を驚かせた。それもまた「空の抜けるような青さ」をもたらした理由であろう。しかし、その彼らが四十年後の滅びを導いたのでもあった。

『坂の上の雲』刊行直後の一九七二年、近世・近代史学の芳賀徹は「東大教養学部報」で座談会を企画した。参加したのは、平川祐弘、木村尚三郎、鳥海靖らであった。彼らは口々に、「面白い、これで日本の歴史学の固陋《ころう》で偏頗《へんぱ》な、近代暗黒史観が払拭される」といいあった。司馬遼太郎の自在な想像力の背後に、膨大な史料の博捜・選択があると見通した芳賀徹は、「すごいね、一人で日文研やってたようなものだね」と発言した。

森鷗外、山路愛山、それにステファン・ツヴァイクの方法に影響を受けながら、そこに「余談」と「脱線」のおもしろさを持ち込み、「地図の文学化」によって全体を「俯瞰」する独特な方法を援用した『坂の上の雲』完成直後の七二年八月、司馬遼太郎は感慨を三回にわたって掲載紙上に掲げた。

「最後の回を書きおえたときに、蒸気機関車が、それも多数の貨物を連結した真黒な機関車が轟音《ごうおん》をたてて体の中をゆきすぎて行ってしまったような、自分ひとりがとりのこされてしまったような実感を持った。連載を書きおえてこのような実感をおぼえたのは、以前に『竜馬がゆく』を書き終えたとき以外にない」
「ともあれ、機関車は長い貨物の列を引きずって通りすぎてしまった。感傷だとはうけとられたくないが、私は遠ざかってゆく最後尾車の赤いランプを見つめている小さな駅の駅長さんのような気持でいる」（「『坂の上の雲』を書き終えて」）

日本人の目を近代史に向け、また「戦後」日本人の自信回復に大いに貢献した『坂の上の雲』は、二〇〇三年までに単行本、文庫版あわせて千三百六十万部売れた。その後NHKがドラマ化したので、さらに部数は積まれ、二〇一五年二月までに千九百四十五万部となった。

このセレクションの収録作品は、筑摩書房編集者高橋淳一氏が、まず小説以外の膨大にわたる司馬執筆稿を読んで粗選りし、それに私（関川）が意見を述べて、いくらかの修正と再選択を行って決定した。講演やインタビューも加えたのは、つねにゲラをていねいに読み手を入れた司馬遼太郎だが、その話し言葉の巧みさをも知ってもらいたかったからである。

収録稿が執筆され語られた期間は一九六〇年代後半から一九九五年までと長きにわたるが、時空を超えても説得力は失われず、現代の再読三読に十二分に耐えると改めて感じ入った。「三代目が台無しにした」維新革命の果実だが、果たして五代目六代目はどうであろうか。日本近代史に思いを馳せつつ、日本の前途を考える一助となれば幸いである。

一、本書は司馬遼太郎が残した明治を主題とした、小説以外の文章、講演、対談の中から十八編を選び収録した、ちくま文庫のオリジナル編集である。

二、底本には『司馬遼太郎が考えたこと』（全十五巻、新潮文庫）を使用し、あわせて次頁一覧の文庫版や『司馬遼太郎 歴史のなかの邂逅』（全八巻、中公文庫）を適宜参照した。ただし、「江戸日本の無形遺産〝多様性〟」は『「明治」という国家（上）』（ＮＨＫブックス）、「ポーツマスにて」は『アメリカ素描』（新潮文庫）、「「脱亜論」」は『この国のかたち 三』（文春文庫）、「『坂の上の雲』秘話」は『司馬遼太郎全講演 5』（朝日文庫）、「汚職」は『この国のかたち 二』（文春文庫）、「松山の子規、東京の漱石」は『司馬遼太郎全講演 2』（朝日文庫）、「近代化の推進者 明治天皇」は『司馬遼太郎対話選集 4』（文春文庫）をそれぞれ底本とした。

三、収録した作品の中には、今日の人権意識に照らして差別的な語句や表現を含むものもある。しかし時代背景、作者が差別的意図を持って書いたものではないことなどを考え、底本のままとした。

四、各作品の初出は作品末に括弧で示した。

五、本書収録作品の初録初刊本は次頁を参照。ペーパーバックは▼で示した。

〈収録作品一覧〉

『坂の上の雲』を書き終えて、大久保利通、百年の単位、「旅順」から考える、歴史の不思議さ――『歴史の中の日本』（中央公論社、一九七四年五月）▼中公文庫
江戸日本の無形遺産〝多様性〟――単行本は本文末に記載▼NHKブックス『「明治」という国家（上）』
日本の統治機構について、南方古俗と西郷の乱――『古往今来』（日本書籍、一九七九年九月）▼中公文庫
ポーツマスにて――『アメリカ素描』（読売新聞社、一九八六年四月）▼新潮文庫
「脱亜論」――『この国のかたち 三』（文藝春秋、一九九二年五月）▼文春文庫
『坂の上の雲』秘話――『司馬遼太郎全講演 第3巻』（朝日新聞社、二〇〇〇年八月）▼朝日文庫『司馬遼太郎全講演 5』
汚職――『この国のかたち 二』（文藝春秋、一九九〇年九月）▼文春文庫
日露戦争の世界史的意義――『司馬遼太郎が考えたこと 6』（新潮社、二〇〇二年三月）▼新潮文庫
書生の兄貴――『以下、無用のことながら』（文藝春秋、二〇〇一年三月）▼文春文庫
松山の子規、東京の漱石――『司馬遼太郎全講演 第1巻』（朝日新聞社、二〇〇〇年六月）▼朝日文庫『司馬遼太郎全講演 2』
普仏戦争――『余話として』（文藝春秋、一九七五年十月）▼文春文庫
近代化の推進者 明治天皇――『対談 天皇日本史』（文藝春秋、一九七四年十一月）▼文春学藝ライブラリー
日本人の二十世紀――『この国のかたち 四』（文藝春秋、一九九四年七月）▼文春文庫

「司馬遼太郎記念館」のご案内

司馬遼太郎記念館は自宅と隣接地に建てられた安藤忠雄氏設計の建物で構成されている。広さは、約2300平方メートル。2001年11月に開館した。

数々の作品が生まれた自宅の書斎、四季の変化を見せる雑木林風の自宅の庭、高さ11メートル、地下1階から地上2階までの三層吹き抜けの壁面に、資料本や自著本など2万余冊が収納されている大書架、……などから一人の作家の精神を感じ取っていただく構成になっている。展示中心の見る記念館というより、感じる記念館ということを意図した。この空間で、わずかでもいい、ゆとりの時間をもっていただき、来館者ご自身が思い思いにしばし考える時間をもっていただきたい、という願いを込めている。（館長　上村洋行）

利用案内

所在地　大阪府東大阪市下小阪3丁目11番18号　〒577-0803
TEL　06-6726-3860、06-6726-3859（友の会）
HP　http://www.shibazaidan.or.jp
開館時間　10:00〜17:00（入館受付は16:30まで）
休館日　毎週月曜日（祝日・振替休日の場合は翌日が休館）
特別資料整理期間（9/1〜10）、年末・年始（12/28〜1/4）
※その他臨時に休館することがあります。

入館料

	一般	団体
大人	500円	400円
高・中学生	300円	240円
小学生	200円	160円

※団体は20名以上
※障害者手帳を持参の方は無料

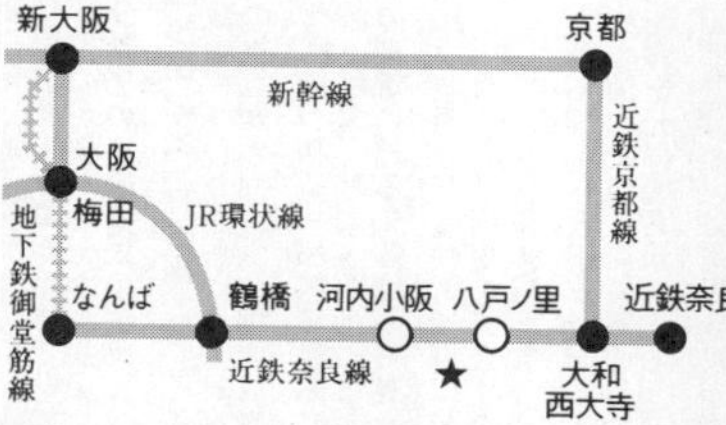

アクセス　近鉄奈良線「河内小阪駅」下車、徒歩12分。「八戸ノ里駅」下車、徒歩8分。
Ⓟ5台　大型バスは近くに無料一時駐車場あり。但し事前にご連絡ください。

記念館友の会　ご案内

友の会は司馬作品を愛し、記念館を支えてくださる会員の皆さんとのコミュニケーションの場です。会員になると、会誌「遼」（年4回発行）をお届けします。また、講演会、交流会、ツアーなど、館の行事に会員価格で参加できるなどの特典があります。

年会費　一般会員3000円　サポート会員1万円　企業サポート会員5万円
お申し込み、お問い合わせは友の会事務局まで
TEL 06-6726-3860　FAX 06-6726-3856

武士の娘　杉本鉞子　大岩美代訳

明治維新期に越後の家に生れ、厳格なしつけと礼儀作法を身につけた少女が開化期の息吹にふれて渡米、近代的女性となるまでの傑作自伝。

ハーメルンの笛吹き男　阿部謹也

「笛吹き男」伝説の裏に隠された謎はなにか？　十三世紀ヨーロッパの小さな村で起きた事件を手がかりに中世における「差別」を解明。（石牟礼道子）

隣のアボリジニ　上橋菜穂子

大自然の中で生きるイメージとは裏腹に、町で暮らすアボリジニもたくさんいる。そんな「隣人」アボリジニの素顔をいきいきと描く。（池上彰）

サンカの民と被差別の世界　五木寛之

歴史の基層に埋もれた、忘れられた日本を掘り起こす。漂泊に生きた海の民・山の民。身分制で賤民とされた人々。彼らが現在に問いかけるものとは。

世界史の誕生　岡田英弘

世界史はモンゴル帝国と共に始まった。東洋史と西洋史の垣根を超えた世界史を可能にした、中央ユーラシアの草原の民の活動。

日本史の誕生　岡田英弘

「倭国」から「日本国」へ。そこには中国大陸の大きな政治のうねりがあった。日本国の成立過程を東洋史の視点から捉え直す刺激的論考。

島津家の戦争　米窪明美

薩摩藩の私領・都城島津家に残された日誌を丹念に読み解き、幕末・明治の日本を動かした最強武士団の実像に迫る。薩摩から見たもう一つの日本史。

それからの海舟　半藤一利

江戸城明け渡しの大仕事以後も旧幕臣の生活を支え、徳川家の名誉回復を果たすため新旧相撃つ明治を生き抜いた勝海舟の後半生。（阿川弘之）

その後の慶喜　家近良樹

幕府瓦解から大正まで、若くして歴史の表舞台から姿を消した最後の将軍の〝長い余生〟を近しい人間の記録を元に明らかにする。（門井慶喜）

幕末維新のこと　司馬遼太郎　関川夏央編

「幕末」について司馬さんが考えて、書いて、語ったことの真髄を一冊に。小説以外の文章・対談・講演から、激動の時代をとらえた19篇を収録。

明治国家のこと 司馬遼太郎 関川夏央編

司馬さんにとって「明治国家」とは何だったのか。西郷と大久保の対立から日露戦争まで、明治の日本人への愛情と鋭い批評眼が交差する18篇を収録。

方丈記私記 堀田善衛

中世の酷薄な世相を覚めた眼で見続けた鴨長明。その人間像を自己の戦争体験に照らして語りつつ現代日本文化の深層をつく。巻末対談＝五木寛之

東條英機と天皇の時代 保阪正康

日本の現代史上、避けて通ることのできない存在である東條英機。軍人から戦争指導者へ、そして極東裁判に至る生涯を通して、昭和期日本の実像に迫る。

戦中派虫けら日記 山田風太郎

〈嘘はつくまい。嘘の日記は無意味である〉。戦時下、明日の希望もなく、心身ともに飢餓状態にあった若き風太郎の心の叫び。（久世光彦）

責任 ラバウルの将軍今村均 角田房子

ラバウルの軍司令官・今村均。軍部内の複雑な関係、戦地、そして戦犯としての服役。戦争の時代を生きた人間の苦悩を描き出す。（保阪正康）

広島第二県女二年西組 関千枝子

8月6日、級友たちは勤労動員先で被爆した。突然に逝った39名それぞれの足跡をたどり、彼女らの生を鮮やかに切り取った鎮魂の書。（山中恒）

劇画 近藤勇 水木しげる

明治期を目前に武州多摩の小倅から身を起こし、ついに新選組隊長となった近藤。だがもしかしたら多摩で芋作りをしていた方が幸せだったのでは？

水木しげるのラバウル戦記 水木しげる

太平洋戦争の激戦地ラバウル。その戦闘に一兵卒として送り込まれ、九死に一生をえた作者が、体験が鮮明な時期に描いた絵物語風の戦記。

昭和史探索（全6巻） 半藤一利編著

名著『昭和史』の著者が第一級の史料を厳選、抜粋。時々の情勢や空気を一年ごとに分析し、書き下ろしの解説を付す。《昭和》を深く探る待望のシリーズ。

夕陽妄語1（全3巻） 加藤周一

高い見識に裏打ちされた時評は時代を越えて普遍性を持つ。政治から文化まで、二〇世紀後半からの四半世紀を、加藤周一はどう見たか。（成田龍一）

世界がわかる宗教社会学入門　橋爪大三郎

宗教なんてうさんくさい⁉　でも宗教は文化や価値観の骨格であり、それゆえ紛争のタネにもなる。世界宗教のエッセンスがわかる充実の入門書。

禅　鈴木大拙　工藤澄子訳

禅とは何か。また禅の現代的意義とは？　世界的な関心の中で見なおされる禅について、その真諦を解き明かす。（秋月龍珉）

禅談　澤木興道

「絶対のめでたさ」とは何か。「自己に親しむ」とはどういうことか。俗に媚びず、語り口はあくまで平易。厳しい実践に裏打ちされた迫力の説法。

仏教百話　増谷文雄

仏教の根本精神を究めるには、ブッダに帰らねばならない。ブッダ生涯の言行を一話完結形式で、わかりやすく説いた入門書。

語る禅僧　南直哉

自身の生き難さと対峙し、自身の思考を深め、今と切り結ぶ言葉を紡ぎだす。永平寺修行のなかから語られる「宗教」と「人間」とは。（宮崎哲弥）

仏教のこころ　五木寛之

人々が仏教に求めているものとは何か、仏教はそれにどう答えてくれるのか。著者の考えをまとめた文章に、河合隼雄、玄侑宗久との対談を加えた一冊。

論語　桑原武夫

古くから日本人に親しまれてきた「論語」。著者は、自身との深いかかわりに触れながら、人生の指針としての「論語」を甦らせる。（河合隼雄）

つぎはぎ仏教入門　呉智英

知ってるようで知らない仏教の、その歴史から思想的な核心までを、この上なく明快に説く。現代人のための最良の入門書。二篇の補論を新たに収録！

タオ――老子　加島祥造

さりげない詩句で語られる宇宙の神秘と人間の生きるべき大道とは？　時空を超えて新たに甦る『老子道徳経』全81章の全訳創造詩。待望の文庫版！

よいこの君主論　架神恭介　辰巳一世

戦略論の古典的名著、マキャベリの『君主論』が、小学校のクラス制覇を題材に楽しく学べます。学校、職場、国家の覇権争いに最適のマニュアル。

誘拐　本田靖春

戦後最大の誘拐事件。残された被害者家族の絶望、犯人を生んだ貧困、刑事達の執念を描くノンフィクションの金字塔！（佐野眞一）

疵　本田靖春

戦後の渋谷を制覇したインテリヤクザ安藤組の大幹部、力道山よりも喧嘩が強いといわれた男……。伝説に彩られた男の実像を追う。（野村進）

宮本常一が見た日本　佐野眞一

戦前から高度経済成長期にかけて日本中を歩き、人々の生活を記録した民俗学者、宮本常一。そのまなざしと思想、行動を追う。（橋口譲二）

新 忘れられた日本人　佐野眞一

佐野眞一がその数十年におよぶ取材で出会った、無私の人、悪党、そして怪人たち。時代の波間に消えて行った忘れえぬ人々を描き出す。（後藤正治）

占領下日本（上・下）　半藤一利／竹内修司／保阪正康／松本健一

1945年からの7年間日本は「占領下」にあった。この時代を問うことは、戦後日本を問い直すことである。多様な観点と仮説から再検証する昭和史。

現人神の創作者たち（上・下）　山本七平

日本を破滅の戦争に引きずり込んだ呪縛の正体とは何か。幕府の正統性を証明しようとして、逆に「尊皇思想」が成立する過程を描く。（山本良樹）

東京の戦争　吉村昭

東京初空襲の米軍機に遭遇した話、寄席に通った話。少年の目に映った戦時下・戦後の庶民生活を活き活きと描く珠玉の回想記。（小林信彦）

ワケありな国境　武田知弘

メキシコ政府発行の「アメリカへ安全に密入国するための公式ガイド」があるってほんと⁉ 国境にまつわる60の話題で知る世界の今。

週刊誌風雲録　高橋呉郎

昭和中頃、部数争いにしのぎを削った編集者・トップ屋たちの群像。週刊誌が一番熱かった時代を貴重な証言とゴシップたっぷりで描く。（中田建夫）

増補版 ドキュメント 死刑囚　篠田博之

幼女連続殺害事件の宮﨑勤、奈良女児殺害事件の小林薫、附属池田小事件の宅間守、土浦無差別殺傷事件の金川真大……モンスターたちの素顔にせまる。

田中清玄自伝　田中清玄　大須賀瑞夫

戦前は武装共産党の指導者、戦後は国際石油戦争に関わるなど、激動の昭和を侍の末裔として多彩な人脈を操りながら駆け抜けた男の「夢と真実」。

権力の館を歩く　御厨貴

歴代首相や有力政治家の私邸、首相官邸、官庁、政党本部ビルなどを訪ね歩き、その建築空間を分析。権力者たちの素顔と、建物に秘められた真実に迫る。

タクシードライバー日誌　梁《ヤン》石日《ソギル》

座席でとんでもないことをする客、変な女、突然の大事故。仲間たちと客たちを通して現代の縮図を描く異色ドキュメント。（崔洋一）

新版 女興行師 吉本せい　矢野誠一

大正以降、大阪演芸界を席巻した名プロデューサーにして吉本興業の創立者。NHK朝ドラ『わろてんか』のモデルとなった吉本せいの生涯を描く。

ぼくの東京全集　小沢信男

小説、紀行文、エッセイ、評伝、俳句……作家は、その町を一途に書いてきた。『東京骨灰紀行』など65年間の作品から選んだ集大成の一冊。（池内紀）

吉原はこんな所でございました　福田利子

三歳で吉原・松葉屋の養女になった少女の半生を通して語られる、遊廓「吉原」の情緒と華やぎ、そして盛衰の記録。（阿木翁助　猿若清三郎）

ちろりん村顛末記　広岡敬一

トルコ風呂と呼ばれていた特殊浴場を描く伝説のノンフィクション。働く男女の素顔と人生、営業システム、歴史などを記した貴重な記録。（本橋信宏）

ぐ ろ ぐ ろ　松沢呉一

不快とは、下品とは、タブーとは。非常識って何だ。公序良俗を叫び他人の自由を奪う偽善者どもに〝闘うエロライター〟が鉄槌を下す。

独 特 老 人　後藤繁雄編著

埴谷雄高、山田風太郎、中村真一郎、淀川長治、水木しげる、吉本隆明、鶴見俊輔……独特の個性を放つ思想家28人の貴重なインタビュー集。

呑めば、都　マイク・モラスキー

赤羽、立石、西荻窪……ハシゴ酒から見えてくるのは、その街の歴史。古きよき居酒屋を通して戦後東京の変遷に思いを馳せた、情熱あふれる体験記。

品切れの際はご容赦ください

脇役本　濵田研吾

映画や舞台のバイプレイヤー七十数名が書いた本、関連書などを一挙紹介。それら脇役本が教えてくれる秘話満載。古本ファンにも必読。（出久根達郎）

時代劇 役者昔ばなし　能村庸一

「鬼平犯科帳」「剣客商売」を手がけたテレビ時代劇名プロデューサーによる時代劇役者列伝。春日太一氏との語り下ろし対談を収録。文庫オリジナル。

東京酒場漂流記　なぎら健壱

異色のフォーク・シンガーが達意の文章で綴るおかしくも哀しい酒場めぐり。薄暮の酒場に集う人々との無言の会話、酒、肴。（高田文夫）

旅情酒場をゆく　井上理津子

ドキドキしながら入る居酒屋。心が落ち着く静かな店も、常連に囲まれ地元の人情に触れた店も、それもこれも旅の楽しみ。酒場ルポの傑作！

満腹どんぶりアンソロジー
お〜い、丼《どん》　ちくま文庫編集部編

天丼、カツ丼、牛丼、海鮮丼に鰻丼。こだわりの食べ方、懐かしい味から思いもよらぬ珍丼まで作家・著名人の「丼愛」が迸る名エッセイ50篇。

ひりひり賭け事アンソロジー
わかっちゃいるけど、ギャンブル！　ちくま文庫編集部編

勝てば天国、負けたら地獄。麻雀、競馬から花札や手本引きまで、ギャンブルに魅せられた作家たちの名エッセイを集めたオリジナルアンソロジー。

赤線跡を歩く　木村聡

戦後まもなく特殊飲食店街として形成された赤線地帯。その後十余年、都市空間を彩ったその宝石のような建築物と街並みの今を記録した写真集。

異界を旅する能　安田登

「能」は、旅する「ワキ」と、幽霊や精霊である「シテ」の出会いから始まる。そして、リセットが鍵となる日本文化を解き明かす。（松岡正剛）

老人力　赤瀬川原平

20世紀末、日本中を脱力させた名著『老人力』と『老人力②』が、あわせて文庫に！　ぼけ、ヨイヨイ、もうろくに潜むパワーがここに結集する。

裸はいつから恥ずかしくなったか　中野明

幕末、訪日した外国人は混浴の公衆浴場に驚いた。日本人が裸に対して羞恥心や性的関心を持ったのはいつなのか。「裸体」で読み解く日本近代史。

ちくま文庫

明治《めいじ》国家《こっか》のこと
幕末《ばくまつ》・明治《めいじ》論《ろん》コレクション

二〇一五年三月十日　第一刷発行
二〇一九年十月十日　第二刷発行

著者　司馬遼太郎（しば・りょうたろう）
編者　関川夏央（せきかわ・なつお）

発行者　喜入冬子
発行所　株式会社　筑摩書房
東京都台東区蔵前二―五―三　〒一一一―八七五五
電話番号　〇三―五六八七―二六〇一（代表）

装幀者　安野光雅
印刷所　三松堂印刷株式会社
製本所　三松堂印刷株式会社

ISBN978-4-480-43258-2　C0121